THE QUEEN OF CRIME
繁體中文版
20週年
紀念珍藏

褐衣男子

阿嘉莎・克莉絲蒂——著
崔長青——譯

The Man in the Brown Suit

Agatha Christie®

通俗是一種功力

吳念真（導演、作家）

通俗是一種功力。絕對自覺的通俗更是一種絕對的功力。

這樣的話從我這種俗氣的人的嘴巴說出來，大概很多人要笑破褲底了。不過，笑完之後請容我稍稍申訴。這申訴說得或許會比較長一點，以及，通俗一點。

小時候身材很爛，各種遊戲競爭完全任人宰割，唯一隱遁逃避的方法是躲起來看書或聽大人瞎掰。那年頭窮鄉僻壤的小孩能看的書不多，小學二年級時最喜歡的是超大本的《文壇》，老師借的。看著看著，某天老師發現我的造句竟出現：「捧著：朝陽捧著一臉笑顏為群山剪綵」這樣亂七八糟的文字，就拒絕再讓我看那些超齡的東西了。

老師的書不給看，我開始抓大人的書看。一種是厚得跟磚塊一樣的日文書，對我來說那完全是天書，但插圖好看，經常有限制級的素描。另一種書是比較薄的，通常藏得很嚴密，只是裡面有太多專有名詞、重複的單字和毫無限制的標點，比如「啊啊啊」、「……！！！」

老讓我百思不解。有一天，充滿求知欲地詢問大人竟然換來一巴掌後，那種閱讀的機會和樂趣也隨著消失了。

所幸這些閱讀的失落感，很快從大人的龍門陣中重新得到養分。講到這裡，我似乎先得跟一個村中長輩游條春先生致敬，並願他在天之靈安息。

我所成長的礦區，幾乎全是為著黃金而從四面八方擁至的冒險型人物，每人幾乎都有一段異於常人的傳奇故事。這些故事當事人說來未必精采，但一透過游條春先生的嘴巴重現，有時連當事人都聽得忘我，甚至涕泗縱橫，彷彿聽的是別人的故事。

條春伯沒當過日本兵，可是他可以綜合一堆台籍日本兵的遭遇，一如連續劇般從入伍、受訓、逃亡荒島，面對同鄉同袍的死亡，並取下他們的骨骸寄望帶回故鄉，乃至骨骸過多搞不清哪是誰的等等，讓聽的人完全隨他的敘述或悲或笑，彷彿跟他一起打了一場太平洋戰爭。此外他也可以把新聞事件說得讓一個三、四年級的小孩，到現在仍記得當時腦中被觸動的畫面。例如當年瑠公圳分屍案的凶手做案之後帶著小孩到安東街吃麵（這讓我一直以為台北的安東街是條專門賣麵的街道），還有甘迺迪總統被暗殺、賈桂琳抱住她先生、安全人員跳上飛快的車子保護賈桂琳……當然，這記憶全來自條春伯的嘴巴而不是報紙。我的記憶全是畫面，有畫面，是因為條春伯說得精采，說得有如親臨他至死都還搞不清地理位置的達拉斯命案現場。

於是這小孩長大後無條件地相信：通俗是一種功力，絕對自覺的通俗更是一種絕對的功力。透過那樣自覺的通俗傳播，即使連大字都不識一個的人，都能得到和高階閱讀者一樣的感動、快樂、共鳴，和所謂的知識、文化自然順暢的接軌。也許就是因為這些活生生的例子，俗氣的自己始終相信：講理念容易講故事難，講人人皆懂、皆能入迷的故事更難，而能隨時把這樣的故事講個不停的人，絕對值得立碑立傳。

條春伯嚴格地說是有自覺的轉述者，至於創作者，我的心目中有兩個。一個是日本導演山田洋次，一個是推理小說家阿嘉莎．克莉絲蒂。

山田洋次創造了寅次郎這個集合所有男人優點跟缺點的角色，在以《男人真命苦》為名的系列下，總共完成百部左右的電影。它們的敘述風格、開頭、結尾的方法不變，唯一改變的是故事，是時代，是遍歷日本小鄉小鎮的場景。數十年來，看《男人真命苦》幾已成為日本人每年的一種儀式，一如新春的神社參拜。

數十年前訪問過山田導演，他說，當他發現電影已然有它被期待的性格時，電影已經不是導演自己的。他說：當所有人都感動於美人魚的歌聲時，你願意為了讓她擁有跟你一樣的腳，而讓她失去人間少有的嗓音嗎？

人間少有的嗓音與動人的歌聲，都來自山田導演絕對自覺的通俗創造。

再如阿嘉莎．克莉絲蒂，如果我們光拿出她說過的故事和聽過她故事的人口數字，就足以嚇死你。五十多年的寫作生涯，她總共寫出六十六本長篇推理小說，外加一百多篇短篇小說和劇本。其中有二十六本推理小說被改編，拍了四十多部電影和電視劇集。作品被翻譯成一百零三種文字的版本，銷量超過二十億本。

夠了。你還想知道什麼？知道二十億本的意義是什麼嗎？二十億本的意義是全世界平均三個人就有一個人讀過她的書，聽過她說的故事。

說來巧合，她和山田洋次一樣，創造出個性鮮明的固定主角（當然，前前後後她弄出來好幾個），然後由他（或是她）帶引我們走進一個犯罪現場，追尋真正的罪犯。

故事就這樣？沒錯，應該說這是通常的架構。那你要我看什麼？不急，真的不急，克莉絲蒂會慢慢冒出一堆足夠讓你疑惑、驚嚇、意外，甚至滿足你的想像力、考驗你的耐心和智商的事件來。

推理小說不都是這樣嗎？你說得沒錯，大部分是這樣，不一樣的是……對了，她像條春伯，像山田洋次，她真會說，而且她用文字說。

文字的敘述可以讓全世界幾代的人「聽」得過癮、「聽」個不停，除了聖經，也許就是克莉絲蒂。她不是神，但她真的夠神。

數十年前，台灣剛剛出現她的推理系列中譯本，那時是我結婚前，常有同齡的文藝青年來我租住的地方借宿，瞄到我在看克莉絲蒂，表情詭異地說：「啊？你在看三毛促銷的這個喔？」

我只記得他抓了一本進廁所，清晨四點多，他敲開我的房門說：「幹，我實在很討厭那個白羅……再拿一本來看看，我跟你說真的，要不是你的書，我真的很想把那個矮儸壓到馬桶吃屎！」

我知道他毀了，愛吃又假客氣，撐著尊嚴騙自己。克莉絲蒂再度優雅地撕破一個高貴的知識份子的假面具，她的手法簡單，那手法叫通俗，絕對自覺的通俗，無與倫比、無法招架的功力。

昔日的文藝青年如今跟我一樣，已然老去，但不時還會看到他寫一些充滿理念和使命感極重的文章，在報紙和雜誌上出現。我知道他要說什麼，只是常常疑惑他想跟誰說；同樣，我記得他說過什麼，但轉眼間忘記他說了什麼。但請原諒我，幾十年前那個晚上，他在我家看完的那兩本克莉絲蒂的小說內容，我可還記得清清楚楚。

也許有一天再遇到他的時候，我會問他之後是否還看過克莉絲蒂其他的書，如果沒有，我會跟他說，想讀要趁早，因為你會老、會來不及。至於白羅那個矮儸，大概永遠不會消失。哦，對了，還有一個叫瑪波，你說不定會來不及認識……

歡快氣氛下的解謎樂

龍貓大王通信

一九八〇年代，美國電視觀眾最喜歡的作品類型之一，是看俊男美女在電視上「床頭吵床尾和」。一九八二年，浪漫推理劇《龍鳳妙探》（*Remington Steele*）大受歡迎，男主角皮爾斯．布洛斯南（Pierce Brendan Brosnan）高大帥氣，女主角史蒂芬妮．齊姆帕勒（Stephanie Zimbalist）嬌小可愛，他們之間不但有最萌身高差，還有最凶的吵架音量，你一嘴我一嘴地互嘴點臭，其實偷渡的是勢均力敵的甜蜜情意。一九八六年的《雙面嬌娃》（*Moonlighting*）吵得更凶，布魯斯．威利（Bruce Willis）與西碧兒．雪柏（Cybill Shepherd）這對歡喜冤家從鏡頭前吵到鏡頭外，但觀眾只認識鏡頭前流氓與淑女的美味關係，而這已經足夠讓布魯斯．威利的星運一飛沖天。

情侶神探的公式不只讓八〇年代的觀眾買單，其實早在二〇年代就被證明很有賣點。謀殺天后阿嘉莎．克莉絲蒂的經典中，恰巧就包括一對龍鳳妙探的系列作品，他們是克莉絲蒂創作的蛋頭神探與阿嬤神探之外的唯一一組情侶神探：湯米與陶品絲。

這對情侶在一九二二年出版的《隱身魔鬼》首度登場；一九二九年出版的短篇集《鴛鴦神探》裡已經結為夫妻；一九四一年的《密碼》裡勇破二戰諜網；一九六八年已步入老年的貝里福夫妻，繼續在《顫刺的預兆》裡偵查老人療養院的死亡祕辛；最終在一九七三年的《死亡暗道》裡，老先生、老太太已經決定退休，還買了一棟退休房……聽起來他們似乎沒有繼續關心凶手與謎案的必要了，對吧？怎麼可能，陶品絲搬進新家整理環境時，在前屋主留下的書中，竟然找到一段塵封已久的祕密訊息：「瑪麗喬丹並非自然死亡，凶手是我們其中的一個。」

有誰只是整理書櫃也會突然變身偵探？湯米與陶品絲就會，這多少能證明，克莉絲蒂在這對鴛鴦神探身上放進不少玩心。也許是她為湯米與陶品絲設計的浪漫關係，令克莉絲蒂為他們而寫的故事也格外輕巧俏皮。別誤會，湯米與陶品絲出場的處女秀《隱身魔鬼》有國際陰謀、有失竊的機密文件、有神祕又奸詐的犯罪首腦「布朗先生」（這下你就懂書名《隱身魔鬼》是在說誰了）。這看來是一部暗潮洶湧的諜報小說，而確實湯米與陶品絲也穩穩地踩中大部分的可怕陷阱，但克莉絲蒂將這對男女寫得實在太過可愛……你潛意識裡早就知道，他們絕對要邊吵架邊談情地（順便推理）百年好合，不會在這個險境裡就GG（完結）。

湯米與陶品絲的情誼首先是建立在「好哥兒們」的友情之上，從《隱身魔鬼》的開場就看得出來：

「湯米，你這個老東西！」

「陶品絲，老朋友！」

兩個年輕人熱情地相互問候……那兩個「老」字頗易讓人誤解，其實兩人年齡加起來絕不超過四十五歲。

二〇年代已經不是封建時代，但男女之間還是有別。而湯米與陶品絲之間的情誼，能夠打破這種隔閡，他們首先是鐵打的好友，彼此在軍醫院認識，因此他們之間有太多戰場回憶可以閒聊，也深知對方的個性與偏好，更重要的是，他們都是一窮二白。這對日後的鴛鴦神探久別重逢，既不談情也不破案，而是討論如何賺錢。克莉絲蒂可不會那麼輕易就灑糖，但從湯米與陶品絲彼此互補的性格設定，你很快就會了解這段友情遲早要昇華成戀情。

你可以懷疑，金庸筆下的郭靖、黃蓉這對射鵰俠侶設定，是不是抄襲自湯米與陶品絲。因為郭靖和湯米一樣，是個有點遲鈍的傻大個——湯米的傻可不是我說的，是克莉絲蒂這樣寫：「湯米不太聰明……但他的慧眼絕對能一眼看穿真偽。」不只如此，克莉絲蒂還形容他「有張（看得過去）的醜臉」。到底什麼樣的長相是「醜但看得過去」？克莉絲蒂只說這種長相是「很難歸類」，而且是「綜合紳士與運動員的臉孔」。這種先踹後捧的寫法我是不會買單的，湯米擺明就是個不會被稱為男神的樸拙男性。

而陶品絲與湯米完全相反，下面這段克莉絲蒂的形容，會不會讓你腦中浮現一個二〇年代的黃蓉模樣？

陶品絲稱不上漂亮，可是那張小臉蛋上有著精靈般的線條、堅毅的下巴，還有一雙隔得很開、從平直的黑眉毛下望去迷迷濛濛的灰色大眼，在在表現出個性和魅力……她的外表散發著一股敢作敢為、精明能幹的味道。

「精靈般」、「個性魅力」、「敢作敢為精明能幹」，這是一位充滿行動力又特立獨行的女性，剛好補足了湯米謹慎緩行的保守個性。當久違重逢的湯米與陶品絲一起討論該如何賺錢，他們在排除繼承遺產（沒有任何親戚有遺產）與為錢結婚（兩人的異性緣都少得可憐）兩個途徑後，決定還是親力親為白手起家。但是誰先提出一起合夥開公司的點子呢？當然是即知即行的陶品絲！他們決定開一家「青年冒險家企業」，名稱響噹噹，事實上，他們開的是《銀魂》裡的「萬事屋」生意：有錢，什麼活我們都幹。

這種歡快的氣氛，引領湯米與陶品絲穿梭一個又一個謎團，大到《密碼》裡追捕兩名納粹間諜，小到《顫刺的預兆》裡的養老院祕密。即便他們沒有在解謎，光是看湯米與陶品絲鬥嘴聊天就很有趣，而這是有別於白羅系列或瑪波小姐系列的獨特樂趣。

這種創作上的玩心有時不是那麼容易發現，例如在《鴛鴦神探》這本短篇小說集裡，每個小短篇不但都是貝里福夫妻的探險歷程，同時也是克莉絲蒂的諧仿之作——每一篇內容都隱射推理黃金年代的名作家或名角色。例如〈女士失蹤了〉致敬了福爾摩斯的〈法蘭西斯・卡法克小姐的失蹤〉（*The Disappearance of Lady Frances Carfax*）；〈霧中人〉則諧仿了史上最厲害的「神父偵探」布朗神父……克莉絲蒂甚至諧仿自己，在《鴛鴦神探》的最後一個故事〈代號十六的人〉裡，湯米自稱是「沒長鬍鬚但智力過人」的白羅！

湯米與陶品絲系列的五本小說，自《隱身魔鬼》到最後的《死亡暗道》，克莉絲蒂創作的時間橫跨五十年，我們可以看著貝里福夫妻逐漸變老。福爾摩斯也會老，白羅也會老到糊塗，但是湯米與陶品絲卻老得很愉快。他們始終愉快，不管是年輕或蒼老，這讓閱讀五本湯米與陶品絲系列的體驗，宛如身處春風之中一樣愉快，值得推薦給長期與雨劍風刀相伴的推理粉絲。

當然，除了湯米與陶品絲系列之外，克莉絲蒂還有不少經典：《一個都不留》自然不用多提；《無辜者的試煉》是我個人特別喜愛的一本小說，我在遠流的App「謀殺天后密室」裡的「密室之聲」Podcast第十六集裡，談過這本講述家庭內情勒暴力的小說；此外還有曾與白羅合作過的雷斯上校探案《褐衣男子》與《魂縈舊恨》，以及性格沒那麼出彩的穩重蘇格蘭警場刑事主任巴鬥，他的幾本小說包括《煙囪的祕密》、《七鐘面》、《殺人不難》與《本末倒置》也包含在內，特別值得一提的是，《本末倒置》是克莉絲蒂本人最喜歡的十部作品之一。而《謎樣的鬼豔先生》中的哈利・鬼豔，是唯一獲得克莉絲蒂獻詞的偵探。

獻詞

阿嘉莎・克莉絲蒂是世界讀者最眾，也最廣受喜愛的女作家。
身為克莉絲蒂的孫兒，我相信奶奶會非常樂見這次出版，
因為她極以自己作品中的趣味與娛樂為豪。
歡迎所有喜歡本系列的台灣新讀者參與這場饗宴！

——馬修・培察（Mathew Prichard）

序幕

征服了巴黎的俄羅斯舞蹈演員拿迪娜，一次又一次向台下持續不斷的喝采聲鞠躬致意。她細長的黑眼睛瞇成一條縫，紅嘴唇微微翹起。舞台大幕唰地一聲落下，遮住了紅、藍、紫紅色的古怪布景，可是那些熱情奔放的法國人仍不停地跺腳表示衷心讚嘆。拿迪娜轉動著黃藍相間的百褶裙，飄然離開舞台。一位滿臉鬍鬚的先生，熱情地擁抱了她，那是劇院經理。

「棒極了，小東西，棒極了，」他喊道，「今晚你的表現已經超越了自己。」他殷勤而又一本正經地吻了她的兩頰。

拿迪娜夫人習以為常地接受了誇獎，回到化妝室。只見化妝室裡到處隨意堆放著一束束鮮花，奇異的未來派服裝掛滿衣架，屋裡空氣熱烘烘的，瀰漫著花與高級香水的幽香。化妝師珍妮侍奉著女主人，喋喋不休地傾訴著讚美之詞。

敲門聲打斷了珍妮的話。珍妮前去開門，回來時手裡拿了一張名片。

「夫人要接見嗎？」

「讓我看看。」

拿迪娜懶洋洋地伸手取過名片。「謝吉斯·保羅維奇伯爵」幾個字使她眼睛一亮。

「我要見他。珍妮，快拿那件黃色便袍來。他一進來，你就可以走了。」

「是的，夫人。」

珍妮取來黃色雪紡綢和白鼬毛製成的袍子。拿迪娜穿上後，坐在那兒自顧自地笑了起來，她潔白修長的手有節奏地輕敲著梳妝檯上的玻璃。

伯爵立即抓住了晉見舞者的特權。他中等身材，纖瘦，高雅，臉色蒼白，顯得相當疲倦。他相貌極普通，如果沒留意到他奇特的舉止，下次見面一定很難再認出他來。伯爵謙卑至極地向舞蹈演員鞠了個躬。

「非常榮幸見到你，夫人。」

聽到這兒，珍妮隨手關門出去了。拿迪娜獨自面對來訪者，笑容起了微妙的變化。

「儘管我們是同胞，我想，我們還是別說俄語吧。」她說道。

「好吧，反正我們一句俄語也不會說。」客人贊同道。

經雙方同意，兩人就用英語交談。伯爵忘了裝腔作勢，可以聽出英語是他的母語。事實上，他只是在倫敦變化多端的音樂圈討生活的一名藝人。

「恭喜你，」他說，「今晚你的表演非常成功。」

「沒什麼，」拿迪娜說，「只不過現在我的處境和以前不一樣了，這讓我很不安。戰時政府對我的懷疑從未消除，我仍然一直受人盯梢、監視。」

「但沒人指控你犯有間諜罪吧？」

「沒有，這都是靠我們的上司計畫縝密。」

「『上校』萬歲，」伯爵微笑地說，「他說他想退休，這真讓人震驚，不是嗎？退休！就像醫生、屠夫、水電工……」

「或商人那樣，」拿迪娜緊跟著替他說完。「我們不應該吃驚。『上校』一直是個……優秀的商人。他策畫犯罪活動就像在經營製鞋工廠一樣。他不必親自出馬，只需隱身幕後就能操縱一系列錯綜複雜、涉及各個領域的活動。他的這番『事業』包括珠寶搶劫、偽造、當間諜（這項在戰爭中大賺一筆）、破壞、暗殺，幾乎是無惡不作。他最明智之處是知道何時退出。一旦大環境情勢危急，他就堂而皇之地帶著鉅額財富退休！」

「唉，」伯爵憂慮地說，「真是弄得大家都不好受，我們又得像從前一樣做鳥獸散了。」

「可是我們也得到了一筆豐厚的報酬啊！」

她語帶嘲諷，伯爵給了她一記冷眼，但她自顧自的笑著，這微笑裡的意涵使伯爵越發好奇。但他不動聲色，繼續說道：「是啊，『上校』一向慷慨大方。他的成功在於他不吝金錢，並且總能適時找到代罪羔羊。他真聰明，真是聰明絕頂啊!俗話說：『假如你不想冒險，就別自己去做！』看看我們，我們每個人都得聽他指使，受他擺布，卻都沒人敢欺瞞他。」

他停了一下，似乎在等她反駁，但她一語不發，兀自發笑。

「沒人敢，」他若有所思地說，「還有，你是知道的，那老傢伙很迷信。幾年前，我想，他去找了個算命的。算命的說他一輩子事業成功，但是有個女人會讓他栽跟頭。」

這次，他的話引起了她的興趣。她急切地抬起頭來。

「奇怪，真奇怪！你是說有個女人？」

他微笑著聳聳肩。

「毫無疑問，現在既然他已退休，一定會娶個太太。或許是某個年輕貌美的名門淑女，他花錢向以百萬計，速度比他賺錢還快。」

拿迪娜搖搖頭。

「不，不，不是這樣的。聽著，朋友，明天我要去倫敦。」

「但你跟這裡還簽有合約呢。」

「我只去一個晚上，而且會像王室成員那樣隱姓埋名。沒人會知道我曾離開法國。你知道我為何去倫敦嗎？」

「在令人心煩、霧濛濛的一月天，不太可能為了遊樂而去，一定有什麼好處，嗯？」

「對！」拿迪娜起身走到伯爵面前，優雅中略帶傲慢。「你剛才說我們沒有一個人欺瞞過上司。你錯了，我騙過他。雖然我是個女人，卻有這種智慧，而且，沒錯，還要有足夠的勇氣才能騙過他。你可記得迪比爾斯鑽石事件？」

「是的，我記得。就在戰爭爆發之前，發生在金伯利。我與那事毫不相干，就連細節也從未聽說過，那件事由於某種原因而沒人提起了，不是嗎？那票一定收穫不小。」

「價值十萬英鎊的鑽石。我們有兩個人一起做下這一票……那當然是奉了『上校』的指示。就是在那時，我看到了機會。你知道，那時的計畫就是用兩個南美年輕採礦者帶來的樣品，取代我們偷走的鑽石。這樣，大家一定懷疑是他們偷的。」

「很聰明。」伯爵讚許地插了一句。

「『上校』總是很聰明。我按照他的指示行事，可是我也做了一件他沒預料到的事。我扣下了一兩顆南美鑽石。這些鑽石很獨特，很容易證明它們未經過迪比爾斯的鑑定。有了這些鑽石，我們可敬的上校就逃不過我的手掌心了。一旦那兩個年輕人洗脫罪名，他一定會受到懷疑。這些年我一直守口如瓶，因為有這項祕密武器，我就已經心滿意足。可是現在情況產生變化了，我想要得到我應有的報酬……那當然是一個令人吃驚的天價。」

「真是高招，」伯爵說，「你必定走到哪裡，都將鑽石帶在身邊吧？」

他的眼睛緩緩搜尋著雜亂無章的房間。

拿迪娜輕聲笑出來。

「虧你想得出來，我才沒那麼傻。那些鑽石藏在一個人們作夢都想不到的安全處所。」

「我從不覺得你傻，親愛的女士，但我得說你真是大膽。你知道，『上校』可不是那種容易讓人敲詐的人。」

「我不怕他，」她大笑道，「我只怕一個人……但他已經死了。」

伯爵好奇地看著她。

「那麼，讓我們祈禱他別再復活。」他輕聲說。

「你這是什麼意思？」拿迪娜尖叫道。

伯爵略感驚訝。

「我的意思只是說，如果他復活過來，對你可就不利了。」他解釋道，「別緊張，只是個愚蠢的玩笑。」

她鬆了口氣。

「噢，不會的，他已在戰爭中陣亡了。他曾經愛過我。」

「在南非？」伯爵漫不經心地問。

「既然你問起，是的，是在南非。」

「南非是你的家鄉，不是嗎？」

她點點頭。她的客人已起身去拿帽子。

「好吧，」他說，「你很清楚自己在做什麼，但如果我是你，我會比較畏懼上校，而不是什麼死去的愛人。上校很容易讓人低估。」

她輕蔑地笑笑。

「說得好像這麼多年來我都不了解他似的！」

「我懷疑，」他輕聲說，「我懷疑你是否真的了解他。」

「哦，我可不蠢！而且我也不是孤立無援。南非郵輪明天將停靠在南安普頓，船上有個人特別應我的要求，專程從非洲趕來，而且他已經執行了我的命令。『上校』要對付的是我們兩個，而不只是我一個人。」

「這樣做明智嗎？」

「一定要這麼做。」

「那人可靠嗎？」

拿迪娜臉上露出奇特的笑容。

「絕對可靠。他辦事效率不高，但絕對忠誠。」她停了一會兒，冷淡地加了一句：「其實他正是我丈夫。」

01

我身邊的每一個人都敦促我寫出這本書，上至納斯比勳爵，下至我的女僕愛米莉。我最後一次在英國看見愛米莉時，她說：「小姐，你絕對可以寫出一本很棒的書……就像圖畫一樣。」

我承認我的確夠格完成這項工作。因為從一開始，我就捲入這件事，而且涉入很深，甚至連命案發生時我也正好在場。更幸運的是，其中有些我無法提供的細節，可用尤斯塔·佩德勒爵士的日記彌補，他很客氣地請求我採用他的日記。

所以現在就開始吧。安妮·貝丁費開始講她的歷險故事了。

我一直渴望冒險。你知道，我的生活太單調乏味了，我父親貝丁費教授是英國研究原始人的權威。人人都說他是個天才。他的思想是舊石器時代的，對他來說，生活上最大的不便就是他的肉體得處在現代世界。父親一點也不關心現代人，就連新石器時代的人，他也將他們貶成養牛的牧人，除非是舊石器時代的人事物，否則他一點興趣也沒有。

不幸的是，一個人不能完全和現代社會隔絕，人總是得和屠夫、麵包師傅、送奶小廝及果菜商打交道。爸爸沉浸在過去，而我還是個嬰兒時，母親就去世了，所以生活上的實際問題便落到我的肩上。老實說，我討厭舊石器時代的人，不管他是舊石器時代早期、中期或晚期的人。儘管爸爸的著作《尼安德塔人及其祖先》，大部分是由我打字及校對，但尼安德塔人讓我覺得反胃，我總覺得他們在遠古時代就已經滅絕，真是件令人慶幸的事。

我不知道父親是否揣想過我對原始人的感覺，不過反正他也不會感興趣。別人的意見不能引起他的絲毫興趣。我想這就是他偉大的地方。同樣地，他對生活必需品也毫不關心。他有什麼就吃什麼，只是一旦要付錢，他就覺得頭痛。我們總是缺錢，他的名望不能帶來現金。儘管他幾乎在每個重要協會都有掛名，還有成堆寫給他的信，但一般人很少知道他的存在，而他那些長篇累牘的學術專著，雖然很明顯地豐富了人類的知識寶庫，對大眾卻缺乏吸引力。他只有一次吸引了大眾的目光。那是他在某協會宣讀一篇關於幼小黑猩猩的論文。他說，人類早期會顯露出一些黑猩猩的特徵，而幼小黑猩猩也比成熟的黑猩猩更接近人類。這似乎表示我們的祖先比我們更接近幼小黑猩猩，而幼小黑猩猩比現在發達，換言之，黑猩猩在墮落退化。一份很積極的報紙《每日家計》急於找些有趣的新聞，便立刻登出頭條：「我們不是猴子的後裔，但猴子是我們的後裔嗎？著名教授說黑猩猩是墮落的人類。」此後不久，有記者來訪問父親，並極盡所能地說服父親撰寫一系列有關這個主題的通俗文章。我很少見父親發那麼大的脾氣。他把那位記者轟出門外。令我心酸的是，當時我們正缺錢用。事實上，我曾想衝出門外去追上那個年輕人，告訴他父親已經心回意轉，願意撰寫那些文章。我自己就可以輕而易舉地寫出那種文章，爸爸也不可能知道這件事，畢竟他從不讀《每日家計》。然而，我覺得這樣做太冒險。最後，我還是戴上我最好的帽子，滿面愁容地進村子，去找正在發火的雜貨店老闆。

那位《每日家計》的記者是唯一來過我家的年輕人。有時我很嫉妒我們家的女僕愛米莉，只要她那壯碩的水手未婚夫一邀她，她就會外出。其他時間，她還和雜貨店的店員及藥劑師助手出去約會。如她所說，這是為了「操練」。我憂傷的想，我怎麼就沒有人可以「操練」。父親所有的朋友都是留著長鬍子的老教授。有一次彼得森教授熱情地摟著我，並試圖吻我，說我有「小蠻腰」。光這句話就知道他真是過時了，從我還是嬰兒的時候，就沒有一個有自尊心的現代女性喜歡聽這種話。

我渴望冒險、浪漫的愛情，而我似乎命中注定得過著單調乏味的生活。村裡有個圖書館，裡面有很多破舊的小說。我總藉由這些小說來體會冒險和愛情的樂趣，夢想著沉默堅毅的羅德西亞人，以及「一拳就可擊倒對手」的強壯男人。而村子裡看起來並沒有誰能一拳或幾拳就擊倒對手。

村子裡也有電影院，每週播放一集《帕米拉歷險記》。帕米拉是個無與倫比的年輕婦女。天不怕地不怕，在高空中從飛機裡跳出來，乘潛艇冒險，爬上摩天大樓，從容不迫地混入下層社會。她並不是挺聰明，每一次都被黑社會老大抓住，可是黑社會老大好像都不知道該往她頭上踹個幾腳，讓她輕易地死去，卻老是要用瓦斯中毒或其他新奇的招數置她於死地。所以下禮拜的續集一開始，片裡的英雄總是會適時伸出援手搭救她。看完電影後，我經常弄得昏頭轉向，可是一回到家就看見瓦斯公司留了一張條子，警告我們再不繳清欠款，就要切斷瓦斯的供應。

然而，冒險的奇遇正一天天接近我，雖然當時我並未感覺到。

世上有很多人一輩子都不知道考古學家在羅德西亞北部的廢礦山發現原始人頭骨的事。然而有一天早晨我下樓來，就發現父親高興得差點中風。他迫不及待要告訴我這整件事。

「安妮，你知道嗎？他們確實和爪哇頭骨有相似之處，但這只是表面上相似。不，現在我們發現的是尼安德塔人的祖先。你承認直布羅陀頭骨是已發現最原始的尼安德塔人頭骨嗎？這個種族的搖籃是在非洲，他們遷移到歐洲……」

「鱒魚不塗點橘子醬嗎，爸爸？」我急促地說著，並抓住父親心不在焉的手。「是的，你是在說……」

「他們遷移到歐洲……」

說到這兒，他突然嗆得很厲害，嘴裡塞滿了鱒魚刺。

「可是我們必須立即開始，」吃完早餐後，他起身說道，「不能再耽誤了，我們必須趕赴挖掘現場。那附近一定會有數不清的發現。我會看出那些石器是否屬於舊石器時代後期的類型……我敢說那裡還會有原始牛的遺骸，而不是那些渾身長滿毛的犀牛。對了，很快就會有一批人馬出發。我們必須趕在他們前面。安妮，你今天寫信給庫克旅行社。」

「爸爸，錢怎麼辦？」我小心地暗示。

他責備地看我一眼。

「孩子，你老愛讓我掃興。我們不該這麼現實。不，為了科學，人絕不能現實。」

「我覺得庫克可能就會很現實。」

父親看來有些痛心。

「親愛的安妮，你可以付給他們現金吧。」

「我一毛錢也沒有。」

父親看起來十分惱怒。

「孩子，別拿這庸俗的金錢瑣事煩我了。銀行……我昨天接到銀行經理的通知，說我還有二十七英鎊的存款。」

「我想那是你透支的數額。」

「啊，有了！寫信給我的出版商。」

我滿腹狐疑地讓步了，雖然深知父親的書帶來的榮耀比金錢多。我很喜歡去羅德西亞這個主意。「沉默堅毅的男人。」我興致勃勃地喃喃自語。這時，我突然發現父親的儀表有點古怪。

「你穿錯靴子了，父親，」我說，「脫下棕色那隻，穿上另一隻黑靴子。還有，別忘了戴圍巾。今天很冷。」

幾分鐘後，父親闊步走出去，這回靴子穿對了，還圍上了圍巾。

那天晚上，他很晚才回來。使我吃驚的是，他的大衣和圍巾全都不見了。

「你看看我，安妮，你說對了。我進洞前脫下了大衣和圍巾。那裡太髒了。」

我理解地點點頭，記得有一次父親回來時，從頭到腳沾滿了冰河時期的泥土。

我們住在小漢普斯利的主要原因是，它離漢普斯利洞穴很近。這個洞裡埋藏著豐富的石器文化遺物。村子裡有個小博物館，館長和父親整天忙著從地底挖出長毛犀牛和穴熊的殘骸。

那天晚上，父親咳得很厲害，第二天早晨我發現他高燒不止，就請了醫生。

可憐的父親再也沒有痊癒的機會，他得了嚴重的肺炎，四天後，父親便去世了。

02

每個人都對我很好。雖然我精神恍恍惚惚，但是我很感激他們。我並未覺得悲痛難抑。父親從未愛過我，對此我很清楚。要是他曾愛過我，我必會回報他的愛。不，我們之間沒有愛，但我們相依為命。我照顧他，佩服他的學識和他對科學毫無保留的奉獻。每當我想到父親竟在畢生的興趣正發展到高峰時去世，就倍感心傷。如果能將他葬在穴壁上畫滿馴鹿和燧石器皿的洞穴裡，我會更覺欣慰。可是眾人的意見堅持要在當地醜陋的教堂墓地裡，修築一座精緻的大理石墳墓。牧師的好言相勸雖然出自好意，卻未能給我絲毫慰藉。

一段時間過後，我才曉得我長久渴望的自由終於來臨。我成了孤兒，身無分文，卻自由了。同時，我也了解到這些好人的善意是多麼感人。牧師全力說服我與他太太作伴。我們當地的小圖書館忽然決定要請一個助理館員。最後醫生來看我，為他沒送來正式帳單一事找了好幾個荒謬藉口，支支吾吾了好一會兒後，突然建議我應該和他結婚。

我很震驚。醫生將近四十歲左右，是個圓胖的小個子。他長得一點也不像《帕米拉歷險記》中的主角，更不像沉默堅毅的羅德西亞男子。我想了一會兒，問他為何想娶我。這使他驚慌不已，他喃喃說道，妻子對行醫的人來說極為重要。這一來越發不夠浪漫了，但我的內心深處似乎有些什麼在催促我接受。他給我安全感……安全，還有一個舒適的家。現在回想起來，我覺得自己很對不起他。他確實愛我，只不過他的謹慎害他不敢用浪漫的語言向我求婚。無論如何，我浪漫的天性促使我反對。

「你真是太好了，」我說，「但這是不可能的。除非我愛一個人愛得發狂，否則我不會結婚的。」

「你不認為……」

「不，我不認為。」我堅定地說。

他嘆了口氣。

「可是，親愛的孩子，你一個人要怎麼辦呢？」

「出去探險，看看這個世界。」我毫不猶豫地答道。

「安妮小姐，你還是個孩子。你不明白……」

「實際上的困難？我明白，醫生。我不是個多愁善感的女學生，而是精明冷靜的悍婦！如果你想娶我，就必須了解這一點！」

「我希望你重新考慮……」

「不。」

他又嘆了口氣。

「我還有個建議。我一位住在威爾斯的姑媽需要雇用一個年輕的女士。你覺得這工作適合你嗎？」

「不，醫生，我要去倫敦。在倫敦，什麼事都會發生。我會小心謹慎，然後你就會看到事情有不一樣的發展！接下來，你會聽說我在中國或廷巴克圖。」

下一個來看我的人是爸爸在倫敦的律師弗萊明先生。他特別到城裡來看我。他也是一位熱誠的人類學家，極欽佩父親的工作。他個子高瘦，面孔瘦削，頭髮灰白。我一進房間，他就起身一把握住我的雙手，並溫柔地輕輕拍著。

「我可憐的孩子，」他說，「我可憐、可憐的孩子。」

我並非故意虛偽，但我發現自己裝出一副失怙孤兒的樣子。他使我不自覺就想這麼做。他像父親一樣慈祥、善良，而且無疑地，他覺得我是個無知的女孩，被孤單地遺留在這炎涼的世上。從一開始，我就發現要改變他的這種想法是徒勞。事實上，我勸不勸他都無所謂。

「我親愛的孩子，你現在可以聽我把一些事說明清楚嗎？」

「哦，可以。」

「你知道你父親是個很偉大的人，下一代的人會感謝他。但他不善理財。」

這我很清楚，甚至比弗萊明先生更清楚，可是我不願這樣說。他繼續說：「我認為你並不了解這些事。我會盡量向你解釋清楚。」

他的解釋真的沒必要那麼長，總之，結果是爸爸只留給我八十七英鎊十七先令去面對未來的人生。這筆錢實在少得可憐。我有點惶恐地等著接下來他要說的話，生怕弗萊明先生會說，他有個住在蘇格蘭的姑媽想找個聰明年輕的女伴。然而，他沒有。

「問題是，」他接著說，「你的未來。我知道你並沒有其他親戚，是吧？」

「沒有。我們家只剩我一個。」我說，突然感到我和電影中的女英雄處境相似。

「你有朋友嗎？」

「大家對我都很好。」我感激地說。

「誰會對你這麼年輕迷人的女孩不好呢？」弗萊明先生體貼地說，「好了，好了，親愛的，我們必須想想看能做點什麼。」他猶豫了一會兒，然後說：「我看……你去我們家住一段時間如何？」

這樣的機會真是令人興奮，倫敦！那裡什麼事都會發生。

「你真是太好了，」我說，「我真的能去嗎？我正好不曉得該去哪裡，您知道，我必須開始自食其力。」

「是的，是的，我親愛的孩子，我很明白。我們會找找適合的工作。」

我直覺地感到弗萊明先生說的「適合的工作」，和我想做的可能相去甚遠，但此時不是透露個人看法的時機。

「那就這麼決定了。你何不今天就和我一起回去呢？」

「哦，謝謝你，但弗萊明太太……」

「我妻子會很高興地歡迎你。」

我懷疑天下的丈夫們是否真像他們自以為的那樣了解妻子。如果我有個丈夫，我一定會討厭他不和我商量就帶個孤兒回家。

「我們從車站給她打個電話。」律師又說。

我那幾樣私人物品很快就打點完畢。在戴帽子之前，我悲哀地注視著它。我把這種帽子稱為「瑪麗帽」，意思是女僕白天出門時戴的帽子……但它現在不是了！它原本只是頂黑草帽，帽緣適度地下垂。我通常以天外飛來的靈感踢它一下，捶個兩下，再把帽頂壓凹，黏上一塊像立體派畫家夢中的「爵士胡蘿蔔」，這樣它就變得很時髦了。而現在，我得著手破壞我的傑作，當然，那塊胡蘿蔔要拿掉。「瑪麗帽」不但恢復原狀，而且看起來更不成形，甚至比先前更扁。我盡可能使自己看起來像個孤兒。我只是隱隱擔憂著弗萊明夫人會不會接納我，但願這種打扮可以消除她的戒心。

弗萊明先生也在擔憂。當我們走進寧靜的肯辛頓廣場的樓梯時，我發現了這一點。弗萊明夫人很和藹地和我打了招呼。她端莊沉著，屬於賢妻良母型的人。她把我帶到一間一塵不染、有著印花棉布窗簾的臥室，告訴我希望我感到滿意，還對我說，再過十五分鐘茶就泡好了，然後就讓我自便。

當她走進樓下客廳時，我聽到她略微拉高嗓音說：「亨利，到底為什麼……」

其餘的我沒聽見，只知道語氣激動高昂。幾分鐘後，隻言片語又飄入我的耳朵，聲音更為拔高。

「我同意你的看法，她還真是個好看的女孩。」

活著真難。你若長得不好看，男人不會對你好；你若長得好看，女人就不會對你友善。

我深深地嘆了一口氣，繼續整理我的頭髮。我的髮質很好，是黑色的，真正的黑色而不是暗褐色，從前額一直蓋過耳下。我毫不遲疑地把頭髮綰起來。我的耳朵長得不錯，但無疑露出耳朵是過時的打扮。它們的樣式很像彼得森教授年輕時代的「西班牙美腿皇后」。梳妝完畢後，令人難以置信地，我看起來幾乎和那些穿戴小圓帽、紅披風正排隊前進的孤兒一模一樣。

當我下樓時，我注意到弗萊明夫人以十分慈祥的眼光看著我露出的耳朵，而弗萊明先生似乎有點不解，他心裡準是在問：「這孩子在搞什麼鬼？」

大致上，這一天接下來的時間都很平順地過去了。有一點是確定的：我要立刻開始找事做。

上床睡覺時，我急切地凝視鏡中自己的臉孔。我真的長得好看嗎？老實說我並不覺得！我沒有挺直的希臘鼻，也沒有玫瑰花蕾般的嘴，或其他應有的漂亮五官。確實有一次，一個助理牧師說我的眼睛像「囚禁於黑暗森林中的陽光」……不過，牧師們總是知道許多名言，隨時都能脫口而出。我寧願有雙愛爾蘭人的藍眼睛，而不是帶著黃斑點的深綠色眼睛！雖然，碧綠色對女冒險家來說，是個好顏色。

我緊緊裹著一件黑衣服，讓肩膀及手臂露在外頭，然後把頭髮梳回原樣，蓋住耳朵。我在臉上撲了許多粉，使皮膚比平常還白。我四處搜尋，找到一管舊唇膏，在嘴唇上塗了厚厚一層。接著，我在眼睛下方用燒焦的軟木畫上眼線。最後，在赤裸的肩膀上披上紅絲帶，在頭髮插上一根猩紅色的羽毛，嘴角再叼根香菸。整體的打扮令我很滿意。

「女冒險家安妮，」我大聲說，向鏡中的自己點點頭。「女冒險家安妮，第一集，『肯辛頓之屋』！」

女孩子真是傻得可以。

／03

隨後幾個星期，日子無聊至極。弗萊明夫人和她的朋友都乏味得很。她們可以花上幾小時談自己和她們的孩子，以及為孩子挑選好牛奶有多困難，還有當牛奶品質不好時，她們會如何向乳品店抱怨。接著她們談論傭人，說好傭人如何難找，她們對職業介紹所的女工作人員說些什麼，那女人又如何回應。她們似乎從不看報，也不關心世界上發生的事。她們不喜歡旅遊……外國的一切都和英國大不相同。當然，里維拉還好，因為在那兒可以遇見所有的朋友。

我聽得快要受不了。這些女人大都很有錢，一整個美麗寬廣的世界都等著她們去遨遊，但她們寧可留在骯髒乏味的倫敦，談論著乳品店和僕人！現在回想起來，我或許有點褊狹。但她們的確很蠢，就連她們選的工作也很蠢：大部分的人都只擔任家庭記帳的工作，而且非常不能勝任，記的只是一筆糊塗帳。

我自己的事情沒什麼進展。家具、房子都已賣掉，剛好還債。而且，我還沒找到工作。其實我也不是真的需要一份工作，我堅信只要有心，自然就會遇上冒險刺激的事情。我的理論是，人總能如願以償。

我的理論就要被證實了。

事情發生在一月上旬，正確地說，是一月八日。我去和一位女士面試失敗後……她說她需要一位祕書侍伴，然而其實她真正想找的是一個強壯的女工友，每天工作十二小時，年薪只有二十五英鎊。我們彼此盡量掩飾著不快，很快結束了面談，我走上艾奇韋路（會面地點是在聖約翰伍德的一棟房子），穿過海德公園到達聖喬治醫院。在那兒我走進海德公園的地鐵車站，買了張去格洛斯特的票。

一上月台，我就向月台一端的盡頭走去。我想知道往唐寧街方向的兩條路線是否真的有路閘及出口。當發現自己沒弄錯的時候，我傻得自鳴得意起來。月台上的人不多，而月台的盡頭只有我和另一個男人。當我走過他身邊時，聞到了一股奇怪的味道。我最不能忍受的就是樟腦味，而此人厚厚的大衣正散發出濃濃的樟腦味。大多數人在一個月之前已穿上冬天的大衣，到現在味道應該已經散盡。那男人站在我前面，就在月台邊緣。他似乎沉溺在某種思緒中，所以我放肆地盯著他。他身材瘦削，面色棕黃，眼睛淺藍，鬍鬚短黑。

「剛從國外回來，」我判斷道，「這就是他大衣有樟腦味的原因。他從印度來，不是官員，否則不會留鬍子。或許是茶農。」

這時，那人轉身好像要沿著月台往回走。他看了我一眼，然後目光移向我身後的某樣東西，頓時臉色大變。他面孔扭曲，驚恐萬狀，後退了一步，好像出自本能地躲避某種危險，卻忘了他正站在月台邊緣，以致瞬間掉了下去。鐵軌發出明顯的閃光，還有劈啪的爆裂聲。我尖叫起來，人們也跑了過來。兩名車站職員不知從何處冒出來指揮現場。

我驚惶失措地站在原地，腳下像生了根似的無法動彈。突如其來的變故使我感到驚恐，但與此同時，我也冷靜客觀地觀察起人們將那男子從鐵軌上搬回月台上的過程。

「請讓我過去，我是醫生。」

一個蓄著棕色鬍鬚的高大男子推開人群，走過我身邊，俯身檢視屍體。

在他檢視屍體的時候，一種奇怪、不真實的感覺攫住了我。這好像不是真的，不可能是真的……

最後，醫生站起身，搖了搖頭。

「死了，沒救了。」

我們全都向前擠過去，一個悲傷的搬運工提高嗓門。

「向後退一些，可以嗎？有什麼好擠的？」

我突然感到一陣噁心，掩目後轉，奔上台階，朝電梯跑去。我覺得太可怕了，我必須去透透氣。剛才驗屍的那位醫生恰巧走在我前面。電梯正要往上升，醫生快跑進去，匆忙中，一張紙條掉了下來。

我停步，撿起紙條，跟在他身後跑，但電梯門關上了。我握著小紙條站在電梯外，等第二部電梯。待我到達街道那層時，我已失去他的蹤影。我希望他掉落的紙條不太重要，我把小紙條拿起來看。那是半張便條紙，上面用鉛筆潦草地寫著幾個數字和文字：

一七・一二二，奇夢登堡

表面上看起來，這似乎毫無意義。然而，我仍猶豫著沒扔掉。我站在那兒握著那張小紙條，一股味道讓我不由自主地皺起鼻子，又是樟腦味！我小心地把紙條湊近鼻下，沒錯，樟腦味很濃。但是……

我小心地摺好紙條，放進皮包，慢慢走回家，一路上想了很多事情。

我對弗萊明夫人說我在地鐵站目睹一件不幸的事故，覺得很不舒服，想回房裡躺一下。好心的夫人堅持要我先喝杯茶。喝過茶後，我一個人回房，開始進行一路上想好的計畫。我想知道當醫生驗屍時，為什麼我會有種不真實的感覺。首先，我躺在地上假裝是屍體，然後又改用長枕墊放在地上代替屍體，然後盡可能回憶、模仿醫生的一舉一動。當我做完後，終於明白了。我跪坐在地上，皺著眉面對牆壁。

晚報上簡要地登載了地鐵站摔死人的消息，它究竟是事故還是自殺，這是個疑點。我的責任似乎明朗化了。

弗萊明先生聽了我的敘述後，很同意我的想法。

「審訊時無疑你要到場。你說當時再沒有別人在現場目擊事故發生？」

「我覺得有人從我身後走來，但我不敢肯定，總之，他們沒我離得近。」

審訊最後舉行了。弗萊明先生全權處理帶我去法庭。他似乎擔心我受不了現場的煎熬，我只好掩飾自己的鎮靜。

死者被驗明是L·B·卡頓。口袋裡除了一張參觀馬洛河岸一間屋子的證明書外，什麼也沒有。證明書是開給住在羅素飯店的L·B·卡頓，飯店職員證明這人是前天到達的，並以上述姓名訂了房間。他登記時寫的是L·B·卡頓，來自南非金伯利。顯然他剛下船就直奔飯店。

我是目睹事故發生的唯一證人。

「你認為這是意外嗎？」驗屍官問我。

「我認為是。不知什麼嚇著了他，他只顧著後退，不知道自己在幹什麼。」

「是什麼嚇著他了呢？」

「我不知道，但一定有什麼東西，他看來很驚恐。」

一個古板的陪審員說有些人怕貓，那人可能看見一隻貓。我很不以為然，但這個說法被陪審團所接受。這些陪審員早就急著要回家了，巴不得快快以意外事故而非自殺的判決了結本案。

「這很奇怪，」驗屍官說，「最先驗屍的那個醫生到現在還沒露面。當時他應該留下姓名、地址。什麼資料也沒留下，這太不合程序了。」

我獨自暗笑。對這位醫生我有獨到的見解。我決定盡早給蘇格蘭警場打電話。

但第二天一早，令人驚訝的事情發生了。弗萊明一家訂了《每日家計》。《每日家計》自作主張地刊登出：

地鐵事件續集上演

女人在空屋中被勒死

我急切地讀著內文：

昨天在馬洛的米爾莊中有一轟動性的發現。米爾莊由尤斯塔．佩德勒爵士所擁有。屋內淨空，正待出租。據認在海德公園地鐵站中跳軌自殺的那位男人，口袋中正裝有參觀此屋的證明書。昨天有人在米爾莊樓上一間房間裡發現了一具年輕貌美的女屍，是被勒死的。她可能是外國人，但未被證實。據報導警方已有線索。米爾莊主人尤斯塔．佩德勒爵士正在里維拉度假。

04

無人前來認領該具女屍。經調查得出下列事實。

一月八號午後一點，一個穿著講究、略帶外國口音的女人走進奈茨比房屋仲介公司巴特勒·帕克先生的辦公室。她說她想在泰晤士河附近或租或買一棟靠近倫敦的房子。她用心看了好幾棟房子，包括米爾莊。她自稱為卡斯蒂娜夫人，住在麗緻飯店，但後來證明那兒沒有這個人，飯店的人也沒見過她。

詹姆斯太太是尤斯塔·佩德勒爵士的園丁之妻，也是米爾莊的看管人，她住在朝向馬路的小屋內。她作證說，那天下午三點左右，一位女士來看房子。那個女士拿出房屋仲介的證明書，詹姆斯太太按常規給了她房間鑰匙。那間屋子離詹姆斯太太住的小屋有段路，而詹姆斯太太沒有陪客人看房子的習慣。幾分鐘後，來了個年輕男子。詹姆斯太太說他是個高個子，寬肩膀，面色泛黃，眼睛淺灰。他鬍鬚刮得很乾淨，穿了一套褐色西裝。他告訴詹姆斯太太，他是來看房子那位女士的朋友，他剛才在郵局打電報耽擱了一會兒。詹姆斯太太給他指了路，沒有多想什麼。

五分鐘後，那個男人又回來了，交回鑰匙，並說那房子恐怕不適合他們。詹姆斯太太這時沒見到那位女士，以為她先走了。但她察覺到那個年輕男人很沮喪。「像見鬼了似的，我以為他病了。」

第二天，另一對先生、女士來看房子，發現樓上一間房間躺著一具屍體。詹姆斯太太證明就是昨天來看房子的那位女士。房屋仲介也認出她是卡斯蒂娜太太。法醫認為她死了約有二十四小時了。《每日家計》直接下結論說，地鐵站的那個男人殺了那女人後畏罪自殺。然而，地鐵站那人是兩點死亡的，而那女人直到三點還活得好好的，因此，唯一合理的推論就是：兩者毫不相干。在那男人身上發現的那張看房證明書只是生活中常見的巧合。

於是蓄意謀殺的判決又回鍋了。警方（和《每日家計》）忙著找那「褐衣男子」。由於詹姆斯太太很肯定那位女士進屋子時屋裡沒別人，而直到第二天下午之前，除了那個年輕人也沒別人進去過，所以唯一合理的結論就是他殺了倒楣的卡斯蒂娜太太。她是被一條結實的黑帶子勒死的，很顯然沒來得及叫出聲。她提的黑絲綢手袋中有個華麗的錢包和一些零錢，一條漂亮的帶花邊手帕，沒什麼標記，還有去倫敦的頭等返程票。沒什麼重要線索。

這就是《每日家計》刊登的詳情，「找到褐衣男子」是他們每天的戰鬥口號。平均每天有五百人寫信到報社說他們發現了這個人。而只要有裁縫鼓吹男士做褐色西裝，那些臉色黝黑的高個子青年便開始口出惡言。地鐵站中那件被草草解釋為巧合的事，在人們的心目中逐漸淡忘了。

真是巧合嗎？我很懷疑。當然我有我的偏見——地鐵事件是我獨享的祕密——但兩者間必定有某種聯繫。兩件事中都有個面色黝黑的男人，顯然是僑居海外的英國人，此外還有其他一些巧合。考慮了那些因素，終於促使我「邁出一大步」，去了蘇格蘭警場，求見負責米爾莊事件的警官。

由於疏忽，我走到了雨傘遺失部，因而我的請求費了好一段時間才被受理。最後我被領進一個小房間，見到了梅多斯警官。

梅多斯警官身材瘦小，頭髮薑黃，脾氣十分暴躁。一個穿便衣的警衛不惹眼地坐在角落裡。

「早安！」我緊張地說。

「早安，請坐，我知道你想告訴我們一些你認為對我們有用的事。」

他的語調表明這是不可能的。我開始生氣了。

「你知道那個死在地鐵站的人吧？那人口袋中裝著一張到馬洛看房子的證明書。」

「噢！」警官說，「你就是貝丁費小姐，你曾在審訊中作證。是的，那人口袋中有證明書。很多人都有證明書，只是他們碰巧沒被殺死。」

我鼓起勇氣說道：「你不認為他口袋中沒有車票有點怪嗎？」

「世上最容易的事就是丟車票。你自己也丟過吧。」
「他連錢也沒有。」
「他褲子口袋裡有些零錢。」
「但沒有錢包。」
「有些人從不帶錢包。」
我改變話題。
「你不覺得醫生事後從不露面有點怪嗎？」
「一個忙得不可開交的醫生經常不習慣讀報。他可能忘了這件事。」
「事實上，警官，你早已事先決定這事一點都不怪了。」我挖苦道。
「嗯，我覺得你太喜歡『怪』這個字了，貝丁費小姐。年輕的小姐都很浪漫，這點我知道，喜歡神祕的事，但我是個大忙人……」
我理解了他的暗示，起身要走。
坐在角落的男人溫和地說：「或許這位年輕小姐可以簡要談談她對這事的看法，警官。」
這話正中警官下懷。
「好，貝丁費小姐，別在意。你既然已提過問題並做了暗示，現在就和盤托出你的想法吧。」
我在自尊心受損和闡述觀點的強烈欲望之間躊躇，最後決定把自尊心扔到一邊。

「你在審訊中說過，那男人不是自殺的？」

「是的，我敢肯定。那人很驚恐。到底是什麼嚇著他了？絕不是我。一定有人在月台上朝我們走來……他認識的某個人。」

「你沒見到這個人？」

「沒有，」我承認道，「我沒回頭。還有，屍體從下面的鐵軌弄上來後，就有一個自稱是醫生的人上來檢查。」

「這沒什麼奇怪的。」警官冷冷地說。

「他不是什麼醫生。」

「什麼？」

「他根本就不是醫生。」我重複道。

「你怎麼知道他不是，貝丁費小姐？」

「很難說清楚，戰時我在醫院做過事，見過醫生處理病人。醫生那種專業、冷靜，從那人身上一點也看不出來。另外，醫生不會在身體右側摸心臟。」

「他那麼做了？」

「是的，我當時沒特別注意，只覺得哪裡不對勁。但回家後我察覺了，才知道當時他的動作為何那麼笨拙。」

「嗯。」警官說道。他慢慢伸手去拿紙和筆。

「他的手在那人的上身亂摸，他有足夠的機會從那人的口袋中取走任何東西。」

「這在我看來不太可能，」警官說，「不過，你能形容他的樣子嗎？」

「他很高，寬肩膀，穿著深色大衣、黑靴子，戴著常禮帽，留著黑鬍子，戴了一副金邊眼鏡。」

「去掉大衣、鬍子、眼鏡，就無法再認出他了，」警官咕噥道，「他可以在五分鐘內輕鬆地改變相貌……如果他正是你所說的那種自滿的小偷。」

我並沒有這樣說。但從這時起，我覺得警官已不可冀望。

「你還有關於這人的事要說嗎？」他問道，我已起身要走了。

「是的。」我說。我抓住機會將他一軍。「他的頭是短頭型的。那可是很難裝的。」

我高興地看到梅多斯警官的筆晃了一下。很顯然他不會拼寫「短頭型」這個詞。

05

充滿義憤之下，我的下一步出乎意料地好走。當我去蘇格蘭警場時，已有了初步計畫。其中有一個打算在我會面不成功（簡直是失敗之至）時用……只要我有勇氣執行就可以。平常畏縮不前的事在惱怒之中極易達成。我想都沒想，就徑直去找納斯比勳爵。

納斯比勳爵是個百萬富翁，他是《每日家計》的擁有者，旗下有好幾家報紙，但《每日家計》是他的掌上明珠。他是以《每日家計》而聞名全英國。由於這位大人物的日常行程才被報導過，我知道在何處能找到他。此時他正在家裡給祕書口授信函呢。

當然，我知道並非每個想求見的年輕女人都會立即被引見至這位權威人士面前。但我早有準備。在弗萊明家大廳的名片盤中，我找到了洛末斯利侯爵的名片，他是英國最有名氣的體育大亨。我取出名片，小心地用麵包屑將它清理乾淨，再用鉛筆寫上：「請撥冗見見貝丁費小姐」。女冒險家做事絕不能畏首畏尾。

這招真靈。一個面孔塗粉的男僕接過名片，呈了上去。這時，一個臉色慘白的祕書出來了。我對答如流，成功降服他。他挫敗而退，再次出來時，懇求我跟他走。我和他進了一個大房間，一個神色慌張的速記員像見了鬼似的從我身邊逃過。然後門關上了，留我獨自面對納斯比勳爵。

他是個大塊頭，大頭，大臉，大鬍子，大肚子。我鼓起勇氣。我來這兒可不是為了評論納斯比勳爵的大肚子。他衝我嚷了起來。

「怎麼啦？洛末斯利想要什麼？你是他的祕書？這是怎麼回事？」

「是這樣，」我盡量使語氣冷靜平和。「我根本不認識洛末斯利爵士，他也不知道我是誰。我在我借住的家庭中拿到這張名片，然後自己寫了些字。見到你對我來說很重要。」

納斯比勳爵是否旋即中風了，在一段時間內還難以觀察出來。最後他嚥下兩口唾沫，理解過來。

「小姐，我敬佩你的沉著。你好好看看我！如果你讓我感到興趣，你可以再占用我兩分鐘。」

「那很夠了，」我答道，「我會使你產生興趣的。是關於米爾莊謎案的事。」

「如果你已找到那位褐衣男子，直接給編輯寫信就行了。」

他急匆匆地打斷了我的話。

「如果你一直插話，我會占用超過兩分鐘的時間，」我堅定地說，「我還沒找到褐衣男子，但我很可能找到他。」

我盡量用最少的字語把地鐵事件及我的結論告訴了他。我說完後，他出乎意料地說：

「你怎麼知道什麼是短頭型？」

我提到父親。

「研究猴子的人？嗯，好，小姐，你肩膀上好像還有點腦袋。但你這些證據非常薄弱，沒什麼看頭，目前對我們沒什麼用。」

「我完全清楚這一點。」

「那你想要什麼？」

「我想到你的報社做事，以便調查此事。」

「不行，此事我們已有專人負責。」

「我有專門的知識。」

「就是你剛才告訴我的那些，嗯？」

「不是，納斯比動爵。我還留了一手。」

「哦，是嗎？你好像是個很機靈的女孩。留了哪一手？」

「當這所謂的醫生走進電梯時，掉下一張紙條。我撿起了。紙條有樟腦味，而死者身上也有，醫生身上卻沒有。所以我立即明白，紙條是醫生從死者身上取下來的。紙條上有四個字和一些數字。」

「讓我看看。」

納斯比勳爵大剌剌地伸出一隻手。

「我想還是不要的好，」我笑著說，「那是我的發現。」

「我說對了，你是個機靈的女孩。保存好是對的。把紙條送到警察那兒，你總該放心了吧？」

「我今天早上原想送去。但他們堅決認為此事和馬洛事件無關，所以我覺得在這種情況下還是留著紙條好。而且，那警官惹火我了。」

「目光短淺的人。好了，我親愛的女孩，我能為你做的就這些了。沿著你的線索摸索下去。如果你有任何值得發表的東西，寄過來，你會有機會的。《每日家計》永遠為真正有才能的人開一扇窗，但你首先得好好表現。明白嗎？」

我謝了他，並為自己的耍詐道歉。

「別提了。我喜歡漂亮女孩玩點小手段。另外，你說只占用兩分鐘，但現在已經三分鐘了……加上我插話的時間。對一個女人來說，這夠厲害了。你一定受過科學訓練。」

我再次回到街頭，喘著大氣，好像跑過步一樣。我覺得就一個新朋友而言，納斯比爵士頗為無趣。

06

在狂喜中我回到家。我的計畫進行得比我預料的還要成功。納斯比勳爵絕對是誠懇的。剩下的事只需我「好好表現」就行，這是他說過的話。我鎖上門，拿出那張珍貴的紙條，認真地研究起來。這裡有找到祕密的關鍵。

首先，這些數字代表什麼？它共有五個數字，在前兩個數字後有一個小數點。

「一七．一二二。」我低語道。

它們似乎毫無意義。

然後，我把數字相加。這在小說中經常看到，它往往會得出令人驚訝的結果。

「一加七等於八，再加一得九，再加二等於十一，再加二等於十三！」

十三！不吉祥的數字。這難道是警告我別插手此事？極有可能。不過，除了警告的作用之外，它似乎毫無意義。我不相信有任何陰謀者在實際生活中會用那種方法表示十三，如果他想說十三，他就會寫「十三」，就這樣。

在一和二中間有空格。我就用一百七十一減二十二，結果得出一百五十九。我又重新算了一遍，發覺應該是一百四十九。這些演算是非常有益的算術練習，但對解開謎案完全使不上力。我不再做算術題了，對乘、除法也不寄予厚望，我繼續看紙條上的字。

奇夢登堡。這點可以確定。那是一個地點，可能是一個貴族的發祥地（缺少繼承人？尋找繼位的人？），或者是塊廢墟（埋藏的財寶？）。

是的，我傾向於是埋藏的財寶。寶藏常和數字有關。右邊一步，左邊七步，挖一英尺，走下二十二級台階等等。我以後會弄清楚。總之要趕快去奇夢登堡跑一趟。

我擬定策略，邁出房間遠征而去，出來時帶了滿滿的參考書。名人傳，地名詞典，蘇格蘭遠祖源流，不列顛群島爭霸史。

時間流逝。我努力查尋，但愈來愈感不耐。最後，我砰地一聲闔上最後一本書。似乎沒有奇夢登堡這麼個地方。

這倒是始料未及。一定有這麼個地方。要不怎麼會有人想出這麼個地名，再寫在紙條上？真荒唐。

我又有個想法。或許它是個位於郊區的城堡型建築，外型醜陋，但它的主人給它起了個響亮的名字。如果是這樣，那找起來也太難了。我憂慮地盤腿坐起來（我在處理重要的事時，總坐在地上），開始考慮如何進行這項調查。

還有什麼線索可追查嗎？我絞盡腦汁後，突然高興地跳起來。我當然該去「犯罪現場」看看。大偵探總是這樣做的！不管距離事發已有多久時間，他們總能找到警察忽略的線索。我的計畫明確了，我必須去馬洛。

我要如何進入那棟屋子呢？我放棄了幾個比較冒險的方案，而採用最簡單的方法。那房子一直在招租當中，如果它還在招租，我就充當一名房客吧。

我也準備了對付當地房屋仲介的辦法。

然而在這點上，我算是有失考慮。一個隨和的職員提供我大約六棟令人嚮往的房子。我使出渾身解數挑盡毛病……我真怕最後計畫落空。

「你真沒有別的房子了嗎？」我問道，同情地盯著那個職員的眼睛。「在河邊，帶花園及小屋的。」我補充一番，將米爾莊的特徵總結了一下，這是我從報上看到的。

「當然有，是尤斯塔．佩德勒先生的房子，」那人疑慮地說，「你知道米爾莊嗎？」

「不，不知道……」我開始吞吞吐吐地猶豫起來（不騙你，猶豫是我的強項）。

「就是那個發生謀殺案的地方。可能你不會喜……」

「哦，我不在乎。」我故作振奮狀，我覺得我感覺起來相當真誠。「或許在這種情況下我還能撿些便宜呢。」

我想，這招真帥。

「這有可能。我也不用假裝它很好出租了，你知道，僕人的問題。如果你看了以後還喜歡，我建議你開個價。要我開證明書嗎？」

「麻煩你。」

一刻鐘後，我已站在米爾莊的那棟小屋前。我一敲門，門就開了，一個高個子的中年婦女簡直可說是直衝而出。

「不可以進來，你聽清楚沒有？你們這些記者真討厭。尤斯塔先生吩咐……」

「我知道這房子在招租，」我冷靜地說，取出證明書。「當然，如果已經租……」

「哦，小姐，很抱歉。我被記者吵得太煩了，沒一分鐘安靜。不，房子還沒租出去……現在看來不大可能。」

「排水溝壞了嗎？」我小聲急切地問。

「哦，天哪，小姐，下水道好好的！但你應該聽說過有個外國女士在這兒被殺死吧？」

「我在報紙上大概看過。」我漫不經心地說。

我的冷漠刺痛了這位好心女人。如果我露出一丁點興趣，也許她會像牡蠣一樣把殼緊緊閉上。總之，她義憤填膺了起來。

「小姐，你一定看過。所有的報紙都登了。《每日家計》還大張旗鼓地說要自己抓凶手呢。好像他們覺得警察完全沒用。我倒希望他們逮住他，儘管他實在長得不錯，有點軍人氣質。我敢說他在戰爭中受過傷，我姐姐的孩子就受過傷，癒後他們就有些古怪。或許她利用了他……他們這些外國人壞透了，儘管那女的長得很漂亮。她就站在你現在站著的地方。」

「她長得黝黑還是白皙？」我詢問，「從報紙上看不出來。」

「黑髮，膚色好白，白得有些不自然。我覺得她的嘴唇紅得嚇人，輕妝淡抹不就好了。」

我們像老朋友似的談起來。我又問道：「她看來神色慌張嗎？」

「一點也不，她笑容滿面，好像為什麼事情開心。所以，當那些人四處奔跑叫警察，並說有謀殺案時，我差點就崩潰了。我永遠也無法平復，天黑後我再也不去那兒做日常巡視。要不是尤斯塔先生求我留下的話，我甚至不願在這小屋裡住。」

「我想尤斯塔．佩德勒爵士當時人在坎城吧？」

「是的，小姐。他聽到消息後馬上回到英國。他的祕書佩吉特先生給我加了一倍薪水要我留下。我家約翰說，今天的社會在商言商啊。」

我虛偽地贊同約翰的觀點。

「那個年輕人，」詹姆斯太太忽然又轉回到前面談過的話題。「他很憂慮。我注意到他那雙淺色的眼睛閃爍不已。我覺得他很激動。但我作夢也沒想到會出事。他出來時怪模怪樣的，我都沒料到出事了。」

「他在那棟房子裡待了多長時間？」

「哦，不長，也就五分鐘左右。」

「你覺得他有多高？六英尺左右？」

「大概有吧。」

「你說他鬍子修得很整齊？」

「是的，小姐……不過不是那種唇上的短髭。」

「他的下巴油光光的？」我突然問道。

詹姆斯太太驚愕地盯著我。

「既然你提到這點，小姐，是油油光光的。你怎麼知道？」

「說來很巧，殺人犯總是下巴很光亮。」我胡亂解釋道。

詹姆斯太太還真的相信了。

「說真的，小姐，我從未聽過這種說法。」

「我想，你應該沒注意到他的頭型吧？」

「就和平常人一樣，小姐。我去拿鑰匙好嗎？」

我接過鑰匙後，朝米爾莊走去。到目前為止，我的推論還算正確。我已經知道詹姆斯太太說的那人和地鐵站那位「醫生」大致相像。大衣、鬍鬚、金邊眼鏡。「醫生」乍看是中年人，但我記得他蹲下去的樣子比較像個年輕人。他有年輕人的柔軟度。

受害者（那個「樟腦男子」，我自己這樣稱呼他）以及那個外國女人約好要在米爾莊見面。這是我的判斷。這樣做若不是怕被盯梢，就是有別的原因，他們聰明地採取不約而同去看房子的做法，這樣他們的碰面看起來就純屬偶然了。

那個樟腦男子忽然見到「醫生」時是既感意外又驚恐萬狀，這點我相當有把握。地鐵站意外發生後，接著發生了什麼事呢？「醫生」去掉化裝，跟著那女人去了馬洛。但他除去偽裝時動作太急了，下巴還殘留著黏假髮時用的膠水。

當我還在忙於思考時，我已走到了低矮、舊式的米爾莊門前。我用鑰匙打開門，走進去。大廳低矮昏暗，發出荒涼、久無人居的霉味。我禁不住打了個冷顫。那個微笑的女人幾天前走進這棟房子時，難道沒有一種刺冷的預感？她的笑容是否漸漸消逝，而且一種無名的恐懼揪住了她的心？或者，她上了樓，仍然面帶微笑，對於即將來臨的死亡一無所知？我的心跳略微加快。這房子真是完全淨空的嗎？我也會命中注定在此覆滅嗎？我第一次明白了所謂「氣氛」的意義。

這屋子裡有股殘忍、暴力和邪惡的氣氛。

07

甩下心頭的壓迫感後，我快步走上樓，一下子就找到發生慘劇的那個房間。那天發現屍體時，下著傾盆大雨，帶著汙泥的靴子把沒鋪地毯的地板踩得亂七八糟。我想，不知道凶手一天前的腳印是否也留在上面。要是留下了，警察一定壓下不說。但轉念一想，那天天氣乾燥晴朗，應該不可能。

房間沒什麼特殊情況。它幾乎是正方形的，有兩個大凸窗，普通的白牆，地板沒鋪地毯，上面滿是泥巴。我仔細搜尋，但連一根針也沒找到。我這天才妙探眼看是找不到一點詭異的線索了。

我隨身帶著一枝鉛筆和筆記本，但好像沒什麼可記錄。不過為了掩蓋調查失敗所衍生的失望之情，我畫下一張房間的草圖。當我把鉛筆放回提包時，鉛筆從指間滑下，在地板上滾了起來。

米爾莊太老舊了，地板凸凹不平。鉛筆加速度滾動，最後停在一扇窗戶下面。在每扇窗戶的凹處有個寬大的靠窗座椅，椅子下面有個小櫥櫃。鉛筆就停在櫥櫃之前。小櫥門關著，但我忽然想到，櫥門要是開著，鉛筆就會滾進去吧。我打開門，鉛筆立刻滾進去，停在最遠角落的陰暗處。我想拿出鉛筆，但由於光線昏暗，看不出小櫥裡的構造，只能用手去摸索。除了鉛筆，小櫥是空的。我有追根究柢的個性，所以又去試另一扇窗戶下的小櫥櫃。一眼看去，另一個小櫥子好像也是空的，但我探索到底，並且得到了回報……在小櫥最深處的角落裡，我感覺觸摸到一個小槽中的一卷硬紙。取出一看，是一卷柯達底片。真是收穫不小！

當然，我也知道這卷底片可能是尤斯塔·佩德勒先生的，它滾進這裡，而且在清理小櫃時沒被發現。但我覺得這種可能性不大。那底片的顏色太鮮豔耀眼。上面所黏的灰塵也只有兩三天時間，也就是謀殺案發生的這幾天。要是底片在這兒放置的時間已經很長，那上面一定會有厚厚的灰塵。

那是誰丟在這裡的？是那個男的還是那個女的？我記得她手提包裡的物品都完好無損。如果在打鬥中提包被震開了，底片掉出來，也該有零錢散落下來吧？不，不是那女人掉的。

我皺鼻聞了聞，我是不是對樟腦味著了魔？我敢發誓，我又在底片上聞到了樟腦味。我把底片放在鼻子下聞。它們有底片特有的味道，但除此之外，還有我所討厭的樟腦味。我很快找到了原因。粗糙的中隔木塊邊緣掛著細碎的布條，散發出樟腦味。這底片曾放在地鐵站那位受害男人的大衣口袋裡。難道是他把底片丟在這裡？把他所有的行動考慮進去，不可能是他。

不，是另外那個男人，那個「醫生」。他在受害人口袋裡掏紙條時也一併拿了底片，然後在他和那個女人打鬥時，把底片丟在這兒了。

我找到了線索！我得先去把底片沖出來，然後再做下一步打算。

我得意揚揚地離開了那棟屋子，把鑰匙交還給詹姆斯太太，並立即趕往車站。在回倫敦的路上，我取出紙條，又重新研究了一番。忽然，那些數字有了新的含義。會不會數字指的是日期呢？一七一二二……一九二二年一月十七日。必定是！以前我太傻了，連這點也沒想到。但如果是這樣，我一定要找到奇夢登堡，因為今天已十四號了。還有三天。時間太緊迫了，幾乎沒什麼希望，尤其是在無從找起的情況下！

今天太晚了，沖不成底片。我急忙趕回肯辛頓，以便趕上晚餐時間。我忽然想起了證明結論的簡便方法。我去問弗萊明先生，那位死者的物品中是否有架照相機。我知道他對這個案子一直很感興趣，並熟知內情。

使我懊惱、驚訝的是，他說沒有。有關卡頓的事、物都被仔細過濾過了，警方希望藉此來了解他的心理狀態。他確定沒有任何攝影器材。

這對我的推論是一大挫折。如果他沒相機，他帶底片有什麼用？

第二天一早，我就去沖洗這卷珍貴的底片。我還費事地一直走到攝政王街的那家大型柯達照相公司。我遞上底片，要求每一張都沖洗。那人用黃色錫筒將一堆底片堆放整齊後，才拿起我的那卷。他看著我。

「我想，你弄錯了。」他說。

「哦，不會，」我說，「我敢肯定。」

「你拿錯底片了。這卷沒曝光。」

我盡量維持尊嚴地走出那家公司。我敢說讓人不時了解自己有多蠢是件好事！但沒人喜歡這種經驗。

就在我走過一家大型船運公司時，忽然停下腳步。櫥窗裡陳列著一艘該公司的漂亮船模型，上面標著「凱尼沃堡號」。我腦中閃過一個瘋狂的念頭，就推門進去了，徑直走到櫃檯前，用顫抖的聲音（這回是真的！）小聲說道：「奇夢登堡。」

「十七號，從南安普頓開船。要去岬鎮？一等艙還是二等艙？」

「多少錢？」

「一等艙，八十七英鎊……」

我打斷了他。這番巧遇已使我不敢置信，想不到這票價竟也正是我父親留給我的全部財產！我孤注一擲了。

「一等艙。」我說。

我現在已全身投入冒險之中了。

08（尤斯塔．佩德勒爵士的日記摘錄）

真奇怪，我的生活從未平靜過。我是個喜歡過寧靜生活的人。我喜歡我的俱樂部，喜歡打贏橋牌，喜歡精美可口的餐點以及上等的葡萄酒。我喜歡夏天的英國、冬天的里維拉。我從不想涉入重大社會案件。當然，有時在溫暖的爐火前，我也不反對讀到這方面的報導。但也僅限於此。我的生活目標就是從容悠閒，還花費不少心思、金錢朝此方向努力。但我不敢說我夙償心願。常常事情若不是衝著我來，便是在我周圍發生，而且我經常被迫捲入。我討厭捲入其中。

今天一大早，戈尹．佩吉特手拿電報，拉長著臉，像葬禮中的聾啞人那樣走進我的臥室……一切事端便由此開始。

戈尹．佩吉特是我的祕書，熱情、能幹、勤懇，無論哪方面都令人拇指一豎。不過也沒人能像他那樣煩人。很長一段時間，我都苦於如何找藉口炒他魷魚。但不能因為你的祕書喜歡工作、不喜歡玩、喜歡早起，而且是個「沒有聲音」的人，就解雇他。這人唯一有趣的是他的臉。他的臉就像十四世紀的下毒工作者，就是替義大利博吉亞家族做那種怪差事的人。

說實在，如果佩吉特不要求我工作，我也不會這麼耿耿於懷。我對工作的看法，就是讓事情敷衍過去，大事化小，小事化無！我懷疑佩吉特這輩子從未敷衍了事過。他對一切都認真對待，這使得他這人太難相處了。

上星期，我忽然心生一計，想把他打發到佛羅倫斯去。他曾談及佛羅倫斯，以及他多想去那兒。

「親愛的小弟，」我喊道，「你明天去。我替你支付所有的費用。」

一般人不會一月去佛羅倫斯，但這對佩吉特沒差。我可以想像他手拿旅遊指南，虔誠地去參拜所有的攝影博物館。可以獲得一星期的自由，那些費用對我而言太划算了。

美妙的一週我做了我想做的一切，不想做的一件也不碰。但今天早上九點，當我睜開眼睛發覺佩吉特就站在我面前時，我知道假期結束了。

「小老弟，」我說，「葬禮已經舉行了嗎？或者再晚一點？」

佩吉特不喜歡嘲諷式的幽默。他只是瞪著我。

「所以你知道了，尤斯塔先生？」

「知道什麼？」我惱火地說，「看你的表情，我猜肯定是你的一位近親今早要下葬。」

佩吉特根本不理我。

「我以為你知道了。」他敲著電報說，「我知道你不喜歡太早被人叫起……但現在已經九點了。」

佩吉特一向堅持九點就是大白天。

「我想在這種情況下……」他又敲起電報。

「那是什麼？」我問。

「馬洛警方拍來的電報。一個女人在你的房子裡被殺了。」

這使我認真起來。

「什麼！」我叫起來。「怎麼會在我的房子裡？誰殺了她？」

「他們沒說。我想我們應該立即回英國去吧，尤斯塔先生？」

「你少亂想。為什麼我們要回去？」

「警方……」

「警方干我什麼事？」

「嗯，那是你的房子。」

「所以，」我說，「顯然我已受害，不該再受過。」

佩吉特憂慮地搖搖頭。

「這對選區會產生不良影響。」他憂鬱地說。

我不明白這是為什麼……但我覺得在這種情況下，佩吉特的直覺總是對的。表面上看，一個年輕的野女人死在一個下議院議員的房子裡，並不會讓他喪失資格，但正經八百的英國大眾是怎麼個看法就很難說了。

「她還是個外國人，這更糟。」佩吉特繼續憂愁地說。

我再次相信他是對的。如果一個女人在你的房子裡遇害會損害名譽，那麼一個外國女人死在你的房子裡，你就等著身敗名裂。我腦中又閃過一個念頭。

「天啊，」我說，「我希望卡羅琳不會生氣。」

卡羅琳是我的廚師，也是我園丁的妻子。她是什麼樣的妻子我不知道，但她是個好廚子。詹姆斯卻不是個好園丁。不過由於卡羅琳煮得一手好菜，我就任他懶惰到底，並給他一間小屋子住。

「我覺得發生這件事之後，她不會再留下。」佩吉特說。

「你總是這麼樂觀。」我說。

我想我必須回英國。佩吉特明白表示我應該回去，而且得哄哄卡羅琳。

§

（三天後）

到了冬天，我不相信有人會有機會離開英國而選擇不離開！天氣糟透了。這些麻煩事也好煩人。房屋仲介說消息曝光後幾乎不可能租出米爾莊。卡羅琳被安撫下來了……薪水加了一倍。早知如此，我們從坎城給她打個電報就行了。事實上，正如我一直強調的，根本沒必要回來。我明天就走。

§

（一天後）

幾件令人驚訝的事發生了。首先，我遇見了奧古斯圖．麥雷，典型的老賊。在俱樂部裡，他把我拉到一個僻靜的角落，好像要洩漏什麼外交機密似的。他說了一堆關於南非和那兒的工業發展，以及蘭德高地日漸嚴重的罷工謠言。我盡量耐心地聽著。最後他壓低嗓音說，那批曝光的文件當時應該找人親手交給司曼將軍。

「我相信你是對的。」我抑制住一個哈欠說。

「但我們要怎麼交給他？在這件事裡面我們的地位很微妙。」

「郵寄不行嗎？」我高興地說，「貼上兩便士郵票，丟進最近的郵筒。」

他被我的建議嚇呆了。

「親愛的佩德勒！郵寄！」

政府為何雇用如此多的信差並如此重視私人文件，對我來說一直是個謎。

「如果你不喜歡郵寄，就派一個手下送去。他會喜歡這差事。」

「不可能，」麥雷說，倚老賣老地搖搖頭。「這是有原因的，我親愛的佩德勒，我相信一定有什麼原因。」

「好吧，」我起身說，「很有趣，但我必須走了。」

「再留一分鐘，我親愛的佩德勒，我求你再待一分鐘。你私下告訴我，你最近是否要去南非一趟？你對羅德西亞很感興趣，我知道，羅德西亞加入聯邦的事你極感興趣。」

「我想大約一個月後去。」

「你有可能早一點嗎？這個月？這星期？」

「可以啊，」我有點興趣地看他一眼。「但我不想這麼早去。」

「你可以替政府做件大事……一件大事。他們會……呃，很感激。」

「你想讓我做郵差？」

「是的。不是官方身分，只是去傳達善意。每個細節都會安排妥當。」

「嗯，」我慢慢地說，「我不介意跑一趟。只要能盡快離開英國就好。」

「你將發現南非的氣候相當宜人。」

「老兄，我知道那兒的天氣。戰爭前我去過。」

「太謝謝你了，佩德勒。我會叫人給你送來那包文件。一定要親手交給司曼將軍，明白嗎？星期六，『奇夢登堡號』會開航，那可是一艘好船。」

我陪他在帕爾廣場走了一段路後就和他分手了。他熱烈地和我握手，並再次誠心感謝。回家時，我一直納悶政府做事所採行的古怪途徑。

第二天晚上，我的管家賈維斯告訴我，有位先生為了一件私事要見我，可是不願透露姓名。我一直害怕有人兜售保險，所以告訴賈維斯我不見他。真糟糕，佩吉特在最需要派上用場時偏偏患了膽病。這些熱切、勤奮、腸胃弱的年輕人老患膽病。

賈維斯回來了。

「那位先生要我告訴你，尤斯塔爵士，是麥雷先生派他來的。」

幾分鐘後，我在書房見了來人。他面色黝黑，身材勻稱，從眼角到下巴處有一道疤痕，使得本來略顯魯莽卻頗為英俊的臉龐破了相。

「有什麼事嗎？」我說。

「麥雷先生讓我來的，尤斯塔爵士。我是要陪你去南非的祕書。」

「老兄，」我說，「我已經有祕書了，不想再要一個。」

「我想你需要，尤斯塔先生。你祕書現在在哪兒？」

「他患了膽病，臥床不起。」我解釋道。

「你敢保證僅僅是膽病……」

「當然是，他常患這種病。」

我的客人笑了。

「可能是，也可能不是。時間會證明一切。但我告訴你，尤斯塔爵士，如果你想做掉你的祕書，麥雷先生不會感到驚訝。你不必害怕。」

我想我一定面露驚恐之色。

「我不是在恐嚇你。甩掉你的祕書，我們就更容易和你接觸了。總之，麥雷先生希望我陪你去。旅費我們負責，當然，你得幫我辦護照，就當你需要第二個祕書吧。」

他似乎是個意志很堅定的年輕人。我們互相凝視著。最後我屈服了。

「好吧。」我軟弱地說。

「你不要對任何人說我要陪你去。」

「好吧。」我又說。

或許有這傢伙陪我同行比較妥當，但我預感到我已愈陷愈深……就在我得到寧靜之時！

他轉身要走，我攔住了他。

「我總得知道我家新祕書的姓名吧。」我挖苦地說。

他想了一分鐘。

「哈瑞・雷伯恩似乎是個合適的名字。」他說。

這說法很怪。

「好吧。」我第三次說。

09（安妮繼續講述故事）

讓女主角在海上暈船實在太不體面了。在書中，海水愈是翻騰，女主角愈形興奮。每當人們苦於頭暈目眩之時，她就獨自在甲板上漫步，勇敢面對風暴，並樂在其中。我得遺憾地說，一登上奇夢登堡號，我就面色蒼白，趕緊下艙。一個富有同情心的女服務員前來看護，她建議我吃點薑汁啤酒。

我在船艙裡呻吟了三天，幾乎忘了此行的目的。我對尋找謎案的答案已不再感興趣。和那個喜孜孜地從船運公司跑回南肯辛頓的安妮相比，我已判若兩人。

回想起當時我衝進弗萊明家客廳的情景，我笑了。那時弗萊明太太獨自在家。我跑進去時，她轉過頭來。

「親愛的安妮，是你嗎？我想和你談點事。」

「是嗎？」我說，抑制住不耐煩。

「愛莫莉小姐離我而去了。」愛莫莉小姐是他們家的女家庭教師。「既然你還沒找到事做，我想，你介不介意……如果你能繼續和我們住在一起就太好了。」

我很感動。我知道她其實不想留我，只是基於基督的慈愛提供了我這份工作。想起我曾暗中埋怨她，不禁自責起來。我不由自主地跑上前去，摟住她的脖子。

「你太可愛了，」我說，「太、太、太可愛了！很謝謝您，但我星期六就要去南非了。」

我的突然襲擊把這位好心的女士給驚呆了。她對我突如其來的親暱很不習慣，而我的話也使她驚訝不已。

「到南非？我親愛的安妮，那種事必須慎重啊。」

我最不想聽到的就是這句話。我解釋說我已決定行程，而且一到那兒，我可以當客廳女僕。我猛然想起的就是這些。我說南非人對客廳女僕有大量需求。我安撫她說我會照顧好自己。最後，她終於嘆了口氣，鬆掉我的手，接受我的解釋，不再追問了。臨行前，她將一個信封塞在我手中。信封內，我看到五張五英鎊的鈔票和下面這句話：「希望你不介意接受這筆錢和我的愛。」她真是個好心、善良的女人。我雖未能繼續和她生活在一起，但我深知她的真正內涵。

就這樣，我口袋裡放著二十五英鎊開始闖蕩世界、追尋冒險去了。

第四天，女服務員終於讓我上甲板走走。基於死在艙內至少也乾脆俐落一點，所以我一直拒絕離開鋪位。這次女服務員用即將到達馬德拉島來引誘我，我心中不禁燃起了希望。這表示我可以離船上岸，做個客廳女僕。只要能登上陸地，做什麼事都行。

裹著毯子，兩腿軟趴趴像隻小貓，我盡全力爬上甲板，全身虛弱無力地癱坐在椅子上。我緊閉雙目，詛咒人生。一個淺髮、圓臉的事務長走來坐在我身邊。

「你好，覺得很後悔，是嗎？」

「是的。」我答道，心中很恨他。

「一兩天後你就脫胎換骨了。這幾天天氣一直不好，但此後就有和煦的氣候等著我們。明天我帶你去玩擲圈環遊戲。」

我不答話。

「以為你永遠好不了嗎？我見過狀況比你更糟的人，但兩天後，他們就又生龍活虎了。你也會的。」

我的戰鬥力盡失，沒有當面說他是個撒謊大王，但我希望我用眼神表達了這一點。他又愉快地嘮叨了幾分鐘，總算走了。人們來來往往，精力充沛的年輕夫婦在運動，小孩蹦蹦跳跳，年輕人大聲歡笑。只有少數臉色蒼白的暈船者和我一樣躺在甲板的椅子上。

空氣涼爽宜人，陽光亮麗明媚。我不知不覺振作了一點，開始觀看周圍的人。有個女人特別引起我的注意。她三十歲左右，中等身材，白皙膚色，湛藍眼睛，有兩個圓圓的酒窩。她衣著樣式簡單，但做工考究，像是出自巴黎。此外，她那副輕鬆自在的態度，就好像這條船是她的似的。

服務員來來往往，執行她的命令。她坐的椅子是特製的，而且不感疲倦地不斷在換椅墊。對墊子放在何處，她三次改變主意。從頭至尾，她都一派風度優雅、迷人之至。她顯然是世上少有的那種了解自己要什麼、也知道如何得到、還可以順利得手的人。我暗自決定，要是讓我恢復了元氣——當然那是不可能的——我一定要找她聊天，那必定很有意思。

中午，我們到了馬德拉島。我仍懶臥不起，但看到那些畫裡一般的商人上船把商品擺在甲板上，真是好玩極了。還有好多花呢。我把鼻子貼近一束紫羅蘭，立刻感到精神好多了。我覺得我或許能支撐到航程結束哩。當女服務員談到今天的雞湯有多美味時，我只稍做抗議。雞湯端上來後，我立即品嘗起來。

那迷人的女人上了岸。回來時有個男人陪著。那人高大、黑髮、古銅臉色，看起來像是軍人。此人在甲板上踱來踱去。我判斷他就是那種強壯、沉默的羅德西亞男人。他大約四十歲，兩鬢斑白，是船上最好看的男人。

當女服務員給我又拿來一條毯子時，我問她那迷人的女士是誰。

「她是社交界名人珂倫絲．布萊爾女士。你在報紙上一定讀過有關她的報導。」

我點點頭，再度感興趣地審視她。布萊爾女士確實是當今眾所周知、帶領風潮的女士。很好玩，我覺察到她是眾人注視的焦點，有好幾個人試圖用航行時不拘禮節的態度和她認識。我敬佩布萊爾夫人彬彬有禮中疏忽怠慢他們的方式。她似乎已接受那個強壯、沉默的男人作為她的特選追隨者，而那男人對這份特權也了然於胸。

第二天早晨，非常讓我驚訝，布萊爾夫人和她的伴侶在甲板上繞了幾圈後，竟在我的椅子前停下。

「今天好些了嗎？」

我謝了她，並說我稍微有點人樣了。

「你昨天看起來病得很厲害。雷斯上校和我很興奮，以為會見識到一場海葬……但我們失望了。」

我大笑起來。

「上來呼吸新鮮空氣使我感覺好多了。」

「沒有什麼比得上新鮮空氣。」雷斯上校笑著說。

「關在空氣混濁的船艙裡誰都會不健康。」布萊爾夫人說道，在我身邊的椅子上坐下，點頭示意她的伴侶離去。「你的艙房是在靠外面的位置吧？」

我搖搖頭。

「我親愛的孩子！為什麼不換一換呢？船上有的是空艙房。許多人在馬德拉島就下船了，留下很多空艙房。去和事務長商量一下，他是個好孩子，我對原來安排的客艙不滿意，他給我換了個很好的客艙。你下去吃午飯時和他談談。」

我打了個寒顫。

「我動不了。」

「別說傻話。來，和我一起散散步。」

她鼓勵地朝我甜甜一笑。開始時我的腿軟弱無力，但當我們打起精神來回走了一會兒後，我輕鬆起來，感覺更好了一些。

轉了一兩圈後，雷斯上校又來了。

「你們可以從船的另一側看到特內里高峰。」

「是嗎？你看，可以拍照嗎？」

「不行……可是這樣是勸不了你的吧。」

布萊爾夫人大笑起來。

「你太壞了。我拍的一些照片是很好的。」

「我得說，有百分之三看得清楚。」

我們都去了甲板的另一邊。閃亮雪光下，山巒裹著纖細玫瑰色的薄霧，矗立著閃爍光芒的山峰。我高興地叫起來。布萊爾夫人趕緊取出相機。

對雷斯上校的譏諷滿不在乎，她賣力地拍起來。

「又拍完了一卷。哦，」她用懊惱的語氣說，「我一直把相機調在B檔。」

「我最喜歡看小孩子玩新玩具。」上校喃喃道。

「多可惡啊你……我還有一卷。」

她得意地從毛衣口袋裡又掏出一卷。船身一陣晃動使她失去平衡。當她扶住欄杆站穩時，那卷底片滾落到一邊。

「噢！」布萊爾夫人滑稽地驚叫道，彎腰往下看。「你看掉進海裡了嗎？」

「沒有，它可能幸運地打在下層甲板一個倒楣的服務員頭上。」

一個小男孩不聲不響地走到身後，用盡全力吹起號角，簡直是震耳欲聾。

「吃午飯了，」布萊爾夫人興高采烈地宣布，「我從早餐到現在除了兩杯牛肉湯，什麼也沒吃。貝丁費小姐，要一起吃午飯嗎？」

「好吧，」我猶豫地說，「是的，我也很餓了。」

「很好。我知道你坐在事務長那桌。記得要他給你換艙房。」

我找到餐廳，開始小心翼翼地吃起來，最後吃了一大堆。我昨天結識的那位朋友祝賀我精神康復。他告訴我，今天大家都要求換艙房，並答應馬上給我換。

餐桌上只有四個人。我，一對年邁的夫婦和一個傳教士。傳教士談了許多「我們可憐的黑兄弟」的事。

我看了看其他桌子。布萊爾夫人坐在雷斯上校那一桌，上校緊挨著她。上校的另一邊坐著一個相貌不凡、灰頭髮的紳士。我在甲板上已見過許多人，但這人沒見過。如果他上過甲板，我一定會注意到。他身材高大、黝黑，臉上的表情兇惡地嚇人。我問事務長他是誰。

「那人？哦，那是尤斯塔．佩德勒先生的祕書。他暈船暈得厲害，可憐，這傢伙一直沒露面。尤斯塔先生有兩個祕書，兩人都暈船。另一個也還沒出來，這人叫佩吉特。」

那麼，米爾莊的主人尤斯塔・佩德勒爵士也在船上。這可能只是個巧合，但……

「那就是尤斯塔爵士，」事務長繼續告訴我。「他坐在上校身邊。自負的老傢伙。」

我愈細看那位祕書的臉，就愈不喜歡。他那蒼白、詭祕、厚眼瞼的雙眼，以及扁平到有點怪的頭殼，在在都令人感到作嘔、可怕。

我和他同時離開餐廳，他上甲板時我緊跟其後。他和尤斯塔爵士說話時，我偷聽到隻字片語。

「我馬上去船艙看看，可以嗎？你的艙房裡堆滿箱子，無法工作。」

「老兄，」尤斯塔爵士答道，「我的艙房是我睡覺和梳妝用的。我不可能騰出地方讓你進去咔咔嚓嚓用你的打字機。」

「這正是我的意思，尤斯塔爵士，我們必須有工作的地方。」

聽到這兒，我就離開他們，並下艙看看是否有人在幫我搬家。我發現服務員正忙著。

「小姐，你換到D甲板十三號，很好的艙位。」

「哦，不！」我叫道，「不要十三。」

十三這個數子是我的忌諱。客艙的確不錯。我看了以後猶豫了，但迷信仍然占了上風。我幾乎是使出哭腔對服務員懇求道：「我能再換其他的艙房嗎？」

服務員想了想。

「還有十七號艙，靠著右舷，今早空出來的，但好像已經給了別人。不過那位先生還沒住進去，一般男人不像女士那樣迷信，我看他不會介意換艙的。」

我感激地讚揚這個建議，服務員去找事務長請示了。他回來時，咧嘴笑著。

「好吧，小姐，可以了。」

他領路帶我去十七號艙。儘管它不如十三號艙大，但我已感到心滿意足。

「我立即去取你的行李，小姐。」服務員說。

但就在這時，那「惡面人」（我已給他起了這個綽號）出現在門口。

「請原諒，」他說，「這艙房是尤斯塔・佩德勒爵士訂的。」

「沒關係的，先生，」服務員解釋道，「我們已替你們安排了十三號艙。」

「不，不行。我要十七號艙。」

「十三號艙更好呢，先生，空間大很多。」

「我特別選了十七號艙，事務長同意了。」

「很抱歉，」我冷冷地說，「但十七號艙已經歸我了。」

「我不同意。」

服務員出來干涉。

「那個艙也很好，比這個更好。」

「我就要十七號。」

「怎麼啦？」一個新嗓音問道，「服務員，把我的東西拿進去。這是我的艙房。」

這人是我午餐時的鄰座，愛德華．奇切斯特牧師。

「請原諒，」我說，「這是我的艙房。」

「它是尤斯塔．佩德勒爵士訂的。」佩吉特說。

我們都暴躁起來。

「很抱歉在這裡爭論不休。」

奇切斯特溫和地一笑，但掩飾不住他想要艙房的決心。溫和的人總是很頑固，這是我的觀察。

他側著身子向艙門走去。

「你到左舷二十八號艙去，」服務員說，「那間艙房很好，先生。」

「我恐怕堅持要這個。安排給我的就是十七號艙。」

我們走進了死巷子，沒人願意讓步。嚴格地說，我可以接受二十八號艙，退出競爭，平息事端，只要不去十三號艙，去其他哪個艙其實都無所謂。但我被惹火了，不願第一個退出。我也不喜歡奇切斯特，他吃飯時假牙喀喀喀響個不停，很讓人討厭。

我們各自重申立場。服務員更強烈地保證說那兩個艙都比現在的這個好。沒人理他。

佩吉特開始失控了。奇切斯特仍然保持鎮靜。我也努力克制住脾氣。但是沒人願意後退一步。

服務員眨眼小聲暗示我，我悄悄地退出現場。我很幸運，馬上就碰到事務長。

「哦，求你，」我說，「你不是說我能住十七號艙？但那兩人不讓步，奇切斯特和佩吉特先生。你會讓我住，對吧？」

我常說，再也沒人像水手對女人那樣好的了。這個年輕的事務長急得抓耳撓腮。他大步走到現場，對爭吵不休的那兩人說十七號艙是我的，他們可去十三號或二十八號艙或待在原處，由他們自己選擇。

我瞟了個眼色，向他表示他是個大英雄，然後進住我的新領地。這次遭遇太棒了。海水平靜下來，天氣日益暖和。暈船是過去的事了！

我走上甲板，開始玩擲環圈遊戲，並報名參加多項運動。甲板上有供應茶點，我心情愉快地品著茶。喝完茶，我和幾個隨和的年輕人玩打圓盤遊戲。他們對我非常好，我覺得生命美好而滿足。

這時，忽然響起了清掃房間的號聲，我趕緊回艙去。女服務員滿面愁容地等著我。

「小姐，您的艙房裡有股怪味。我不敢確定究竟是什麼。但我覺得你無法睡在這裡了。在C甲板還有個艙房。你今晚可以暫時搬進去。」

那味道很濃，頗令人噁心。當我準備更衣時，我告訴女服務員可以先考慮一下換房的事。我快速進入洗手間，尋找那股難聞的氣味。

到底是什麼味道呢？死老鼠？不，比那更糟，而且很不一樣。我知道了！是一種我過去聞過的味道。啊哈，是阿魏！戰爭期間，我曾在醫院藥房中短期工作，認識了不少讓人噁心的藥品。

就是阿魏。可是怎麼……

我癱坐在沙發上，忽然理解了這件事。有人將一小把阿魏放在我的艙房裡。這是為什麼呢？為了要我騰出房間？他們為什麼急於趕我走呢？我從另一角度思考了今天下午的那一幕。十七號艙有何奇特之處，為何這麼多人急於進駐呢？另外那兩個艙房比十七號的條件要好多了，為何那兩個男人都堅持要十七號艙呢？

十七．這個數字一直出現。我是十七號從南安普頓坐船的，那也是十七……我忽然停下喘了口氣，快速打開手提箱，從幾卷襪子中取出了那張珍貴的紙條。

一七一二二……我一直認為那是日期，是奇夢登堡號離港的時間。假如我錯了？我再一想，有人寫日期時會再註明年、月嗎？會不會「一七」的意思就是十七號艙呢？那「一」的意思是什麼？時間……一點。那麼「二十二」一定是日期。我看看我的小日曆。

明天就是二十二號。

／10

我的心情激動不已。我敢確定我終於走上了正確的道路。顯然，我絕不能搬出這個艙房，必須忍受阿魏的氣味。我再次核對了所有的事實。

明天是二十二號，清晨或下午一點，會發生一些事。我認為是早晨一點。現在是晚上七點。六小時後我就會知道。

我不知道那一夜我是怎麼度過的。我很早就回艙，並告訴女服務員我感冒頭疼，不怕氣味。她很苦惱，但我態度堅決。

那一夜似乎無止無盡。我按時睡覺，但為應付緊急狀況，我腳套拖鞋，身穿厚法蘭絨睡袍。穿著完畢，我覺得不管發生什麼，我都可以馬上跳起來，立即行動。

我期盼什麼事發生？我也不知道，只是腦海中掠過不可能發生的各種模糊異念。但我很確信一點鐘會發生什麼事。

許多次我聽見旅客們上床的聲音，也有隻言片語、笑著道晚安的聲音從窗口傳入我的耳中。然後是一片寂靜，燈光大部分都滅了，只剩下外面的走廊還亮著燈，因此我的艙房裡仍有亮光。我聽見八聲鈴響。隨後是我經歷過最漫長的時刻。我悄悄看看錶，以防睡過頭。

如果我判斷失誤，如果一點這艘船平安無事，那就證明我是一個傻瓜，等於把我所有的錢全丟進了水裡。我的心猛烈地跳著。

頭頂下傳來兩聲鈴響。一點了！沒事。等一下……那是什麼？我聽見輕微、快速的腳步聲跑過走廊。

接著我的艙門被猛然撞開，一個男人摔了進來。

「救救我，」他沙啞地說，「他們在追我。」

根本沒有爭辯或解釋的時間。我聽得見外面的腳步聲。我大約有四十秒的行動時間，於是站起身面對著艙中的陌生人。

在艙內沒什麼地方能藏住一個六英尺高的男人。我用一隻手一把拖出行李箱，他鑽到床下的行李箱後面，我打開蓋子蓋住。同時間，用另一隻手抽出洗臉盆，熟練地將頭髮盤在頭頂。這實在很不好看，但從另一角度看也挺有藝術感。一個正在盤頭髮並從箱子裡取肥皂洗脖子的女士，是不會被懷疑窩藏逃犯的。

門口有敲門聲，沒等我說「進來」，門已被推開了。

我不知道我會看到什麼事。我模糊地揣測可能會是佩吉特先生在揮舞一把左輪手槍，或那位傳教士朋友拿了根鐵管或什麼致命武器。但我沒料到竟是一位夜間女服務員，她滿臉好奇神色，態度畢恭畢敬地問道：「請原諒，小姐，我以為你喊人了。」

「沒有，」我說，「我沒喊。」

「很抱歉打擾你。」

「沒關係，」我說，「我睡不著，覺得洗洗臉可能會好些。」這話說得好像我沒有固定的盥洗習慣。

「對不起，小姐，」女服務員又說，「有一位先生喝醉了，我們怕他進入女士的艙房內嚇著她們。」

「太可怕了！」我說，並面帶驚恐。「他不會來這兒吧？」

「哦，我想不會，小姐。他要是來了你就按鈴。晚安。」

「晚安。」

我打開門，向走廊窺探。除了離去的女服務員，沒有別人。

喝醉了！所以就是這麼一回事。我的表演才能簡直浪費了。我把行李箱拖出來一點說：「請快出來吧。」語調尖酸刻薄。

沒有回話。我朝床下一看。我的來訪者躺著一動也不動，好像睡著了。我用力拖他的肩膀，他仍然不動一下。

醉死了，我惱火地想，怎麼辦？

接著有樣東西讓我屏住了呼吸……地板上有一個小紅點。

我用盡全力，將那人拖到艙房中間。他面色死白，顯然暈過去了。我很快發現他暈厥的原因……他左肩胛被深深地刺了一刀。我脫下他的衣服。開始料理傷口。

被冷水一激，那人抖了幾下，然後坐了起來。

「請別動。」我說。

他屬於那種機能恢復得極快的年輕人。他吃力地站起來，有點搖晃。

「謝謝你，我不需要任何照顧。」

他看起來很藐視我，態度幾近挑釁。而且沒一句感謝的話……即使是客套！

「你的傷勢很重，我必須給你包紮。」

「你不用費心。」

給我當面丟來這句話，說得好像是我求他似的。我的脾氣一向剛烈，一下就火了起來。

「我不敢恭維你的禮貌。」我冷冷地說。

「那我可以離開。」

他朝門口走去，由於站立不穩晃了一下。我猛然把他推坐在沙發上。

「別傻了，」我不客氣地說，「你不想滿船去灑血吧？」

他似乎覺得這話有道理，因為當我在精心替他包紮傷口時，他安靜地坐著。

「好了，」我說，拍了拍我的作品。「目前只能這樣了。你現在心情好點了嗎?可以告訴我發生了什麼事嗎？」

「很抱歉我不能滿足你的好奇心。」

「為什麼不能？」我不高興地說。

他邪惡地一笑。

「如果你想讓事情傳布出去，就告訴女人吧，否則就閉上自己的嘴。」

「你不覺得我可能會保守祕密嗎？」

「我不覺得……我很清楚。」

他站起身來。

「那好，」我惡狠狠地說，「我就出去宣傳今晚的事。」

「我不懷疑你會這麼做。」他冷漠地說。

「你太無禮了！」我發火地叫道。

我們像仇敵一樣凶狠地盯視著。我第一次看清他的相貌，黑平頭，瘦下巴，褐色的臉上有道疤痕，他那好奇、明亮的灰眼睛用一種難以形容的嘲諷看著我，有種令人生畏的感覺。

「我救了你的命，你還沒謝我。」我假裝撒嬌地說。

這下我擊中了他的要害。我看見他明顯地退縮了。我本能地感覺到，他最怕我提的就是我救了他的命。我才不管呢！我想傷害他，我從未如此強烈地想傷害某人。

「我祈禱上帝你沒有！」他暴躁地說，「我寧願死也不願你救我。」

「我很高興你欠了我的情，你拿我沒轍。我救了你的命，等著你說『謝謝』。」

如果表情能殺人，我想他當時就想把我殺掉。他粗魯地推開我走過去。在門口他回頭說道：「我不會謝你……不管是現在還是其他時候。但我欠了你的債，將來有一天我會還的。」

他走了，留下我雙手緊握拳頭，心臟劇烈跳動。

11

那一晚再沒有什麼意外的事了。第二天早晨，我起得很晚，在床上用了早餐。我一出現在甲板上，布萊爾夫人就熱情招呼我。

「早安，吉普賽女郎，坐到我身邊來。你看起來好像沒睡好。」

「你為何這樣叫我？」照她的意思坐下後，我問道。

「你介意嗎？這稱呼對你太合適了。從一開始，我就在心裡這樣稱呼你。你身上的吉普賽氣質使你與眾不同。我心裡想，你和雷斯上校是船上唯二不會讓我覺得無聊的人。」

「真有意思，」我說，「我對你也是這樣想……只是我這種想法大家都能理解。你是個這麼才品出眾的人物。」

「這話真甜，」布萊爾夫人點點頭說，「吉普賽女郎，告訴我你的事。為什麼你要去南非？」

我告訴她父親的生平和研究。

「你是查爾斯·貝丁費的女兒？我以為你只是個鄉下小姐呢！你想要去布肯山谷找頭骨嗎？」

「可能吧，」我謹慎地說，「我還有其他計畫。」

「你真是個神祕、冒失的女孩。但你今早看來確實疲倦。你沒睡好？在船上睡覺我是很難醒的。他們說傻瓜睡十小時，我可以睡二十小時！」她伸了個懶腰，看起來像個慵懶的小貓咪。「一個笨服務員半夜吵醒我，要把我昨天丟掉的底片還我。他用最誇張的方式……將手伸進通風口，把底片直直扔在我的肚皮上。有那麼一瞬間我還以為是顆炸彈咧！」

「你的上校來找你了，」我說。

雷斯上校威風凜凜的高大身影出現在甲板上。

「他並不是專屬於我的上校。事實上，他很欣賞你，吉普賽女郎……別跑開嘛。」

「我要在頭髮上綁點東西，這樣比戴帽子更舒服。」

我趕緊溜走了。不知為何，和雷斯上校在一起時我感到很不自在，他是少數能使我害羞的人。

我回到艙房內，想找點東西管住我那亂飛一氣的頭髮。我是個乾淨的人，喜歡物品擺放整齊，各司其位。我一打開抽屜，就知道有人翻過我的東西，因為所有的東西都被打亂了，現場一片狼藉。我再看看其他抽屜及吊櫃，一樣全都被翻過。看起來有人匆忙又徒勞地搜尋過我的物品。

我面色冷峻地坐在床邊。誰搜過我的艙房？他們想要什麼？是那張潦草寫著數字和字的紙條嗎？我不滿意地搖搖頭。那事已經過去了。還會有什麼呢？

我要思考這事。昨晚的事儘管很刺激，卻對闡明事實毫無幫助。那個突然闖入我艙內的年輕人究竟是誰？在船上、甲板、餐廳裡我都沒見過這個人。他是船員還是旅客？誰刺傷了他？他們為什麼要刺他？天哪，為什麼十七號艙如此惹人注目？這真是個謎，但無疑地，奇夢登堡號上發生了一些特別的事。

我撥指算算那些值得我觀察的人。除了昨晚那位訪客外——我暗下決心，要在明天之前把他從船上找出來——我挑選出下列值得我注意的人。

一、尤斯塔．佩德勒爵士。他是米爾莊的主人，他出現在奇夢登堡號上似乎太過巧合。

二、佩吉特先生，那個惡面祕書。他相當熱切地想得到十七號艙。特別注意：查出他是否陪尤斯塔爵士去過坎城。

三、愛德華．奇切斯特牧師。我對他的反感來自他那麼執著於爭取十七號艙，但那也可能是他的脾氣。固執真是令人驚訝的東西。

可是，我猜，和奇切斯特先生談談不會有何損失。匆忙地在頭髮上繫了條手帕，我又上了甲板，這次是懷有目的的。我很幸運，看見我要找的人正倚靠著欄杆喝牛肉湯。我走上前去找他。

「希望十七號艙的事你能多多包涵。」我笑容可掬地說。

「再耿耿於懷就不通情理了，」奇切斯特冷冷地說，「但是事務長答應將那個艙房給我的。」

「事務長都是大忙人，不是嗎？」我含糊其辭地說，「他們也有忘記的時候。」

奇切斯特先生不回話。

「這是你第一次去南非嗎？」我找話問道。

「去南非是第一次。但我前兩年在東非內陸的食人族部落工作。」

「多刺激啊！你曾多次死裡逃生嗎？」

「死裡逃生？」

「我的意思是，被吃掉？」

「你不該輕浮地看待這麼神聖的話題，貝丁費小姐。」

「我不知道食人的行為是神聖的。」我反駁道。

此話一出，我又有了一個想法。如果奇切斯特先生前兩年真的是在非洲度過，那他為什麼沒曬黑？他的皮膚就像嬰兒一樣粉嫩嫩的。這裡面有鬼。但看他的態度卻很像有這麼一回事，或許太像了。他是不是有點像個舞台劇的牧師？

我想起了漢普斯利鎮的牧師，他們當中有的我喜歡，有的我不喜歡，但沒有一個像奇切斯特這樣。他們是人……他則像個聖人。

我正在思考這些問題時，尤斯塔．佩德勒爵士經過甲板。當他和奇切斯特先生擦肩而過時，彎腰撿起了一張紙條，遞給他說：「你掉了東西。」

他停也沒停就走了，所以或許沒察覺到奇切斯特先生的惱怒，我卻看到了。不管他究竟掉下了什麼，反正撿回它使他十分憤怒。他臉色發青，將紙條揉成一團。我的懷疑因此增加了一百倍。

他看見我的眼神，趕緊解釋。

「是我……我……布道的演講稿。」他勉為其難地笑笑。

「是嗎？」我有禮貌地回答。

布道的演講稿，真是的！不，奇切斯特先生……嚇得快說不出話來了。

他很快編了個理由就離去。哦，我真希望是我而不是尤斯塔．佩德勒爵士撿起了那張紙條！但有件事很清楚，奇切斯特先生就此不能從我的嫌疑名單上除名。我傾向於把他放在三人之首。

吃完午飯，我去酒吧喝咖啡，看到尤斯塔爵士、佩吉特和布萊爾夫人及雷斯上校坐在一起。布萊爾夫人友好地衝我一笑，所以我走過去和他們坐在一起。他們在談論義大利。

「這是誤解，」布萊爾夫人堅持說道，「水上運動必須在冷水而不是熱水中進行。」

「你又不是拉丁語的學者。」尤斯塔爵士笑著說。

「男人老覺得他們的拉丁語最棒，」布萊爾夫人說，「但每次你請他們翻譯舊教堂的經文時，他們從沒說出個所以然來！就會含糊其辭，想辦法矇過去。」

「是的，」雷斯上校說，「我總是這樣。」

「但是我喜歡義大利人，」布萊爾夫人接著說，「他們真老實……儘管這樣有時也很麻煩。你要問路，他們不說『先向右轉然後向左轉』或類似的話，他們會好心的說上一大堆。當你面露難色時，他們乾脆親切地拉著你的手，一直將你領到目的地。」

「佩吉特，你在佛羅倫斯時也是如此嗎？」尤斯塔爵士問，朝他的祕書笑了笑。

不知是何原因，這問題使佩吉特相當不安。他張口結舌，滿臉通紅。

「哦，是這樣，是的。」

然後他喃喃地編了個藉口，起身離開了桌子。

「我開始懷疑戈尹・佩吉特在佛羅倫斯幹了不可告人的事，」尤斯塔爵士盯著他那離去祕書的背影說，「每次一提到佛羅倫斯或義大利，他就改變話題或忽然離去。」

「可能他在那兒殺了人，」布萊爾夫人說，「他看上去像……我希望沒傷到你的感情，尤斯塔爵士……但他那張臉看起來好像殺過什麼人。」

「是啊，像是十六世紀義大利藝術的重新再現！想來就好笑，尤其是知道有人終於了解這可憐的傢伙有多遵紀守法、多守規矩時。」

「他跟著你做事已經有段時間了吧，尤斯塔爵士？」雷斯上校問道。

「六年了。」尤斯塔爵士深深地嘆了一口氣。

「他對你一定很重要。」布萊爾夫人說。

「哦，無可取代。」這可憐的人說得十分壓抑，好像無可取代的佩吉特先生對他來說是個悲哀。之後他又輕快地說：「但他的臉確實能鼓舞人心，親愛的女士。一個再自重自愛的殺人犯也不會有他那樣的表情。我現在覺得克里本算是想像中最令人愉快的凶手了。」

「他是在船上被抓到的，不是嗎？」布萊爾夫人喃喃道。

這時我們身後有輕微的響聲。我迅速回頭。奇切斯特先生的咖啡杯掉在地上。我們很快就做鳥獸散；布萊爾夫人下艙睡覺，我走到甲板上。雷斯上校跟著我。

「你真難找，貝丁費小姐。昨晚在舞會上我到處找你。」

「我早早上床休息了。」我解釋道。

「你今晚還打算逃走嗎？還是要和我共舞？」

「和你跳舞我很高興，」我小聲害羞地說，「但布萊爾夫人……」

「我們的布萊爾夫人不喜歡跳舞。」

「那你呢？」

「我喜歡和你跳舞。」

「噢。」我緊張地說。

我有點害怕雷斯上校，然而我還是很高興。這總比和老教授談化石、頭骨強吧！雷斯上校正是我心目中面孔堅毅、沉默寡言的羅德西亞人典型。也許我會和他結婚呢！他還沒向我求婚，但就像童子軍說的，「要有準備」！女人都覺得她們所遇到的每個男人，都可能成為她們的丈夫或最好的朋友。

那晚我和他跳了幾次舞。他舞跳得極好。舞會結束後，我想回房睡覺，但他建議上甲板走走。我們走了三圈，最後在甲板的椅子上坐下。甲板上沒有人，我們隨便聊了一會兒。

「貝丁費小姐，我想我曾經見過你父親。談起他的專長時，他是個很有意思的人。我也相當喜歡這門學科。儘管學識淺薄，但我也略有研究。哦，當我去多爾多涅……」

我們的談話變得專業化了。雷斯上校不是瞎吹牛，他懂得很多。同時，我猜，他也犯了一兩個奇怪的錯誤……說漏了嘴。但他很快就能從我這裡察覺有異，並掩飾過去。有一次他說莫斯科時期在阿布維利之後……對一個在該領域略知一二的人來說，這是個可笑的錯誤。

當我進艙房時，已十二點了。我仍對他所顯露的矛盾感到不解。他那些知識是不是臨時抱佛腳學來的，而其實他根本不懂考古學？我搖搖頭，不太滿意這樣的解釋。

正當我即將沉沉入睡時，突然驚坐起來，又一個想法出現在腦中。他是不是在試探我？他出這些小差錯只是為了看我是否真懂？換句話說，他懷疑我不是真正的安妮·貝丁費。

為什麼？

12

（尤斯塔・佩德勒爵士的日記摘錄）

在船上的生活是寧靜的。我滿頭的灰髮幸運地享有特權，免去醜陋地啃咬蘋果，帶著蛋、馬鈴薯等上下甲板，也不用參加那種痛苦的「比爾兄弟」或「枕頭大戰」遊戲。人們從事這些痛苦的行為有何樂趣可言，對我來說始終是個謎。但世界上有許多傻瓜。我讚美上帝賜予他們生存權，卻也祈求祂能讓我遠離他們。

很幸運的，我很適應海上航行。佩吉特這可憐的傢伙則否。我們一出索倫圖，他就面色鐵青。我猜我的另一位所謂祕書也會暈船。不管怎樣，到現在他都還沒露面。但這或許不是因為暈船，而是他的策略。最棒的是他沒來煩我。

總之，船上的人都是下等人，只有兩個儀表堂堂的牌友和一個容貌端莊的女士珂倫絲・布萊爾夫人除外。我在城裡見過她。她是我見過最有幽默感的女人。我喜歡和她聊天，要不是有個長腿、沉默的蠢驢像個老忠僕一樣糾纏著她，我會和她聊得更多。我覺得這個雷斯上校並不真能取悅她。他長得不錯，但像一潭死水那般乏味。他是那種女小說家和年輕女孩仰慕不已的沉默男子漢。

佩吉特在我們離開馬德拉島後，就掙扎著上了甲板，開始跟我沙啞地囉嗦工作。誰在船上還會想工作？我在今年初夏確實答應出版商要寫本回憶錄，但那又怎麼樣？誰會真的去閱讀回憶錄？鄉下老太婆可能會。再說，我的回憶錄有何價值？我這輩子是遇到過一些名人。在佩吉特的幫助下，我撰寫了一些乏味的軼事。說真的，佩吉特太誠實了，他不讓我創造一些我有可能遇到但從未發生過的事。

我試圖對他好些。

「你看上去身體仍很虛弱，我親愛的夥伴，」我輕快地說，「你需要的是躺在甲板上曬太陽。不，別再跟我爭辯了。工作等等再說。」

他擔心的下一件事是必須再要一個艙房。

「尤斯塔爵士，在你的艙房內無法工作，裡面全是箱子。」

聽他的語調，你會覺得那些箱子是黑甲蟲，不該放在那兒。

我告訴他，儘管他可能不曉得，但在旅行時通常要換衣服。他懶洋洋地一笑……這是他對付我說笑話的伎倆，然後又將話題轉到工作上。

「在我那間小洞穴內很難開展工作。」

我知道佩吉特說「小洞穴」的含義……他通常都會要到船上最好的客艙。

「很可惜這次船長沒變出一間給你。」我帶刺地說，「還是你想把你多餘的行李堆到我的艙房裡？」

對佩吉特這種人來說，諷刺他太危險了。他立即打蛇隨棍上。

「好啊，如果我能搬走打字機和文具箱……」

文具箱足足有幾噸重。腳夫們叫苦連天，而佩吉特此生的目標就是把它丟給我。我們為這事吵了無數次。他似乎認為這是我的個人財產，而我則認為這是祕書的職責所在。

「我們必須再要一個艙房。」我匆忙地說。

這件事處理上很簡單，但佩吉特這人喜歡故作神祕。他第二天來找我時，臉色就像個文藝復興時期的陰謀家。

「你告訴過我，叫我將十七號艙當作辦公室？」

「怎麼了？文具箱卡在門口了？」

「所有的艙門都一樣大，」佩吉特一本正經地答道，「但我告訴你，尤斯塔爵士，那個艙出了很怪的事。」

我想起了《上鋪》的內容。

「你是說那裡鬧鬼了，」我說，「我們又不在那兒睡覺，所以我覺得不礙事。鬼不會喜歡打字機。」

佩吉特說不是鬧鬼，而是他沒要到十七號艙。他給我講了個冗長、混亂的故事。顯然他和奇切斯特先生以及一個叫貝丁費的女孩為了爭奪這個艙房差點打起來。不用說，那女孩贏了，佩吉特很感痛心。

「十三和二十八號艙都更好，」他再次強調，「但他們看都不看。」

「好了，」我說，抑止住一個哈欠。「既然這樣就算了，親愛的佩吉特。」

他責備地看了我一眼。

「是你告訴我要十七號艙的。」

佩吉特有點不知所措了。

「親愛的，」我不耐煩地說，「我之所以說十七號是因為看到十七號艙是空的。但我不是非要十七號艙不可，十三號和二十八號也一樣很好啊。」

他看上去被刺傷了。

「還有一件事，」他繼續說，「貝丁費小姐得到這個艙房，但今天早上我看見奇切斯特從裡面偷偷溜出來。」

我嚴肅地看著他。

「如果你是想誹謗奇切斯特牧師——儘管此人很陰險——和那個美麗的安妮．貝丁費有一腿，告訴你，我一點也不相信，」我冷冷地說，「安妮．貝丁費是個好女孩……她的腿很好看，應該說，那是全船最美的一雙腿。」

佩吉特不想談安妮．貝丁費的腿。他也從不注意任何人的腿……就算注意了，他打死也不會說。他覺得我這種欣賞太膚淺。我喜歡逗佩吉特，所以不懷好意地繼續說：「既然你已經認識她，就請她明晚來我們桌上吃飯。明天有化裝舞會，你去理髮室給我挑一件戲服。」

「你不會是要穿化裝舞會裝去吧？」佩吉特驚恐地說。

我知道他覺得這和我的身分不符。他看上去既恐慌又傷心。其實我也不想穿那些奇裝異服，但看到佩吉特那麼尷尬困惑，使我很願意一試。

「你是什麼意思？」我說，「我當然要。你也得穿。」

佩吉特戰慄起來。

「去理髮室那兒看看吧。」我說。

「我想他們沒有超大號的衣服。」佩吉特輕聲說，用眼睛打量我的體型。

雖非出自惡意，但佩吉特說話有時很是傷人。

「在餐廳訂座，六個人，」我說，「請船長，那個美腿小妞兒，布萊爾夫人……」

「你要是不請雷斯上校就請不到布萊爾夫人，」佩吉特插話說，「他已經邀她共進晚餐了，這我知道。」

佩吉特什麼事都知道，我很惱火。

「雷斯那傢伙是幹嘛的？」我不高興地問。

正如我所說，佩吉特什麼都知道……或自以為知道。他又露出一臉神祕相。

「他們說這傢伙在情報局工作，尤斯塔爵士。他還是個神槍手。當然，我也不確定。」

「這不正是政府的作風嗎？」我嚷道，「他們需要有個人攜帶機密文件遠渡重洋，而他們卻把文件交給一個只想獲得清靜的局外人。」

佩吉特越發神祕起來。他上前一步，低聲說：「如果你問我，尤斯塔爵士，這件事很奇怪。出發前我的那場病……」

「親愛的，」我粗暴地打斷他。「那是膽病，你常患膽病。」

佩吉特的臉部肌肉抽搐了一下。

「它不是平常的膽病，這次……」

「看在上帝的份上，別談細節，我不想聽。」

「好吧，尤斯塔爵士。但我相信有人故意下毒害我！」

「哈，」我說，「你和雷伯恩談過了。」

他不否認。

「不管怎樣，尤斯塔爵士，他是這樣認為的……他的身分理應知道。」

「那傢伙在哪兒呢？」我問，「一上船就沒見過他。」

「他說他病了，一直待在艙房裡，尤斯塔爵士。」佩吉特又降低嗓音說，「我敢肯定，那只是藉口。因為這樣一來，他便能夠好好地監視四周。」

「監視？」

「看你是否安全，尤斯塔爵士。以防有人對你突襲。」

「你真是個樂觀的人，佩吉特，」我說，「我想你的想像力已經失去控制。我要是你的話，就扮成骷髏或劊子手去參加舞會。那和你那副愁眉苦臉的美貌很相配。」

這使他暫時閉了嘴。我走上甲板，那位叫貝丁費的女孩正在和奇切斯特牧師談話。女人總愛圍著牧師轉。

我這人最討厭彎腰，但我還是有禮貌地撿起一張在牧師腳邊飄動的小紙條。

我沒聽到一聲感謝。但我禁不住看到紙條上僅有的一句話：

別單獨採取行動，要不然對你很不利。

牧師會有這種東西還真不賴。奇切斯特到底是誰？他的相貌很溫順，但外表是可以騙人的。我應該向佩吉特打聽他的事。佩吉特什麼都知道。

我優雅地躺在布萊爾夫人身邊的甲板椅中，所以也打斷了她和雷斯正在進行的悄悄話。我說不知道現在的傳教士都在幹些什麼。

然後，我邀請她在化裝舞會那天晚上和我共進晚餐。我也順便邀請了雷斯。

午飯後，貝丁費小姐過來和我們一起喝咖啡。我對她那雙腿的評論很正確。她的腿堪稱是全船上最美的。我也應該請她一同進餐。

我很想知道佩吉特在佛羅倫斯闖了什麼禍。每次聽到義大利，他就全身緊張。如果不是我很確定他是個正人君子的話，我可能會懷疑他鬧過一些緋聞……

現在我真的懷疑了！即使是最堂堂正正的君子……要是確有其事，我會很開心。

佩吉特有不可告人的祕密！

太妙了！

／13

這是個奇妙的晚上。

理髮部裡適合我穿的服裝只有泰迪熊。在英國冬天的夜晚，我不介意和一些年輕貌美的女孩在一起裝熊，但在赤道地帶，這可不是理想的服裝。然而我的扮裝逗樂了大家，贏得了「帶上船」首獎……這是對那晚租用服裝者的荒謬稱謂。但根本沒人知道那些服裝是做的還是帶上船的，不過反正也沒關係。

布萊爾夫人拒絕化裝。顯然在這件事上，她和佩吉特立場一致。雷斯上校也追隨她。安妮·貝丁費自己做了件吉普賽服裝，效果相當好。佩吉特稱說頭疼未到場。我找了一個叫里夫斯的小個子代替佩吉特。他是南非勞工黨的傑出黨員。這人有點恐怖，但我想和他套好交情，因為他能提供我必要的資訊。我想知道蘭德高地的事。

跳舞真能讓人熱血沸騰。我和安妮·貝丁費跳了兩次舞，她假裝很喜歡。我和布萊爾夫人跳了一次，她連假裝都懶。我也和許多我看順眼的女孩跳舞。

然後我們下去吃晚餐。我要了香檳酒。服務員說一九一一年釀製的克里夸特是船上最好的酒，我同意開一瓶。我好像談到了使雷斯上校打開話匣子的議題。上校不但毫不沉默寡言，而且相當健談。這一度使我很開心，我忽然覺得是上校而不是我變成了聚會的中心。他長篇大論地和我談到寫日記的習慣。

「日記會露出你的弱點，佩德勒。」

「親愛的雷斯，」我說，「我得冒犯地說，我沒你想的那麼傻。我可能有弱點，但不會將它們白紙黑字地記錄下來。我死後，我的遺囑執行人將知道我對許多人的看法，不過我懷疑這能否增減他們對我的看法。日記是記錄別人怪癖的有效工具……但不是記錄自己的。」

「可有時還是會不知不覺地顯示自我。」

「在心理分析家的眼中，一切都是罪惡。」我頗具哲理地說。

「你的生活一定很有意思吧，雷斯上校？」貝丁費小姐用水汪汪的大眼睛凝視著上校說。

女孩子就是這樣！奧賽羅講故事時吸引了黛絲狄蒙娜，但是，噢，難道黛絲狄蒙娜就不是用她的傾聽吸引奧賽羅嗎？

總之，那女孩打開了雷斯的話匣子。他開始講述獅子的故事。一個射殺過許多獅子的人總是得天獨厚地比他人優越。我覺得我似乎也該講一個獅子的故事，一個輕鬆活潑的故事。

「對了，」我說，「這使我想起一個我聽過的刺激故事。我有個朋友在東非狩獵，一天晚上，他走出帳篷，被低沉的吼聲驚住了。他猛然轉身，看見一頭獅子正弓著身要撲過來。他的槍留在帳篷裡，於是他迅速下蹲，獅子擦過他的頭跳了過去。一下沒撲著，獅子大怒，準備再撲一次。他又閃了過去，獅子又擦肩而過。這樣來回三次，他已走到了帳篷入口。他迅速衝進去取槍。但當他握著槍跑出來時，獅子竟不見了。這使他驚訝不已。後來他爬到帳篷後面的一小塊空地上，只見獅子正忙著練習往下飛撲呢。」

這故事贏得了一陣掌聲。我喝了點香檳。

「後來，」我說，「我這個朋友有了第二次奇遇。他乘車去旅行，急於在天亮前趕到目的地，他命令僕人在天黑時套車。他們費了好大的勁，因為騾子不聽使喚。最後終於套上，便兼程趕路。那騾子像風一樣飛奔向前，天亮時他們才知道原因……摸黑之中，僕人們錯套了一頭獅子。」

這故事也不錯，引起全場一陣哄笑。但我那位勞工黨的朋友並不欣賞，他的臉色蒼白而嚴肅。

「上帝！」他急切地說，「誰給牠解套呀？」

「在聽了你講的故事之後，我一定要去趟羅德西亞，」布萊爾夫人說，「雷斯上校，我一定要去，儘管過程可怕，要在火車裡待上五天。」

「你可以坐我的私人轎車去。」我勇敢地說。

「哦，尤斯塔先生，你真體貼！你是說真的嗎？」

「我是說真的嗎！」我責怪地喊道，又喝了一杯香檳。

「再過一星期，我們就在南非了。」布萊爾夫人嘆息道。

「哦，南非，」我激動地說，並開始引用我最近在殖民學院演講的一句話。「南非向世界展示了什麼？到底是什麼呢？她的水果、農莊，她的羊毛、雙翼豆，她的牛群、皮革，她的金礦、鑽石……」

我一直不停地搶著說，因為我知道只要我一停下來，里夫斯就會告訴我，那些皮革根本不值錢，因為動物都掛在鐵絲網上或諸如此類的事。他會把事情攪得一團糟，最後以蘭德高地礦工的艱辛生活作為總結。我不想被當作資本家來批判。然而，我一提到鑽石這個有魔力的字眼，干擾便紛紛傳來。

「鑽石！」布萊爾夫人興高采烈地喝采道。

「鑽石！」貝丁費小姐讚嘆道。

她們倆都朝向雷斯上校。

「你去過金伯利嗎？」

我也去過金伯利，但沒來得及說。雷斯不時被提問打斷。礦山是什麼樣子？土著是否真被集中關起來？等等等等。

雷斯回答了所有提問，展現了他的淵博知識。他描述了土著如何蓋房子，搜尋寶礦的步縣，以及迪比爾斯採取的各種防範措施。

「所以實際上是不可能偷到鑽石了？」布萊爾夫人急切地問道，露出了失望的表情，好像她是為此目的兼程而去的。

「沒有不可能的事，布萊爾夫人。偷竊事件時有發生……就像我告訴你的那樣，卡菲爾人把寶石藏在傷口裡。」

「是的，那大規模的偷盜呢？」

「近年來有一起。事實上就在戰前。佩德勒，那時你在南非，你一定記得那件案子？」

我點了點頭。

「告訴我們事件始末，」貝丁費小姐叫道，「哦，快告訴我們！」

雷斯笑了。

「很好，你們聽著。我想你們聽說過勞倫斯·厄士利這個偉大的南非礦業鉅子？他的金礦是他兒子發展起來的。你們可能還記得戰前謠言四起，說在英屬圭亞那叢林中可能有一個潛在的金伯利。兩位年輕的探險家，據報導，滿載著大顆鑽石從南美歸來。在此之前，艾奎博和馬札魯尼河流域也曾發現小粒鑽石。但這個叫約翰·厄士利的年輕人和他的朋友盧卡斯，聲稱在兩條河的會合處發現了大片碳的沉積物。這兒的鑽石五顏六色，有粉紅、藍色、黃色、綠色、黑色和純白色。厄士利和盧卡斯專程到金伯利來檢驗鑽石。那時，在迪比爾發生了一起轟動性的盜竊案。為了把鑽石運回英國，他們把鑽石打成數包放在大保險櫃中，兩人掌管著不同的鑰匙，而且有個第三人知道如何開啟。然後他們把貨送進銀行，由銀行代辦送回英國。每包大約值十萬英鎊。

「這時，銀行發現了異常狀況，開啟時他們發現包裹被盜，裡面裝滿了糖塊！

「我不知道人們是如何懷疑起厄士利的。只知道他這人在劍橋時就揮霍無度，他父親不止一次替他還債。後來傳說南美鑽石的故事純屬虛構，約翰·厄士利被捕，而且發現他擁有一部分的迪比爾斯鑽石。

「但這案子從未上訴法庭。勞倫斯·厄士利先生付了一筆等值於那批遺失鑽石的金錢，迪比爾斯也沒再起訴。至於盜竊案如何發生則從未有人知道。但老人因為兒子是個竊賊而傷透了心，不久後就中風了。約翰的命倒是不壞，他去從軍，到了前線，英勇作戰，後來陣亡了，因而也挽回了名聲。勞倫斯先生第三次中風，一個月後就去世了。他沒留下遺囑就死去，而他的鉅額財產便傳給了一個他幾乎不認識的遠親。」

上校歇了一會兒。又有人提了許多問題。似乎有什麼引起了貝丁費小姐的注意，她在椅子上轉過身去。只見她倒吸了一口氣，我也轉身望去。

我的新祕書雷伯恩站在門口。在黑黝黝的皮膚襯托下，他的面孔像是見鬼了般蒼白。顯然雷斯的故事深深打動了他。

忽然，雷伯恩注意到大家都在審視他，便轉身匆忙離去了。

「你知道他是誰嗎？」安妮·貝丁費猛然問道。

「他是我的另一名祕書，」我解釋道，「雷伯恩先生。他到現在都還不舒服。」
她玩著盤子裡的麵包。
「他當你的祕書很久了嗎？」
「不太久。」我慎重地說。
但再謹慎提防，對女人來說也是枉然，你愈往回收，她就愈緊逼。安妮．貝丁費毫無顧忌地問：「多久了？」她直言不諱地說。
「嗯，上船前才剛雇用。我的一個老朋友推薦的。」
她不再追問了，但陷入沉思之中。
我轉向雷斯，該我對他的故事表現興趣了。
「雷斯，誰是勞倫斯先生的這名遠親？你知道嗎？」
「我當然知道。」他答道，笑了起來。「就是我啊！」

14（安妮繼續講她的故事）

在化裝舞會的那天晚上，我決定向某人吐露我心中的祕密。在此之前，我一直孤軍奮戰而且樂在其中。現在，突然事情轉變了，我不再相信自己的判斷，並第一次有了孤獨、寂寞的感覺。

我穿著吉普賽服裝坐在床邊，考慮著各種情況。我首先想起雷斯上校，他似乎很喜歡我。我知道他一定會很友好，而且他不笨。然而考慮良久，我動搖了。他是個頗有擔當的人，他會把我手中的事全盤接管過去。但這可是我的祕密！還有一些我自己也搞不懂的原因，反正我覺得不該向雷斯上校吐露祕密。

然後我想起布萊爾夫人。她對我也很好。但我不應哄騙自己，相信她對我真有那麼好。她可能只是一時好奇。儘管如此，我有自信能引起她的興趣。這女人看遍了人情俗事。我可以給她來點特別的！我喜歡她，喜歡她的從容不迫、不露聲色和不動感情。

我決心已下，決定馬上過去找她。她可能還沒休息吧。

我按了按門鈴。過了一會兒。一個男人出來告訴我，布萊爾夫人在七十一號艙。他道歉說他回應得太晚了，但接著解釋說他要管理所有艙房。

「女服務員呢？」我問。

「她們十點下班。」

「不，我是說夜間女服務員。」

「小姐，女服務員不上夜班。」

「可是那天晚上有一個女服務員，大約一點左右。」

「小姐，你一定是在作夢吧，十點之後就沒有女服務員值班了。」

他走了，留我獨自思考著這條資訊。誰會是那個二十二號晚上來到我艙裡的女人呢？當我意識到那位神祕對手的奸詐、大膽時，我變得面色陰沉。然而我振作起精神，走出我的艙房去找布萊爾夫人。我敲了敲門。

「誰呀？」裡面傳出她的聲音。

「是我，安妮．貝丁費。」

「進來，吉普賽女郎。」

我走進去。只見四處堆放著衣服，布萊爾夫人披著一件我從未見過的漂亮便服。這便服由桔黃、金黃、黑色組成，使我羨慕不已。

「布萊爾夫人，」我忽然說，「我想告訴你有關我的某些奇遇……當然，如果你不覺得厭煩，還有時間不是太晚的話……」

「一點也不會，我最怕上床睡覺。」布萊爾夫人說，瞇著眼高興地笑起來。「我保證會愛聽你的故事。你是個很特別的人，吉普賽女郎。沒有人會在一點時跑來找我講他們的奇遇，特別是壓抑了好幾個星期的好奇心之後。你也一樣吧？我可不習慣壓抑。看來相當新鮮有趣。來，坐在沙發上一吐為快吧。」

我把所有的事都告訴了她。那花了不少時間，因為我小心翼翼地不漏掉絲毫細節。我講完後，她深深地嘆了口氣。但她沒有說一些我事先所預料的話，反而是看著我，笑道：「安妮，你知道你是個很特別的女孩嗎？你從未擔憂過什麼嗎？」

「擔憂？」我迷惑地問。

「是的，擔憂，擔憂，擔憂！身無分文也敢闖蕩世界。你如果身無分文，流落在異國他鄉，到時候該怎麼辦？」

「既然還沒發生，憂愁又有什麼用。我現在有足夠的錢。弗萊明夫人給我的二十五英鎊還沒動用，昨天我打橋牌贏了大滿貫，又添十五英鎊。哦，我錢很多，足足有四十英鎊！」

「錢很多！我的上帝！」布萊爾夫人喃喃道，「安妮，如果是我，我不會那樣做。我也是藝高人膽大，但我不會只帶幾個英鎊就沒有方法、沒有目標地悶頭往前衝。」

「但這就是樂趣所在，」我高興地叫道，「這給人一種刺激的冒險感。」

她看著我，點了幾下頭，然後笑了。

「好運氣的安妮！世界上像你這樣的人並不多。」

「好吧，」我不耐煩地說，「布萊爾夫人，你覺得這件事怎麼樣？」

「我覺得這是我所聽過最刺激的事了！從現在開始，別再叫我布萊爾夫人了，叫我蘇珊娜就好。同意嗎？」

「我很願意，蘇珊娜。」

「乖女孩，現在我們來談談正事吧。你說尤斯塔爵士的另一個祕書——不是長臉的佩吉特——就是那個被刺傷逃到你艙裡避難的人？」

我點點頭。

「在這件錯綜複雜的事情裡，有兩條線索和尤斯塔爵士有關：那女人是在他的宅邸裡被害的，而且他的祕書在夜裡一點被神祕地刺傷。我不會懷疑尤斯塔爵士本人，可是這絕非巧合。即使他自己不知道，也一定有某種聯繫。

「然後就是女服務員那件怪事，」她若有所思地說，「她是什麼長相？」

「我沒看清楚。我太激動、太緊張了，女服務員出現似乎緩和了當時的氣氛。但是，沒錯，我覺得她的臉很面熟。當然，我可能在船上見過她。」

「你覺得她的臉很面熟，」蘇珊娜說，「你確定她不是個男人？」

「她的個子是很高。」我承認道。

「那就不會是尤斯塔爵士，我想，也不是佩吉特。等等……」

她拿起一張紙開始快速地畫起來。她頭偏向一邊看著她的畫。

「很像愛德華·奇切斯特牧師。現在加點別的東西。」她把紙遞給我。「這是那位女服務員嗎？」

「正是，」我叫道，「蘇珊娜，你真聰明！」

她揮手否認。

「我常在懷疑奇切斯特這人。記得嗎，那天我們在談論克里本時，他頓時面色發青，還將咖啡杯掉落在地上？」

「而且他也想要十七號艙！」

「是的，到目前為止一切吻合。但這意味著什麼？十七號艙在一點時究竟要發生什麼？不可能是為了刺傷那個祕書。沒必要在一個特定時間、特定地點做那種事。一定是他和誰有某種約定，而他是在赴約時被刺的。但他是去和誰約會？當然不是你。有可能是奇切斯特或佩吉特。」

「那不可能，」我反駁道，「他們隨時能見面啊。」

我們坐在那兒沉默了一兩分鐘，然後蘇珊娜改變了話題。

「艙房裡是否藏著東西？」

「這種可能性比較大，」我表示同意。「所以我的物品第二天早晨才會被搜查。但我確定裡面沒藏東西。」

「那年輕人沒有在那天晚上塞了東西在抽屜裡嗎？」

我搖了搖頭。

「要是有，我會看見。」

「他們是否在找你那張寶貝的紙條呢？」

「有可能，但那似乎講不通。上面只有時間、日期……而且已過了那些時間。」

蘇珊娜點點頭。

「是的，當然。那就不是紙條。對了，你隨身帶了那張紙條嗎？我很想看看。」

我的確隨身帶著。我遞給她。她看了看，皺皺眉。

「『一七』後面有一個小點。但為什麼下面那個『一』的後面沒有呢？」

「可是有空格。」我指出。

「是有，但是……」

忽然，她起身盯著紙條看，並將紙條盡量靠近燈光。她有點掩飾不住的激動。

「安妮，那不是個小數點！那是紙本身的汙點！你看，是紙的汙點，有沒有？所以，不必理睬它，只需考慮那些空格……空格！」

我起身站到她身邊。現在我看清楚了，並唸出聲來。

「一 七一 二二。」

「你看，」蘇珊娜說，「它們的表示方法是一樣的，可是意義不同。仍然是二十二號，一點鐘……卻是七十一號艙！安妮，那是我的艙房！」

我們站在那兒對視著，為我們的新發現而欣喜若狂，我們激動地以為找到了整個謎團的答案。然後我一下子跌坐在地上。

「可是，蘇珊娜，二十二號一點鐘你這兒什麼也沒發生哪！」

她的臉也沉下來。

「是沒發生什麼。」

我又有了個念頭。

「這不是你自己的艙房，是嗎，蘇珊娜？我的意思是，不是你原來訂的艙房？」

「不是，是事務長後來換的。」

「不知道在航行前它是否已經預訂給某人，而這人沒出現。我想我們能查出來。」

「我們不需要查，吉普賽女郎，」蘇珊娜叫道，「我知道！事務長告訴我說，這艙房是預訂給格雷夫人的……但格雷夫人好像是拿迪娜夫人的化名。她是個有名的俄國舞蹈家，從未到過倫敦，而巴黎人為她瘋狂。整個戰爭期間，她在巴黎的表演都相當成功。我想她是個壞女人，但很有魅力。事務長將她的艙房換給我時，對她不能前來可真是感到萬分遺憾呢。後來雷斯上校告訴我許多她的事。他說在巴黎流布著不少奇怪的傳言，說她犯有間諜罪，但他們沒有證據。我想雷斯上校到那裡就是為了調查這件事，他告訴我很多有趣的事。那裡有個犯罪組織，但不是德國人發起的。而那個被稱作『上校』的頭頭，據判是個英國人，他們對他的身分毫無頭緒。不過可以確定，他控制著相當規模的國際犯罪組織。他無惡不作，搶劫、查探、攻擊，最後通常會找一個清白無辜的代罪羔羊頂罪。他一定是絕頂聰明！這女人似乎是他的密探，但他們沒有找到任何證據。是的，安妮，我們走對路了。拿迪娜一定與此事有關。有人二十二號早晨要在這個艙裡和她約會。但她現在在哪裡？她為何沒上船？」

我腦中閃過一個念頭。

「她是要上船。」我慢慢地說。

「那她為什麼沒來？」

「因為她死了。蘇珊娜，拿迪娜就是那個在馬洛被害的女人！」

我腦海中回憶起那間空蕩蕩的房間，那給人一種難以名狀的威脅與邪惡感，隨之，我想起了落下的鉛筆和那卷底片。一卷底片……那讓我聯想起最近的某件事。我在哪兒聽過底片的事？為什麼我感覺和布萊爾夫人有關呢？

猛然，我衝向她，激動中幾乎搖倒她。

「你的底片！從通風口掉下來的底片？那天不正是二十二號嗎？」

「我掉落的那卷？」

「你怎麼知道是同樣的底片？為何有人採用那種方式還給你……而且一定要在大半夜？這太奇怪了。不，這是個訊息，底片已被人從錫盒中取出，放入了別的東西。你那個底片還在嗎？」

「有可能用掉了……不，還在這兒。我記得把它扔在床邊的架子上了。」

她將底片遞給我。

這是個普通的圓柱筒，在熱帶地區底片都這麼包裝。我用顫抖的手接過它，心怦怦怦地跳著。顯然它比普通底片更重。

我用顫抖的指尖撕開膠條，打開蓋子，一串亮晶晶的石頭滾到床上。

「石頭。」我極其失望地說。

「石頭？」蘇珊娜叫道。她清脆的聲音使我振奮不已。「石頭？不，安妮，不是石頭，是鑽石！」

15

鑽石！

我凝視著晶瑩透亮的滿床寶石，拿起一顆，就重量而言，它與破瓶子碎塊無異。

「蘇珊娜，你敢確定？」

「是的，親愛的，我經常接觸原始的鑽石，不會弄錯的。它們很漂亮，安妮，有些還相當獨特，它們背後應該都有一段歷史。」

「就是我們今晚聽到的歷史。」我喊道。

「你的意思是……」

「雷斯上校說的故事。這不會只是巧合，他是故意講這個故事。」

「你的意思是，看看反應？」

我點點頭。

「看尤斯塔爵士的反應？」

「是的。」

但話一出口，我就滿腹疑惑了。他是把尤斯塔爵士當作試驗品，還是故意講給我聽的？我仍記得昨天晚上被追問的情景。不管是何種原因，雷斯上校很可疑。但他從何處介入？他和此事會有什麼關係？

「雷斯上校是何方神聖？」我問道。

「這是個好問題，」蘇珊娜說，「他是個大型狩獵好手，你也聽他昨晚說了，他是勞倫斯．厄士利先生的遠親。我是這次旅行才認識他的。他經常出入南非。大家都認為他是為政府做地下工作。我也不知是真是假。反正他是個很神祕的人物。」

「我想他從勞倫斯．厄士利那裡繼承了一大筆錢。」

「親愛的安妮，他一定在撒謊。你知道，他和你是天生一對。」

「有你在船上，我不可能和他談情說愛，」我說，並大笑起來。「哦，你們這些已婚婦女！」

「我們確實相互吸引，」蘇珊娜得意地喃喃說道，「不過人人都知道我對克拉倫斯是完全忠實的，你知道，他是我丈夫。和自己忠實的妻子做愛，既安全又愉快。」

「克拉倫斯娶到你這樣的妻子一定很高興。」

「和我生活在一起令他厭倦得很！不過反正他可以逃進他外交部的辦公室，戴上眼鏡，在大沙發裡睡大覺。我們可以給他打電報，讓他告訴我們雷斯的底細。我喜歡打電報，而克拉倫斯為此很感惱火。他總說寄信不也一樣。我想他不會告訴我們任何事情。他總是守口如瓶，所以和他在一起生活實在挺辛苦的。讓我作個媒吧，我保證雷斯上校被你深深吸引了，安妮。給他暗送秋波拋幾個媚眼，事情就搞定了。每個人都是在船上訂婚的……因為沒有別的事可做。」

「我不想結婚。」

「你不想？」蘇珊娜說，「為什麼？我喜歡結婚……即便是和克拉倫斯！」

我蔑視她的輕浮。

「我想知道的是，」我堅定地說，「雷斯上校和這件事有什麼關係？他看起來已經捲進去了。」

「你不認為他講那個故事只是出於偶然嗎？」

「不，我不認為，」我肯定地說，「他當時就仔細在觀察我們。你還記得嗎，他說有部分鑽石已被找回，但不是全部。或許這些就是那批遺失的鑽石，或者……」

「或者什麼？」

我沒直接回答。

「我想知道，」我說，「另一個年輕人怎麼樣了？不是厄士利而是……他叫什麼名字？盧卡斯！」

「我們漸漸有點頭緒了。這些人都在追逐寶石。那個『褐衣男子』一定是為了奪取鑽石而殺了拿迪娜。」

「他沒殺她。」我尖聲說道。

「當然是他殺的。不然還有誰會這麼做？」

「我不知道。但我敢確定他沒殺她。」

「他在她之後三分鐘進入房間，出來時面色蒼白。」

「因為他發現她死了。」

「但沒別人進去啊。」

「所以說，凶手早就藏在屋子裡了，或是從別處潛入。他不一定要從門口進去，他可以翻牆啊。」

蘇珊娜直盯著我看。

「褐衣男子，」她沉思道，「究竟是誰？他和地鐵中的那位『醫生』是同一個人。他有足夠的時間去掉偽裝，跟著那女人到馬洛。她和卡頓在那裡碰頭，他們兩人都有參觀同一棟房子的證明書。如果他們精心策畫要使這次碰頭看起來像是巧合，他們一定會警覺到自己被跟蹤了。儘管如此，卡頓仍不知道盯梢的人就是那位『褐衣男子』。當他認出他時，他有如五雷轟頂，一時驚惶失措，便一下子摔下軌道。這不就清楚了，你認為呢，安妮？」

我沒回答。

「是的，就這麼回事。他從死者身上拿出紙條，在匆忙離去之際又丟了那張紙條。然後他跟著那女人到了馬洛。當他殺了她以後……或者，就像你說的那樣，發現她死了以後，他做了什麼？他去了哪兒？」

我仍然一語不發。

「我想，」蘇珊娜若有所思地說，「是否有可能是他勸誘尤斯塔．佩德勒爵士把他當成祕書帶上船？這是安全逃離英國、躲避追捕的唯一機會。但他如何說服尤斯塔爵士呢？看起來好像爵士在受他操縱。」

「或受佩吉特操縱。」我不由自主地附和道。

「安妮，你好像很不喜歡佩吉特。尤斯塔爵士說他是個勤快能幹的小夥子呢。當然，他說不定就是我們討厭的那種人。好吧，繼續我的推測，雷伯恩就是『褐衣男子』。他也看了他丟下的那張紙條。而且像你一樣，在小數點的誤導下，在二十二號一點鐘潛進十七號艙房……他曾透過佩吉特表示想住進那個艙房。在路上，有人捅了他一刀……」

「誰？」我插嘴說。

「奇切斯特。是的，這下全對上了。給納斯比勳爵打電報，說你已找到『褐衣男子』。你就要發財了，安妮！」

「有幾處你疏忽了。」

「什麼地方？我知道雷伯恩臉上有道疤，但做一道假疤何其容易啊。他的身高、體型都符合。你在蘇格蘭警場向他們描述的那種頭型是什麼？」

我發抖了。蘇珊娜是個受過良好教育、閱讀廣泛的婦女，但值得告慰的是，她對人類學術語並不熟悉。

「長頭型。」我輕聲說。

蘇珊娜很感疑惑。

「那是什麼意思？」

「哦，就是頭是長形的，你知道，頭的寬度不到其長度的百分之七十五。」我流利地解釋道。

談話暫時終止。我正準備鬆口氣，蘇珊娜忽然說：「它的相反是什麼？」

「什麼意思，相反？」

「一定有相反的頭型啊。一個頭的寬度多於其長度的百分之七十五叫什麼？」

「短頭型。」我不情願地喃喃道。

「這就對了，我覺得你說的是這個東西。」

「是嗎？我可能說溜嘴了。我的意思是長頭型。」我盡可能肯定地說。

蘇珊娜打量著我，然後她笑了。

「你撒謊的技術很高明啊，吉普賽女郎。如果你能和盤托出，會省去很多時間和麻煩。」

「沒什麼可說的。」我不情願地說道。

「是嗎？」蘇珊娜和善地說道。

「我想我還是告訴你好了，」我慢吞吞地說，「反正我不覺得恥辱，你不能對自己的事感到害羞。他確實如此。他是個討人厭、粗魯、不知感恩的人……不過我想我能理解原因何在。他就像隻被套住或受虐的狗，所以只能到處亂咬人。他就是這樣，狂呼亂叫的。我不知道為何我這麼關心他……是的，我關心，十分在意。第一眼看到他，我的生活就被攪得天翻地覆。我愛他，我想得到他。我要赤腳走遍非洲尋找他，我要他關心我。我願意為他去死。我可以為他工作，做他的奴隸，為他行竊，為他乞討或借貸！現在你明白了吧！」

蘇珊娜凝視著我。

「你太不像英國人了，吉普賽女郎，」她最後說，「你一點也不多愁善感。我從未遇過像你這樣一見鍾情後就感情沸騰並付諸行動的人。我不會為任何人付出這種感情——可憐我吧——然而我嫉妒你，吉普賽女郎。我嫉妒你的愛，大多數人都不能去愛。那個想娶你的小個子醫生真可憐，因為他不是那種會在屋裡藏炸藥的人！那就不給納斯比勳爵打電報了？」

我搖了搖頭。

「你到現在還認為他是清白的嗎？」

「我相信無辜的人也可能被吊死。」

「是的，但親愛的安妮，你必須面對事實、正視現實。不管你說什麼，他是極有可能害死那女人。」

「不，」我說，「他沒有。」

「你這是感情用事。」

「不是。他是有可能殺她。他有可能跟在她身後，心中懷著殺她的企圖。但他不會拿黑帶子勒死她的。他要做的話，就赤手勒死她。」

蘇珊娜微微顫抖了一下。她瞇起眼睛讚賞道：「嗯，安妮，我開始明白你為什麼對你這位心上人如此著迷了！」

16

第二天早晨，我有了接觸雷斯上校的機會。紙牌比賽結束後，我們一起在甲板上散步。

「吉普賽女郎今晨感覺如何啊？在思念著故土和大篷車隊嗎？」

我搖了搖頭說：「既然今天大海如此作美，我希望永遠與它為伴。」

「熱情感人哪！」

「今天早晨天氣很美，不是嗎？」

我們倚靠著欄杆。海面風平浪靜，亮光閃耀，五顏六色紛呈，藍色、淡綠、紅色、紫色和深黃色，恍如立體派的畫作。偶爾銀色閃動，飛魚騰躍。空氣溫暖潮溼，和風飄香，吹拂而過。

「昨晚你講的故事很有趣。」我打破沉默說。

「哪個故事？」

「那個關於鑽石的故事。」

「女人總是對鑽石感興趣。」

「當然感興趣。隨便問一下，那另一個年輕人怎麼樣了？你說有兩個人。」

「盧卡斯嗎？當然在二缺一的情況下是無法起訴的，他還逍遙法外。」

「他最後怎麼樣了？我的意思是，有人知道他的下落嗎？」

雷斯上校眼睛直盯著海面。他的臉像蒙上了一層面具，毫無表情，但我知道他不喜歡我這個問題。然而，他的回答仍很及時。

「他參戰去了，頗為英勇善戰。據報他失蹤了，受了傷……被認為死了。」

這就是我想知道的事，我不再追問了。但我急於知道雷斯上校到底知道多少。他扮演的角色使我迷惑不解。

我又做了一件事，去找了晚間服務員。給了點金錢獎勵後，我很快讓他開了口。

「那女士一點都不害怕……她是個小姐嗎？開這種玩笑應該無傷大雅。據我所知是有人在打賭。」

我一點一點套出內情。從開普敦到英國的航程中，有一位旅客給他一卷底片，讓他在一月二十二號一點扔到七十一號艙房的床上。屆時會有個女士住進艙房內，他說這是打賭。我猜這服務員拿了不少錢。那人沒告訴他這位女士的姓名。當然，布萊爾夫人一上船就找了事務長，直接住進七十一號艙，所以服務員一直沒想到她不是那人指定的那位女士。那名安排這件事的旅客叫卡頓，他的描述和地鐵站那位受害者基本上吻合。

所以，一個疑點已經弄清楚了，鑽石顯然是解決整個謎團的關鍵。

在奇夢登堡號上的最後幾天過得很快。我們愈來愈接近開普敦，我只好仔細考慮我的下一步計畫。需要密切觀察的人如此之多：奇切斯特先生、尤斯塔爵士和他的祕書，還有雷斯上校！我該怎麼辦？當然應首先注意奇切斯特。當我正猶疑著要排除尤斯塔爵士和佩吉特先生時，一次偶然的談話喚醒了我心中的疑點。

我已忘記了佩吉特一提到佛羅倫斯便整個人不對勁的事。在船上的最後一晚，我們都坐在甲板上，尤斯塔爵士向他的祕書問了幾個無心的問題。我忘了究竟是什麼，好像是義大利火車誤點的事。我立即發現佩吉特再次出現了那種不安的情緒。當尤斯塔爵士請布萊爾夫人跳舞時，我迅速坐到佩吉特身邊，決心查個水落石出。

「我一直想去義大利，」我說，「特別是去佛羅倫斯。你在那邊玩得還愉快嗎？」

「很愉快，貝丁費小姐。請原諒，尤斯塔爵士有些郵件……」

我緊緊抓住他的衣袖。

「你不能走！」我用貴婦的輕佻口氣說，「尤斯塔爵士不會喜歡你把我獨自一人留在這兒。你好像很不愛談論佛羅倫斯。哦，佩吉特，我想你一定有什麼不可告人之事！」

這時我的手仍放在他的手臂上，所以可以感到他驚慌了一下。

「沒這回事，貝丁費小姐，絕對沒有。」他急切地說，「我很願意和你聊聊，但我確實有電報……」

「哦，佩吉特，別再裝了！我這就去告訴尤斯塔爵士……」

我沒往下說。他又驚跳起來。這人的神經處於驚嚇狀態。

「你想知道什麼？」

他那讓步、委屈的語調使我竊笑起來。

「什麼都行！繪畫、橄欖樹……」

我停下，自己也不知所措了。

「我想你會說義大利話吧？」我又繼續問道。

「一個字也不會，很遺憾。當然，有腳夫和導遊代勞。」

「確實，」我趕緊回答，「你最喜歡的是哪一幅畫？」

「哦，聖母馬利亞，嗯，拉斐爾畫的，你知道。」

「古老雋永的佛羅倫斯，」我動情地喃喃道，「阿爾諾河岸風景如畫。真是條美麗的河流。大教堂，你還記得大教堂嗎？」

「當然記得。」

「還有一條河也很美，不是嗎？」我冒險地說，「可以說比阿爾諾河更美？」

「絕對是。」

第一個設置的陷阱成功後，我的膽子更大了，我繼續下去。但事實已無可置疑，佩吉特先生說的每個字都是在自掘墳墓。他根本沒去過佛羅倫斯。

但如果他沒去佛羅倫斯，他去哪兒了呢？回英國？米爾莊血案發生時他其實就在英國？我更大膽地邁了一步。

「很奇怪，」我說，「我覺得我在哪兒見過你，但我可能弄錯了……因為那時你在佛羅倫斯。可是……」

我直盯著他。他眼裡有種被逮住的神色。他的舌頭在乾焦的嘴唇裡動了動。

「哪兒，在哪兒……」

「我真的見過你嗎？」我準備把他徹底打垮。「在馬洛。你知道馬洛嗎？哦，我真傻，尤斯塔爵士在那兒有棟房子！」

隨便說了個藉口，我的被害人起身溜走了。

那晚，我闖進蘇珊娜的艙房，激動萬分。

「你看，蘇珊娜，」我講完故事，催促道，「謀殺案發生的時候，他在英國，在馬洛。你現在還認為『褐衣男子』有罪嗎？」

「我只確定一件事。」蘇珊娜說，突然眨了眨眼。

「什麼？」

「那個褐衣男子比可憐的佩吉特長得好看。不，安妮，別生氣，我只是開個玩笑。坐到這兒來。現在不是開玩笑。我想你有了重要發現。在此之前，我們都以為佩吉特有不在場證明。現在我們知道他沒有。」

「確實，」我說，「我們必須盯著他。」

「別人也得盯，」她悲傷地說，「這就是我要和你談的事，關於錢的事……別把鼻子朝天，我知道你很自重、獨立，可是你得理智一點。我們是合作夥伴……我不會因為喜歡你或因為你是個舉目無親的女孩而給你一分錢。我想要刺激，我準備為它付錢。不管要花費多少錢，我們都要一起合作。首先，你和我一起去蒙特納爾遜飯店，我出錢，我們一起決定行動方針。」

我們爭議了一會兒，最後我屈服了。但我不喜歡這個主意。我想獨自行動。

「就這麼說定了，」蘇珊娜最後說，起身伸了一個大懶腰。「這番雄辯搞得我好累。現在，我們來討論我們的嫌疑人等吧。奇切斯特先生要去德班；尤斯塔爵士要去開普敦的蒙特納爾遜飯店，然後再去羅德西亞。他在火車上有個包廂。那天晚上喝完第四杯香檳時，他一時膨風起來，說要幫我留個地方。我敢說他並非出自真心，但儘管如此，如果我堅持，他也不能食言。」

「好，」我贊同道，「你盯著尤斯塔爵士和佩吉特先生，我盯奇切斯特。但雷斯上校怎麼辦？」

蘇珊娜奇怪地看著我。

「安妮，你不是在懷疑……」

「任何人我都懷疑。我對那種看來最不可能的人最感興趣。」

「雷斯上校也要去羅德西亞，」蘇珊娜若有所思地說，「如果我們讓尤斯塔爵士也請他……」

「你辦得到，你什麼都辦得到。」

「我喜歡聽人家奉承。」蘇珊娜心滿意足地咕嚕道。

我們分別的時候，再次確定蘇珊娜會充分利用她的天賦達成任務。

我太激動了，無法馬上入睡。這是我在船上的最後一晚。明天早晨，我們將抵達桌灣。

我又上了甲板。海風清新、涼爽，船在滔滔波浪中有些搖晃。甲板一片漆黑、空無一人。夜已深了。

我靠在欄杆上，看著閃耀磷光的浪花。我們的前面就是非洲。行過黑茫茫的水面，我們朝它直奔而去。在這個美好的世界上，我孤單一人，茫然若失，似在夢中。我站在那兒，在奇特的寧靜中，也不知過了多久。

猛然，我有了一種奇怪的警覺，儘管什麼也沒聽見，但我本能地轉過身去。一道黑影朝我身後爬來。我一轉身，他躍起撲來，一隻手卡住我的喉部，以防我叫出聲。我拚命掙扎，可是毫無掙脫機會。我被勒了個半死，但我以女人最擅長的咬、抱、抓輪番反擊。那人因為怕我叫出聲來而受到限制。既然他能不知不覺中抓住我，他也可以很輕易把我摔下船去，然後鯊魚就會來解決後事了。

儘管我仍在掙扎，但已力不從心。我的攻擊者也感覺到了。他使盡渾身力氣。這時，又有一道黑影迅捷、無聲地竄過來。只一拳，我的對手便被他打倒在甲板上。我猛地喘了口氣，靠著欄杆難受地顫抖著。

救了我的那個人迅速轉向我。

「你受傷了！」

他的嗓音粗野，對攻擊我的人來說是個威脅。不過即使他還沒開口，我都已認出他來。他是我的男人……帶疤痕的那個人。

在他的注意力轉向我的那一刻，我那倒地的敵人已經恢復過來。他疾如閃電地向甲板下逃去。

雷伯恩詛咒了一聲，追了過去。

我不願袖手旁觀，笨拙地加入追逐的行列。我們繞著甲板，來到船的右舷。在理髮室門口，那人縮成一團躺在地上。雷伯恩彎腰看著他。

「你又打他了？」我氣喘吁吁地說。

「沒必要，」他陰森地說，「我發現他撞在門上。或者是他打不開門，就裝死。我們這就來看看他是誰。」

我的心怦怦怦跳著，走近他。我立刻看出攻擊我的人比奇切斯特體型要大一號。此外，奇切斯特一身肌肉鬆垮垮的，他應該會用刀子，因為他手無縛雞之力。

雷伯恩畫了根火柴。我們倆都叫出聲來。這人是佩吉特。

雷伯恩被這個發現弄得目瞪口呆。

「佩吉特，」他喃喃道，「上帝啊，是佩吉特。」

我覺得自己比他略勝一籌。

「你好像很吃驚。」

「是的，」他悶悶地說，「我從未懷疑……」他忽然繞著我轉。「你呢，你毫不吃驚嗎？還是他攻擊你時，你已認出他了？」

「沒有。儘管如此，我也不覺得驚訝。」

他懷疑地盯著我。

「你是怎麼牽涉進來的？從什麼地方？你知道多少？」

我笑了。

「很多，盧卡斯先生！」

他抓住我的手臂，力氣很大，我皺了皺眉頭。

「你從哪兒知道這個名字的？」他粗魯地問。

「這不是你的名字嗎？」我甜蜜地問，「或者你比較喜歡被稱為『褐衣男子』？」

這下可把他鎮住了。他放下我的手，退了一兩步。

「你是個女人，還是個女巫？」他說。

「我是個朋友，」我朝他走了一步。「我幫過你一次……我要再幫你一次。你願意接受嗎？」

他粗暴的回話使我吃了一驚。

「不，我不和你或任何女人發生牽扯。你愛怎樣就怎樣吧。」

像上次一樣，我的火氣上來了。

「或許，」我說，「你還不明白我已握有你的把柄吧？我只要去跟上校說一句……」

「儘管去吧。」他嘲笑道，然後上前一步。「我們來弄清楚情況，親愛的小姐，你知道此時此刻你的生命就掌握在我手裡嗎？我能勒住你的咽喉，」他迅速地付諸行動。我感到他的手勒住我的喉部，很輕地捏了一下。「就這樣勒死你，和這個暈了的朋友一樣，但我會做得更漂亮……把你的屍體丟下去餵鯊魚。你對此有何高見？」

我什麼也沒說，笑了起來。但我知道確實有其危險性，因為此刻他恨我入骨。但我喜歡這種危險的感覺，喜歡讓他的手捏住我的喉部。我願意用生命中的任何時光換取這一刻。

他短笑了一聲，鬆開我。

「你叫什麼名字？」他忽然問。

「安妮．貝丁費。」

「你什麼都不怕嗎，安妮．貝丁費？」

「沒有啊，」我假裝冷淡地說，「我怕黃蜂、尖酸的女人、年輕男子、蟑螂、超級市場的店員。」

他又像原來那樣短促地一笑，然後用腳踢踢昏迷的佩吉特。

「這蠢貨怎麼處理？扔到海裡去？」他毫不介意地說。

「隨便你。」我鎮靜地答道。

「我衷心佩服你殘忍的本性，貝丁費小姐。但我們還是把他放在這兒等他自己恢復吧。他沒受重傷。」

「你不願再度殺人，我知道了。」我甜甜地說。

「再度殺人？」

他看起來一臉茫然。

「馬洛的那個女人。」

我提醒他，並觀察這句話的效果。他臉上出現醜惡、沉思的表情，好像忘了我的存在。

「我有可能殺了她。」他說，「有時我真想殺她……」

我猛然感情激動起來，極度憎恨那死去的女人。她要是站在我面前，我一定殺了她……因為他一定愛過她，一定愛過……所以才會產生那種感覺！

我振作起來，用正常的語調說：「我們好像該說的話都說完了……除了『晚安』。」

「晚安，貝丁費小姐。」

「待會兒見，盧卡斯先生。」

他再次對這個名字畏縮起來。他靠近我。

「你為何這麼說？我的意思是，你為何說待會兒見？」

「因為我覺得我們會再見面。」

「那除非我喪失意志！」

他語氣堅決，但我沒受到傷害。相反的，我內心很滿足。我可不傻。

「無所謂，」我冷冷地說，「我認為我們會再見面。」

「為什麼？」

我搖搖頭，不能解釋我為何這樣說。

「我永遠不想再見到你。」他忽然吼道。

這實在太粗野了，但我淡淡一笑，走入黑夜中。

我聽見他跟在我身後，又停下來，一句話飄了出來。我想是「女巫」！

17 （尤斯塔・佩德勒爵士的日記摘錄）

（開普敦，蒙特納爾遜飯店）

下了奇夢登堡號真是個大大的解脫。在船上時，我覺得自己已被一系列事件牽累進去。首先，戈尹・佩吉特昨晚一定捲入某場鬥毆中。他還想找藉口，不過事實就是如此。看到一個人鼻青眼腫，頭上帶著雞蛋大小的腫塊，眼睛像彩虹般五顏六色，你還會怎麼想？

當然，佩吉特試圖含糊以對。照他的說法，他雙眼青腫是為我效力的結果。他的故事相當冗長、模糊，我聽了老半天才聽懂。

首先，他好像看見了一個「形跡可疑」的人。這是佩吉特自己說的。他是從德國間諜故事上直接引用的。然而何謂「形跡可疑」，連他自己也不知道。我就是這樣對他說的。

「他鬼鬼祟祟地在深更半夜亂逛，尤斯塔爵士。」

「你在幹什麼？為什麼不像個本分的基督徒那樣老老實實躺在床上？」我惱火地問。

「我在看你的電報，尤斯塔爵士，在記日記。」

佩吉特會是個永遠正確的假聖人！

「然後呢？」

「睡前我想四處巡視一下，尤斯塔爵士。那人在你艙房外的走廊上走著。我立刻覺得他形跡可疑。他偷偷摸摸爬到通往理髮室的梯子上。我跟著他。」

「那可憐的傢伙上個甲板有什麼好跟蹤的？許多人睡在甲板上……很舒服，我總這麼想。反正早晨五點水手們就會把他們全沖醒。」這樣想著，我打了個寒顫。「總之，」我繼續說，「如果你這麼擔心那些罹患失眠症的人，我不奇怪他會把你撂倒在地。」

佩吉特不耐煩了。

「請聽我講完，尤斯塔爵士，我敢肯定那人無權在你的艙房邊閒逛。那兒只有兩個艙房，你和雷斯上校的。」

「雷斯，」我點了根菸，謹慎地說，「不用你，他也能照料自己，佩吉特。」我想了一會兒，補充道：「我也是。」

佩吉特靠近我，喘著大氣，他談到機密時總是這副德性。

「你知道，尤斯塔爵士，我想——現在我敢肯定——是雷伯恩。」

「雷伯恩？」

「是的，爵士。」

我搖搖頭。

「雷伯恩應該知道不要在半夜吵醒我。」

「是，尤斯塔爵士。但我想他是想見雷斯上校。祕密會面……傳達指令！」

「別衝著我叫，佩吉特，」我略微後退。「控制你的呼氣。你的想法很荒唐。他們為何要在半夜會面？如果他們有話要說，大可在喝牛肉湯時隨意交談。」

我知道佩吉特一點也不信我的話。

「昨晚發生了一些事，尤斯塔爵士，」他辯道，「要不然雷伯恩為什麼如此野蠻地攻擊我？」

「你敢肯定是雷伯恩？」

佩吉特似乎非常肯定這一點。整段敘述中只有這一點他毫不含糊。

「很奇怪，」他說，「雷伯恩平常都在哪兒呢？」

這倒是千真萬確，從上岸到現在，我們就沒見過這傢伙。他沒和我們一起來飯店。然而，我不相信他會懼怕佩吉特。

反正此事很令人惱火，我的一個祕書消失在藍天之下，而另一個看上去就像個沒出息的拳擊手。他現在這副模樣，我不能帶著他四處活動。我會成為全開普敦的笑柄。那天稍晚我得去送老麥雷的「情書」，但我不能把佩吉特帶在身邊。那傢伙那副鬼祟的樣子帶不出去。

儘管我火氣消了，但我和一群討厭的人吃了一頓討厭的早餐。荷蘭女服務員粗腕大腳，等了半個小時才上了一點爛魚。更可恨的是，到達港口時才凌晨五點，只見那個不斷眨著眼的醫生要你把雙手舉過頭頂，真是使我疲乏至極。

§

（後來）

發生了一件嚴重的事。我帶著麥雷密封的信函去赴首相的約會。信函看起來不像被動過手腳，但裡面竟是一張白紙！

現在，我想我要慘兮兮了。我為何讓麥雷那個滿嘴廢話的混蛋給扯進了莫名其妙的麻煩中呢？

佩吉特安慰人可真有一套。他那副陰陽怪氣地滿足相簡直叫我氣瘋了。此外，他趁我心緒不寧時，把那個大文具箱塞給我。如果他再不小心，下一次參加的就是他自己的葬禮。

然而，到最後我不得不聽他的。

「尤斯塔爵士，會不會是雷伯恩在大街上偷聽了你和麥雷先生的談話？記住，你並沒有麥雷先生親自寫下的書面文件。你是在雷伯恩自薦下錄用他的。」

「你認為雷伯恩是個騙子嗎？」我慢吞吞地說。

佩吉特是這麼想的。我並不知曉，他那雙黑眼睛裡所露出的憎惡究竟影響了他的觀點多深。他很有理由討厭雷伯恩。雷伯恩的出現對他不利。我想袖手旁觀。一個出盡洋相的人不會急於將醜聞公諸於世。

但佩吉特的精神絲毫未受到那件不幸事件的影響。他準備大動干戈。當然，他有他的招數。他出入警察局，打了無數電報，帶著一群英國、荷蘭官員喝威士忌加蘇打，當然用的是我的錢。

那晚我們收到麥雷的回話，他根本不認識我的新祕書！這情況下只有一點值得慶幸。

「無論如何，」我對佩吉特說，「沒人給你下毒藥。你就是患了膽病。」

我看他皺了眉。在這一點上我贏了。

§

（後來）

佩吉特春風得意，才思泉湧。他現在認定雷伯恩就是那個眾所周知的「褐衣男子」。我敢說他是對的。他通常都是對的。但這一切很令人不快。我愈早離開這兒去羅德西亞愈好。我告訴佩吉特他不用陪我。

「你知道，親愛的，」我說，「你必須留在這兒。你可能有需要出面指認雷伯恩。此外，我得考慮我這個英國議員的尊嚴，我不能帶著一個最近在街頭鬥毆的祕書到處走。」

佩吉特皺皺眉。由於自律甚嚴，他只能露出滿臉苦相。

「你的信件和演講稿怎麼辦，尤斯塔爵士？」

「我自己處理。」我輕快地說。

「你的包廂明天十一點會掛到火車上，星期三早晨，」佩吉特繼續說，「我已經安排好了。布萊爾夫人會帶女傭嗎？」

「布萊爾夫人？」我倒吸一口氣。

「她說你主動邀她上車。」

我說過嗎？哦，我想起來了，是化裝晚會那天，我還極力邀請她來呢。但我沒想到她真會來。她很美麗可人，只是我並不想讓她陪我往返羅德西亞。女人需要太多關注，她們有時很討人厭。

「我還請了別人嗎？」我緊張地問。我一定是在自我膨脹下才這麼做。

「布萊爾夫人認為你也請了雷斯上校。」

我咕噥著。

「我一定是喝醉了才會邀請雷斯。佩吉特，接受我的建議，叫你的黑眼睛警告你，下次別痛飲狂歡了。」

「你知道我是不喝酒的，尤斯塔爵士。」

「如果你有那方面的弱點的話，發誓戒酒就更明智了。我沒再請別人了吧，佩吉特？」

「據我所知沒有了，尤斯塔爵士。」

我鬆了口氣。

「還有貝丁費小姐，」我若有所思地說，「她想去羅德西亞挖頭骨，我很想雇用她當我的臨時祕書。她告訴過我她會打字，這我知道。」

使我吃驚的是，佩吉特強烈反對這個主意。他不喜歡安妮·貝丁費。打從他鼻青眼腫那天起，每一提起她，佩吉特就完全失控。近日以來佩吉特太詭異了。

就為了氣他，我非雇用這位小姐不可。我說過，她的腿很美。

18

（安妮的自述）

只要我活著，就不會忘記第一次看見桌山時的景象。我很早就起床，上了甲板，直接走到放救生艇的那層，我想這是極令人反感的行為，不過我決定在孤獨中勇敢面對一切。船正駛向海灣，白雲繚繞在山頂和斜坡上，海邊是一座沉睡中的城市，在金色的朝陽下顯得魔幻神奇。

我屏住呼吸，內心深處感到奇特的饑渴之痛，這種感情只有在碰到極美的事物時才會湧現。我不善於描述這種情感，但我深知我已找到——即使是轉瞬即逝——我離開漢普斯利小城後一直在尋找的事物。這種夢想不到的新鮮經驗，才能滿足我對浪漫的渴求。

全然寧靜中……至少我是這種感覺，奇夢登堡號緩緩向岸邊靠近。恍如置身夢境，我也像那些作夢的人一般，不想讓夢境消逝。我們這些可憐的人類最怕失去。

「這就是南非，」我熱情地自言自語。「南非，南非。你正在看世界。這就是世界，你正在觀賞它，貝丁費傻女孩，想想吧，你正在看世界。」

我一直以為甲板上只有我一個人，但我現在看到還有個人靠在欄杆上。此人像我剛才一樣被迅速靠近的城市所吸引。即使他不轉過頭來，我也知道他是誰。在寧靜的朝陽下，昨夜的一幕顯得虛幻不實。他會怎麼想我？想起我說的話，我不禁面紅耳赤。我其實不是那個意思……或者就是？

我堅決地把頭轉向一邊，盯著桌山。如果雷伯恩上來是想獨自安靜一會兒，我沒必要打擾他。

但使我驚訝的是，我感覺到身後甲板上有輕微的腳步聲，然後便聽見他鎮靜、宜人的嗓音。

「貝丁費小姐。」

「嗯？」

我轉過身。

「我想向你道歉。我昨晚的行為太莽撞。」

「昨晚很特別。」我著急地說。

這句話很含糊，但我只能想起這句話。

「你能原諒我嗎？」

我一語不發，伸出手，他握住我的手。

「我還想說件事，」他神色嚴峻。「貝丁費小姐，你捲入危險中了。」

「這是我自找的。」我說。

「不，不是。你不可能知道。我想警告你別管這件事。事實上這也不關你的事。別讓好奇心驅使你管別人的事。別生氣，我說的不是我自己。你根本不知道你在和誰打交道。這些人絕對不能惹。他們相當心狠手辣。你已經很危險了，想想昨晚吧。他們覺得你知曉內情。你現在最該做的是告訴他們，他們弄錯了。但仍要提防危險。聽著，萬一落入他們手中，要明智些，說實話，這是你唯一的機會。」

「你嚇得我全身顫抖，雷伯恩先生，」我當真地說，「你為何特地來警告我？」

有幾分鐘他沒說話，然後他低聲說：「這可能是最後一件我能幫你的事。一旦上岸，就沒問題，但我可能不上岸了。」

「什麼？」我叫道。

「我怕船上不只你一個人知道我是那個『褐衣男子』。」

「你要是覺得是我……」我著急地說。

他笑著安慰我。

「我沒有懷疑你，貝丁費小姐。如果我說過，那也是謊話。但船上有個人始終知情。他只要說出來，我就沒戲唱了。儘管如此，很僥倖的，他沒說。」

「為什麼？」

「因為他喜歡單挑。只要警察逮住我，我對他就不再有用。我可能會獲得自由，再過一小時就會知道了。」

他嘲諷地大笑起來，但我看到他的臉色非常嚴峻。如果他曾和命運打賭，那他一定是個好賭徒，就算輸了也會笑。

「無論如何，」他輕聲說，「我想我們不會再見面了。」

「不，」我慢慢地說，「不會這樣的。」

「那……再見了。」

「再見。」

他緊握住我的手。有一會兒，他那閃耀奇特光彩的眼睛似乎要燃入我的眼中，之後他猛然轉身離去，我聽見甲板上他遠去的腳步聲。它們發出回響。我覺得我一輩子都在聆聽這種腳步聲……走出我生命之外的步伐。

我坦率地承認，之後兩小時我相當忐忑不安。直到我站在碼頭上，辦完官老爺們所要的例行手續，我才再次喘過氣來。沒人遭受逮捕，這時我忽然大感天氣風和日麗，頓覺特別饑餓。我和蘇珊娜一道離開。我要在飯店和她同住一宿。船要到第二天早晨才開到伊麗莎白港和德班。我們鑽進計程車，到了納爾遜山。

此地恍如仙境，陽光、空氣、花朵！想到一月的漢普斯利小鎮這時一定在下雨，泥水漫到膝蓋，我不禁高興地暗自慶幸。蘇珊娜的興致沒有那麼高，她去過很多地方；此外，在用完早餐之前，她是不會有精神的。當我看到一棵巨大的藍旋花而發出尖叫時，她甚至嚴厲地斥責我。

隨便提一句，我想在這兒聲明，這不會是個敘述南非的故事。我保證不帶當地色彩……你知道那種事，每一頁都有六、七個斜體字。我很羨慕他們能這麼表現，但我不能那樣做。說到南海島，當然，你會馬上提到beche-de-mer[1]，我不知道beche-de-mer是什麼，我從來都不知道，或許永遠也不會知道。我猜了一兩次都沒猜對。到南非，我知道你會立刻談到stoep[2]。我知道stoep是什麼，就是繞著屋子、你可以坐在上面的走廊。在世界其他地方，它們各有不同的名稱，像veranda、pizzaha-ha。還有木瓜也是。我常常讀到這種東西。一看到它，我馬上知道那是什麼，因為我在早餐吃過。開始我以為是爛掉的哈密瓜。荷蘭女服務員給我啟迪，她勸我用瓜汁和著糖再試一次。我很高興見到木瓜，那會讓我模糊地聯想到呼拉，那個東西——儘管我可能錯了——我想是夏威夷女孩跳舞用的草裙。不，我想我錯了，那叫印花布短裙。

不管怎樣，在離開英國之後，這些東西都變得十分令人雀躍。我禁不住想，如果我們早

1　法語，意思是「海參」。

2　南非英語，意思是「門廊」。

餐都吃 bacon-bacon，出門都穿著 jumper-jumper 去買書，那我們寒冷的島嶼生活一定會變得豐富多彩。

吃完早飯，蘇珊娜脾氣溫和了許多。他們給我安排的房間緊挨著她，可以俯瞰桌灣。蘇珊娜在找一些特別的面霜時，我在欣賞景色。她找到後立即塗上，也開始能聽我說話了。

「你見了尤斯塔爵士嗎？」我問道，「我們進來時，他剛走出餐廳。他吃了不新鮮的魚，正向領班抱怨，然後又往地下扔了個桃子，想讓領班看看它有多硬……只是桃子沒他想的那麼硬，一下就碎了。」

蘇珊娜笑了。

「尤斯塔爵士和我一樣，不喜歡早起。安妮，你見到佩吉特了嗎？我在走廊見到他，他眼圈都青了。他幹什麼了？」

「他想把我扔進海裡。」我冷漠地說。

這招有效。蘇珊娜面霜才塗了一半，就急著聽細節。我如實地告訴她。

「愈來愈神祕了，」她叫道，「我還以為我黏著尤斯塔爵士、你盯著愛德華·奇切斯特牧師，是項輕鬆的工作，但現在我不確定了。我希望佩吉特別哪一天黑夜把我推下車。」

「我認為你還沒被懷疑，蘇珊娜。但如果情況不妙，我會給克拉倫斯寫信。」

「這下提醒了我……給我一張電報單。讓我想想，我要寫什麼呢？『涉及一樁驚心動魄的謎案，請立刻給我寄一千英鎊。蘇珊娜』。」

我從她那兒取過電報單，指出她可以刪掉一些冠詞；如果她不講究禮節，還可以去掉「請」字。然而，蘇珊娜看待金錢很輕率，不但沒有接受我省錢的建議，還加上一句「我很開心」。

蘇珊娜去朋友那兒吃午飯，她的朋友十一點來飯店把她接走了。我自己留下來安排活動。我走在飯店下面的路上，越過電車軌，走過一條林蔭大道，一直來到大街上。我四處遊逛觀光，欣賞陽光和黑臉的水果商、花販。我還找到一處地方賣有味道極佳的冰淇淋蘇打。最後，我用六便士買了一籃桃子，接著便返回飯店。

使我既吃驚又高興的是，我發現了一張便條等著我。是當地的博物館館長留的。他在報上讀到我乘奇夢登堡號到達的消息，並獲悉我是貝丁費教授的女兒。他與我父親略有結交，而且很崇拜他。他接著說，如果我當天下午能到他們在梅曾貝赫的別墅喝頓茶，他妻子會很開心。他給了我路線圖。

想起父親仍被懷念和敬仰真讓人高興。我感覺在我去博物館這段時間應該找個護衛，但我決定冒險隻身前去。對大多數人來說，這是件樂事……但如果整天那樣，早中晚都有，那樂事也會變成壞事。

我戴上最好的帽子（蘇珊娜扔掉的），穿上最不起皺的白麻布衣，吃完午飯就出發了。我乘了一輛去梅曾貝赫的快車，半小時後就到了。旅途很棒。我們在桌灣山腳下轉圈，有些花美極了。我的地理知識很貧乏，並不覺得開普敦是在一個半島上，因而下火車後，我很驚訝地發現自己竟然再次看到大海。有些人在進行令人心曠神怡的海浴，這兒那兒的隨處可見，還有些人拿著短弧型的木板，在海浪中漂流。離喝茶的時間還早，我去海浴小屋，他們問我是否要個衝浪板。我說：「好吧。」衝浪看上去太容易了，其實不然。我很不想再繼續了，很惱火地把衝浪板丟在一邊。然而我決心再試一次，因為我不願認輸。偶爾我也會在板上轉個好彎，出浪後欣喜若狂。衝浪就是這樣，你不是大罵詛咒，就是開懷自得。

我好不容易才找到梅德吉別墅。它和其他別墅分開，單獨建在山坡上。我按了門鈴，一個笑容可掬的卡菲爾男孩出來回話。

「拉菲尼夫人在嗎？」我問道。

他領我進去，走過走廊，打開一扇門。我正要進去，卻突然猶豫了，而且百般後悔。我邁過門檻，身後的門關上了。

一個男人從桌子後面起身走過來，並伸出手。

「真高興我們把你給勸來了，貝丁費小姐。」他說。

他很高，顯然是荷蘭人，留著火紅的大鬍子，看上去一點也不像博物館館長。事實上我腦中閃過了上當的念頭。

我落入敵人之手了。

19

這使我想起了《帕米拉歷險記》的第二集。我不是經常坐在六便士的座位上，吃著兩便士的牛奶巧克力，渴望著經歷類似的冒險行動？好，它們來得過於激烈了，一點也不像我想像的那麼有趣。銀幕上的演員是可以的……你可以安然地想到必定有第四集。但現實生活中並不能保證女冒險家安妮不會在哪一集結束時被突然幹掉。

是的，我的處境不妙。雷伯恩那天早晨的話清晰地在我耳畔回響。他要我說實話。好吧，我可以這麼做，但有好處嗎？首先，他們會相信我的故事嗎？他們會相信我的調皮行動僅起因於一張帶有樟腦味的紙條嗎？連我自己聽起來也難以置信。冷靜地想了一會兒，我責備自己太傻了，渴望起小漢普斯利循規蹈矩的寧靜生活來。

這一切在腦中很快掠過，比講故事要快得多。我的第一個本能是後退找門把。抓著我的人獰笑著。

「來了就住下嘛。」他滑稽地說。

我盡力裝作不在乎。

「是開普敦博物館館長請我來的。你要是弄錯的話……」

「弄錯？哦，是的，大錯特錯！」

他粗啞地大笑起來。

「你有什麼權利拘留我？我要報警……」

「汪汪汪，嗯，像個小玩具狗。」他大笑著。

我坐在椅子上。

「我只好認為你是個危險的瘋子。」我冷冷地說。

「真的？」

「我告訴你，我的朋友完全知道我的下落，今天晚上如果我沒回去，他們會來找我的。你明白嗎？」

「你朋友知道你在哪兒，是嗎？是誰？」

將了這一軍，我開始迅速盤算起來。我是否該提尤斯塔爵士？他很有名，提起來頗有分量。但如果他們和佩吉特有關係，就會知道我在撒謊。別冒這種險。

「布萊爾夫人，就先提這一個吧，」我輕聲說，「和我住在一起的朋友。」

「我想不會，」逮著我的人說，狡猾地搖著他那顆黃頭。「從今天早晨十一點以後你就沒見過她。你接到我們要你來的便條是在午餐時間。」

他的話顯示我一直被緊緊跟蹤著，但我不能束手就擒。

「你很聰明，」我說，「不過你聽說過電話吧？布萊爾夫人在我吃完午飯在房間休息時，給我打了電話。我告訴她我下午去哪裡。」

我看到一種不自在的表情掠過他的臉，令我感到滿意。顯然他忘了蘇珊娜可能給我打電話。我真希望她打了電話！

「夠了。」他沙啞地說著站起來。

「你們要拿我怎麼樣？」我問，仍故作鎮靜。

「把你放到不礙事的地方，以防你的朋友趕到。」

好一會兒，我涼了半截。但他下句話使我鬆了口氣。

「明天你要回答問題，等你回完話，我們才知道如何處置你。我可以告訴你，若我們要讓頑固的小傻瓜開口，用的方法可不只一種。」

不太樂觀，但至少暫緩到明天。這人顯然是個執行命令的下人。他的上司是佩吉特嗎？

他招呼了一聲，兩個卡菲爾人出來把我帶上樓。儘管我掙扎了，還是被五花大綁，手腳捆牢。他們把我帶到頂層的閣樓，裡面灰塵很多，不像是有人住。荷蘭人嘲弄地鞠了一躬，關門走了。

我求助無門。盡力掙扎也不能絲毫鬆綁，嘴被堵住了，也叫不出聲。如果有人來，我也無法讓他知道。後來我聽見下面關上門的聲音，顯然荷蘭人走了。

什麼也做不了真會讓人發狂。我想掙脫繩子，但綁得很緊。最後我停止掙扎，然後不是昏倒就是睡著了。醒來時我渾身痠痛。天已黑了，我想已經深夜，因為月兒高掛，月光從天空傾瀉下來。口裡的東西堵得我幾乎窒息，而且全身麻木，痠痛難忍。

就在這時，我發現牆角有塊玻璃渣。月光照得它閃閃發光。看著它，我心生一計。

我的手腳動彈不了，不過我可以滾。我開始緩慢笨拙地滾起來。真不容易，除了疼得厲害，手臂不能護住臉之外，還不容易掌握方向。

除了正確的方位，每個方向都被我滾過了。然而最後我還是到達了目標。玻璃渣碰到我捆住的雙手。

即使這樣也不容易。費了好長時間我才將玻璃渣靠著牆，來回磨著綁我的繩子。這事真費神、漫長，我幾乎絕望了，但最後終於割斷了手腕上的繩子。之後就是時間的問題了。我使勁搓手，恢復血液循環之後，就去掉口裡的東西。能喘口氣真是舒服不少。

我很快解開了最後一個結。儘管花了很長時間我才站起來，但最後還是站起來了，我甩動手臂以便加強血液循環，也想找些東西吃。

我等了一刻鐘左右，以確保體力恢復。然後踮著腳尖無聲無息地走到門口。正像我所希望的那樣，門沒鎖，只是插上了。我打開門向外面窺探。

一片寧靜。月光從窗戶上照進來，我看清了沒鋪地毯的樓梯，小心翼翼地爬下去。仍然沒有聲響……但我一下去就站住了，因為我聽見哪裡傳來輕輕的話語聲。我像死人一樣站了一會兒。牆上的鐘表明已過了半夜。

我很清楚再往下走所要冒的風險，但我太好奇了，便警覺地提防著，輕輕下了最後一級樓梯，站在大廳中環顧一圈，然後倒吸了一口氣……一個卡菲爾人坐在大廳門口。他沒看見我，我從他的呼吸聲很快知道他睡著了。

我是該後退還是前進？聲音是從我剛來時被領進去的那個房間裡發出的。一個聲音是我那位荷蘭朋友的，另一個聲音儘管有些熟悉，但暫時辨別不出來。

最後，我覺得應該聽個明白，這是我的責任。我必須冒險，那個卡菲爾男孩可能會醒來。我聽得再清楚不過了，聲音很大，但我不知他們在說什麼。

我把眼睛貼在鑰匙孔上代替耳朵。正如我所猜測，其中一個是大個子荷蘭人，另一個人不在我的視線之內。

忽然，他起身給自己取飲料。他的背部是有裝飾物的黑衣服。在他轉身之前，我已知道他是誰。

奇切斯特先生！

現在我可以聽懂了。

「儘管這樣，也十分危險。假如她的朋友來找她怎麼辦？」

那個大個子說著。奇切斯特在回話。他不再裝出牧師的語調，難怪我沒聽出來。

「她只是虛張聲勢。他們不知道她在哪兒。」

「她很肯定。」

「我們什麼也不用怕。我已調查了這件事。不管如何，這是上校的命令。我想你該不會違背命令吧？」

荷蘭人用荷蘭語說了一句。我想是否認的意思。

「那麼何不在她頭上來一下？」他吼道，「很容易嘛。船已經備好，把她丟進海裡去不就得了。」

「是的，」奇切斯特若有所思地說，「我是應該這麼做。她知道得太多了，這點是肯定的。但上校喜歡單挑……儘管沒必要。」他的話似乎使他想起一些令他惱火的事。「他想從那女孩身上得到資訊。」

他在說「資訊」前停頓了一下，荷蘭人迅速追問：「資訊？」

「就是這類東西。」

「鑽石。」我自言自語。

「好了，」奇切斯特繼續說，「給我單子吧。」

有好長一段時間，我不懂他們在說什麼，好像在談大批的蔬菜，提到日期、價格和許多我不知道的地名。他們又計數又檢查地弄了半個小時。

「好，」奇切斯特說，聽聲音好像他把椅子放回原處。「我把這些帶回去讓上校看。」

「你什麼時候走？」

「明天早上十點。」

「走之前要看看那女孩嗎？」

「不，上校來之前不許看，這是命令。她還好嗎？」

「我來吃晚飯時看了一眼。我想，她睡著了。要給她吃的嗎？」

「餓一餓沒壞處。上校明天到。如果她餓了，會更願意回答問題。上校來之前最好別讓人靠近她。把她綁緊了嗎？」

荷蘭人笑了。

「你認為呢？」

他們倆都笑了。我也無聲地笑了。然後，聽聲音他們似乎要出來了。我趕緊避開。我走得正是時候，我剛上樓，就聽見開門聲，這時卡菲爾人動了一下。他們沒想到我從大廳的門後退走。我明智地回到閣樓，再把繩子圍上躺在地上，以防他們過來看我。

然而，他們並沒有來。過了一小時，我爬下樓梯。但門口的卡菲爾人已經醒了，還哼起小曲來。我很想出去，但沒辦法。

最後，我只好又回到閣樓。那卡菲爾人顯然是值夜班的。我耐心等著，直到聽見準備早餐的聲音。那些人在大廳吃早餐，聲音清晰地傳上樓。我完全亂了方寸，怎樣才能出去呢？

我勸自己鎮靜些，一時魯莽會壞了大事。吃完早餐，傳來奇切斯特離去的聲音。我鬆了一大口氣，那荷蘭人陪他走了。

我屏住呼吸等著，早餐被撤走，屋裡的工作都已做完。最後，一切平息下來。我又從關我的房裡溜出來，小心地下樓。大廳空無一人，我快如閃電地穿過大廳，開門出去，到了陽光下，我發瘋般地跑起來。

既然到了外邊，我開始恢復像常人那樣行走。人們用怪異的目光看著我，我並不奇怪。我的臉和衣服沾滿了在閣樓裡滾動時沾上去的灰塵。最後我來到一個車店。我走了進去。

「我出了車禍，」我解釋道，「想要一輛車立即送我去開普敦。我必須趕上開往德班的船。」

我沒等很久。十分鐘後，我朝開普敦方向疾馳。我必須看看奇切斯特是否在船上。至於我是否要上船去，還不能決定，但最後我還是決定上船一趟。奇切斯特不知道我在梅曾貝赫的別墅見過他。他一定會給我設置下一步陷阱，但我已有提防。他就是我要找的人，他就是為那個神祕上校尋找鑽石的人。

最後，我的計畫落空了！當我趕到碼頭，奇夢登堡號已經駛出港口。我無法知道奇切斯特在不在上面！

20

我驅車回到旅館。前廳裡的人我一個也不認識。我上樓敲敲蘇珊娜的門。她命令我「進來」。當她看清我時，一下撲在我的懷裡。

「安妮，親愛的，你去哪兒了？我急死了。你一直在做什麼？」

「冒險，」我答道，「《帕米拉歷險記》第三集。」

我把故事全告訴了她。我講完後，她深深地嘆了口氣。

「為什麼這些事總是出在你身上？」她傷心地說，「為什麼沒人塞住我的嘴，把我的手腳綁住呢？」

「如果他們那麼做，你不會喜歡的。」我勸她，「老實說，我沒原先那麼熱中冒險了。那種事有一點點經驗就夠了。」

蘇珊娜似乎不相信。只要綁住她並堵住她的嘴一兩個小時，她就會改變想法。蘇珊娜喜歡興奮、刺激，但她不喜歡難受。

「那現在我們怎麼辦？」

「我不知道，」我若有所思地說，「你當然得去羅德西亞，以便監視佩吉特……」

「你呢？」

這正是我的難處。奇切斯特是上了奇夢登堡號還是沒上呢？他真去了德班執行他的原先計畫嗎？從他離開梅曾貝赫的時間看來，兩者都有可能。那樣的話，我必須乘火車去德班。我想火車會比船快。此外，如果奇切斯特知道我逃脫後乘火車去了德班，他可以在伊麗莎白或東倫敦港下船，讓我撲個空。

這真棘手啊！

「我們問問去德班的火車吧。」我說。

「現在喝早茶還不晚，」蘇珊娜說，「我們到前廳喝。」

去德班的火車那天晚上八點十五分開，售票處是這麼告訴我的。我延後計畫，和蘇珊娜一道去喝延後的「十一點茶」。

「如果奇切斯特化了裝，你能認出他嗎？」

我沮喪地搖搖頭。

「如果不是你畫給我看，我絕不可能在他化裝成女服務員時認出他來。」

「我敢肯定，他是個職業演員，」蘇珊娜沉思著說，「化裝得很逼真。他下船時可能偽裝成海軍或什麼職業的人，你不會發現的。」

「你真能鼓勵人。」我說。

就在這時，雷斯上校進來加入我們的行列。

「尤斯塔爵士在幹什麼？」蘇珊娜問，「我今天沒見到他。」

雷斯上校的表情很奇特。

「他正忙著處理一些小麻煩。」

「說來聽聽吧。」

「我不能在這裡搬弄是非。」

「那你編點什麼來聽聽也行。」

「好吧，那位著名的『褐衣男子』和我們一道旅行，這你有何看法？」

「什麼？」

我感到我黯淡無光的臉龐又恢復光彩了。幸運的是，雷斯上校沒看我。

「這是事實，我想。每個港口都在查他，他哄騙佩德勒讓他充當祕書把他帶出來！」

「他不是佩吉特？」

「他不是佩吉特，是管自己叫雷伯恩的那個傢伙。」

「你逮住他了嗎？」蘇珊娜問。

她在桌子底下安慰地捏了我一把。我屏住呼吸等著。

「他似乎失蹤了。」

「尤斯塔爵士怎麼看？」

「他認為命運在捉弄他。」

那天晚些時候，我們有幸聽到尤斯塔爵士對這事的評價。午睡時，我們被一個服務員遞來的紙條所驚醒。他非常誠懇地邀請我們陪他在客廳喝茶。

那可憐的傢伙真讓人同情。他對我們大吐苦水，蘇珊娜同情地附和著（她天生就有這種本事）。

「首先，一個奇怪的女人在我的宅邸裡被殺了……我覺得，只是為了讓我煩惱。為什麼非在我的宅邸裡？英國有那麼多房子，為什麼非在米爾莊？我哪兒得罪了那個女人，她非在我的宅邸裡被害？」

蘇珊娜同情地應了一聲，尤斯塔爵士繼續用悲哀的語調說：「這還不夠，那個殺她的傢伙真厚顏無恥，竟敢來假充我的祕書。我討厭祕書，我再也不要祕書了。他們要不是見不得人的殺人犯，就是在街頭喝醉鬥毆的痞子。你看過佩吉特那副鼻青眼腫的模樣了嗎？當然你看到了。我怎麼能和這樣一個祕書到處走呢？」

他的臉色蠟黃，和黑眼睛相當不配。

「我再也不要祕書了……除非是個女孩。一個長著水汪汪大眼睛的好女孩，當我生氣時會握住我的手。安妮小姐，你願意當我的祕書嗎？」

「我一天得握多少次你的手？」我笑著問。

「整天不斷。」尤斯塔爵士豪爽地說。

「我可打不了那麼多字。」我提醒他。

「沒關係。做工作都是佩吉特的主意。他把我累死了。我希望把他留在開普敦。」

「把他留下？」

「是的，讓他去追蹤雷伯恩他就很開心了。這種事最適合佩吉特，他喜歡耍陰謀。我可是認真地給你這份工作。你要來嗎？布萊爾夫人在這兒做你的保護人，你隨時能有半天休假去挖頭骨。」

「謝謝你，尤斯塔爵士，」我慎重地說，「但我想我今晚要去德班。」

「別那麼固執。記住，羅德西亞有很多獅子。你會喜歡獅子的，女孩子都喜歡。」

「牠們會練飛撲嗎？」我大笑著問，「不，非常感謝你，但我必須去德班。」

尤斯塔爵士看著我，深深地嘆了一口氣，然後開門叫佩吉特。

「如果你已睡飽了午覺，親愛的，或許該幹點事了。」

佩吉特出現在門口。他對我們點點頭，看見我時，他略微驚了一下，用愁苦的語氣說：

「尤斯塔爵士，整個下午我都在打那份備忘錄。」

「停下來吧。去貿易委員會辦公室或農業協會、礦業部門這類地方，讓他們借給我一個能帶到羅德西亞的女人。她必須有水汪汪的大眼睛，而且不反對我握她的手。」

「是的，尤斯塔爵士，我會要一個稱職的速記員。」

「佩吉特是個惡毒的傢伙，」尤斯塔爵士在他祕書離開後說，「我打賭他會找個厚臉皮的女人來煩我。她必須有好看的腿……我忘了提這一點。」

我激動地抓住蘇珊娜的手，幾乎是用拖的把她拖到房間裡去。

「現在，蘇珊娜，」我說，「我們要訂出計畫……趕快訂出來。佩吉特會留下來，你聽見了嗎？」

「是的。我想這意味著我不該去羅德西亞，真煩人，因為我想去羅德西亞。真煩人哪。」

「振作點，」我說，「你去吧。我覺得在最後一刻退出會惹起極大懷疑。此外，尤斯塔爵士可能會隨時召喚佩吉特。要你跟著他旅行真難為你了。」

「沒什麼值得誇耀的。」蘇珊娜露出酒窩笑了。「我只好假裝熱戀他，作為藉口。」

「此外，萬一他提到時你在那兒，一切也顯得理所當然。另外我想我們不應該完全放掉那兩個人。」

「哦，安妮，你不會是懷疑雷斯上校和尤斯塔爵士吧？」

「我懷疑任何人，」我坦率地說，「你如果讀過偵探小說，蘇珊娜，你必須知道，總是最不像的那個人才是壞蛋。許多罪犯都是像尤斯塔爵士那種笑嘻嘻的胖子。」

「雷斯上校既不特別胖，也不特別快樂。」

「有時也是個陰鬱的瘦子，」我反駁道，「並不是說我覺得他們可疑，但畢竟那女的是在尤斯塔爵士的宅邸裡被害的……」

「是的，不必再提了。我替你盯著他，安妮，他要是變得更胖或更快樂，我立即給你打電報：『爵士有高度嫌疑，快來。』」

「真是的，蘇珊娜，」我叫道，「你似乎覺得這是在玩遊戲！」

「我知道，」蘇珊娜一點也不害臊地說，「是這樣，這是你的錯，安妮。我沉浸在你的冒險情緒中。這似乎不夠實際。天哪，如果克拉倫斯知道我跑遍非洲追蹤危險的罪犯，他會昏厥在地。」

「那你為何不打電報告訴他？」我挖苦地說。

一提到打電報，蘇珊娜的幽默感就完全消失了，她覺得我的建議是真心的。

「我可能會，電報會很長。」她說到這裡，眼睛一亮。「但我想最好別打。丈夫們總想干涉妻子從事完全無害的娛樂。」

「好吧，」我說，總結了一下局勢。「你盯著尤斯塔爵士和雷斯上校……」

「我知道應該盯著尤斯塔爵士，」蘇珊娜插話說，「因為他的體型和幽默感。但我認為你懷疑雷斯上校也太離譜了。他是做祕密情報工作的。安妮，我覺得最好信任他，把整個事件都告訴他。」

我堅決反對這不切實際的建議，覺得這是婚姻造成的惡果。我經常聽到相當聰明的女性用一種固執的語調說：「艾德加說……」自始至終你都清楚艾德加是個大傻瓜。蘇珊娜由於自己的婚姻狀況，所以渴望依靠男人。

然而，她還是答應我不向雷斯上校吐露一個字，我們繼續擬定計畫。

「很明顯我必須留下來監視佩吉特，這是最好的辦法。我必須裝作今晚要去德班、把行李提下去等等，但實際上我只是去城裡的某個小旅社。我可以稍微改變形象……戴上假髮和白花邊的面罩。這樣我就有機會看到佩吉特以為我已不礙事時究竟會幹些什麼。」

蘇珊娜真心贊同這個計畫。我們故意大張旗鼓地再次向售票處問了火車離開的時間，並打點行裝。

我們一起在飯店吃了飯。雷斯上校沒露面，尤斯塔爵士和佩吉特在他們的餐桌上。佩吉特吃到一半就走了，這使我很惱火，因為我打算和他道別。然而向尤斯塔爵士道別也一樣。我吃完早餐就走到他面前。

「再見，尤斯塔爵士，」我說，「我今晚就要去德班了。」

尤斯塔爵士深深地嘆了口氣。

「我聽說了。你不想和我一起去，是嗎？」

「我原本願意的。」

「好女孩。你確定不會改變主意來尋找羅德西亞的獅子？」

「確定。」

「他一定是個英俊的傢伙，」尤斯塔爵士愁眉苦臉地說，「我想是德班某個狂妄自大的年輕人，把我的好事給弄砸了。佩吉特過兩分鐘開車來送你去車站。」

「哦，不用了，謝謝，」我趕緊說，「布萊爾夫人和我已叫好計程車了。」

我最不願和佩吉特在一起了！尤斯塔爵士認真地看著我。

「我想你不喜歡佩吉特。這我不怪你。在所有多管閒事的人之中，只有他會以犧牲者的姿態，盡全力煩擾我！」

「他又做了什麼？」我好奇地詢問。

「他給我找了個祕書。你從未見過這樣的女人！四十歲，戴著夾鼻眼鏡，穿著靴子，一派高效率的樣子，真煩死我了。真是個厚臉皮的女人。」

「她不願握住你的手嗎？」

「千萬不要！」尤斯塔爵士叫道，「那是我最難以忍受的事。好，再見吧，水汪汪的眼睛。如果我射殺了一頭獅子，不會給你毛皮，因為你拋棄了我。」

他熱情地握住我的手，我們分手了。蘇珊娜在大廳等我。她下來給我送行。

「我們立刻走。」我匆忙地說，招手叫計程車。

然而我身後的一個聲音使我一驚。

「打擾了，貝丁費小姐，我正要開車出去，我可以載你和布萊爾夫人到火車站去。」

「哦，謝謝你，」我著急地說，「沒必要麻煩你。我……」

「一點也不麻煩，我保證。把行李放進去，腳夫。」

我沒辦法。我要進一步抗議，但蘇珊娜微微捏了我一下，要我提防點。

「謝謝你，佩吉特先生。」我冷冰冰地說。

我們都鑽進了轎車。當我們快速進城時，我絞盡腦汁地想找點話說。最後，佩吉特打破了沉默。

「我給尤斯塔爵士找了個能幹的祕書，」他說，「佩蒂格魯小姐。」

「他好像不太高興雇用她。」我說。

佩吉特冷眼看著我。

「她是個優秀的速記員。」他抑制地說道。

我們在車站前停下。他想必會離開。我轉身伸出手……但事與願違。

「我送你走。才八點，你的火車一刻鐘後離站。」

他向腳夫指點方向，我站在那兒無計可施，不敢看蘇珊娜。佩吉特懷疑我了，他一定要確認我已乘火車離去。我怎麼辦？沒辦法。我可以想見一刻鐘後火車駛出車站、佩吉特在月台上向我揮手道別的情形。他熟練地扭轉局勢，對我的態度來了個大轉彎。他居心不良，故作和藹，讓人噁心。一開始，他試圖謀殺我，現在又來假殷勤！他是否以為那晚在船上我沒認出他來呢？不，他裝出一副姿態，迫使我沉默不語。厚臉皮到極點。

像綿羊般無助地，我在他熟練地指揮下上路。我的行李放在我睡覺的車廂裡……我有兩個臥鋪。現在是八點十二分。三分鐘後火車即將開動。

但佩吉特沒料到蘇珊娜耍了一招。

「旅途很熱，安妮，」她突然說，「特別是明天到卡羅的時候。你帶了古龍水或薰衣草了嗎？」

提示很明顯。

「哦，天哪，」我叫道，「我把古龍水忘在飯店的梳妝台上了。」

蘇珊娜習慣指揮他人，她毫無惡意地轉向佩吉特。

「佩吉特先生，快點，還有時間，車站對面有家化妝品店。安妮必須帶上古龍水。」

他猶豫起來。但蘇珊娜急切的樣子使他無可奈何。她是個天生的貴族。他走了，蘇珊娜目送他離去。

「快點，安妮，從另一邊下去……以防他沒走，從月台那邊監視我們。別管行李了，你明天可以打電報。哦，要是火車準時開就好了！」

我打開另一邊的車門爬下去。沒人看見我。我看到蘇珊娜站在原處，抬頭看著火車，假裝從窗口和我談話。汽笛叫了，火車開出月台。這時我聽見月台上狂奔的腳步聲。我退到一個書報攤的陰影中偷看。

蘇珊娜拿手帕朝離去的火車揮著，然後轉過身。

「太遲了，佩吉特先生，」她高興地說，「她走了。那是香水商店嗎？真遺憾我們沒早點想起來！」

他們從離我不遠的地方走出車站。佩吉特感到很熱，他顯然一直跑到香水店後又返回來。

「我給你叫輛計程車好嗎，布萊爾夫人？」

蘇珊娜不失身分。

「好。請你回去吧。尤斯塔爵士不是有很多事要你做嗎？天哪，我多希望安妮·貝丁費明天能和我們一起。我不喜歡年輕女孩獨自一人去德班。但她看來是下定了決心。我想，必定有吸引她的緣故……」

他們的話我聽不見了。聰明的蘇珊娜，她救了我。

我等了一兩分鐘後也轉身離開，差點和一個長相難看、鼻子大得比例失調的男人撞了個滿懷。

21

我現在執行計畫時，不會再碰上任何阻力了。我在後街找了一家小旅館，開了個房間。由於身上沒有任何行李，因此付了些訂金後，就上床安靜地睡了。

第二天一大早，我就起床進城買中型衣箱。在那一票人搭早上十一點的火車到羅德西亞去之前，我打算先按兵不動。佩吉特在擺脫他們之前，也不會耍什麼陰謀行動。於是我乘火車去鄉村散散心，享受一下悠哉散步的樂趣。天氣相當涼爽，我很高興在經過長途航行和在梅曾貝赫被囚禁之後，能有機會動動腳舒展筋骨。

小事之中往往隱藏著大關鍵。我的鞋帶鬆開了，我停下來繫好。路正好在那兒轉彎，而當我彎腰綁鞋帶時，一個男人差點撞上我。他舉帽說了聲對不起，繼續往前走。那時候我覺得他很面善，但一時沒再多想。我看看錶，時間差不多了，便轉身返回開普敦。

有輛電車正好要開走，必須快跑才能趕上。我聽見身後有跑步聲。我剛好跳上車子時，那人也上了車。我立即認出他來。他是那個我在路上綁鞋帶時差點撞上我的人。而且我馬上知道為何他如此面善，他也是前一天晚上我離開車站時碰到的大鼻子矮冬瓜。

這個巧合讓我吃了一驚。這人是否有意跟蹤我？我決心盡快查出真相。我拉鈴在下一站下車。那人沒下車。我退到一家商店門口的暗處觀察。他在下一站下車，並朝著我走來。

事實已經夠明顯，我被跟蹤了。我高興得太早了，還未擺脫佩吉特。我上了下一班電車，而正如我所料，跟蹤我的人也上了車。我認真地靜下來思考。

很顯然地，我已經偶然介入一件比我想像中還要棘手的大麻煩。馬洛那棟房子的謀殺案，不是單人所犯的個案。我所面對的是整個組織。多虧雷斯上校向蘇珊娜透露的資訊，以及我在梅曾貝赫偷聽到的片斷，我開始理解這個組織的多種活動了。這是個有組織的犯罪，是那個被部下稱為「上校」的人所策畫的！我想起在船上聽到的隻言片語，關於蘭德高地的罷工及其原因……還有某一祕密組織在煽動民心。這是上校的傑作，他的手下正在執行計畫。他自己則不親自參與。我聽說他只負責策畫指導，亦即動腦而不從事危險的勞力工作。但仍有可能他也在現場坐鎮，只是在一個看來清白無疑的位置上指揮操縱。

這就是雷斯上校出現在「奇夢登堡號」上的意義了。他在追捕主犯。這樣推斷的話，一切都吻合了。他是祕密特務，任務是揭穿「上校」的底牌。

我點點頭，情況已經很清楚了。我在這個事件中扮演什麼角色？我從何處捲進來？他們追查的只是鑽石嗎？我搖搖頭。儘管鑽石很貴重，但他們也不至於近乎絕望地想把我除去。

不，我的介入不只是這樣而已。雖然我自己也不知情，但我一定在某方面形成一種威脅和危險！我知道的某些情報，或者他們認為我知道某些情報，使得他們不惜任何代價要除掉我……而這些情報多少和鑽石有關。目前看來，只有一個人能讓我明白一切的真相……如果他願意的話！那人就是「褐衣男子」——哈瑞・雷伯恩。他知道故事的另一半。但他如今已銷聲匿跡，他是個逃離虎口的驚弓之鳥。很可能我和他再也不會見面了……

我突然回到眼前的現實面。感情用事想著哈瑞・雷伯恩於事無補。他一開始就極度厭惡我。但至少……我又在作夢了！現在的問題是，我該怎麼辦？

我這個自鳴得意的跟蹤者，現在成了被追蹤的人。我怕極了！第一次心驚膽戰，六神無主。我是阻礙大機器正常運轉的一粒小沙子……我奢望那機器會因為一粒小沙子而運轉不靈。哈瑞・雷伯恩曾救過我一次，我也曾逃過一次劫難……但我突然覺得形勢非常不妙。我處在敵人的包圍之中，而且他們愈逼愈近，如果我繼續孤軍奮戰，那就死定了。

我極力振作精神。畢竟，他們能把我怎麼樣？我處在文明城市裡，到處都有警察。今後我會多加提防，他們不能再像在梅曾貝赫那樣設下陷阱騙我了。

我想到這裡，電車已到了艾德利街。我下了車。在尚未決定下一步之前，慢吞吞地沿著街道左邊走。我不用轉頭去看跟蹤的人是否還在。我知道他仍在跟蹤。我走進卡萊特餐飲店，要了兩杯咖啡冰淇淋蘇打……為了舒緩我的緊張情緒。我想，在這種情況下，男人一定需要一杯烈酒；但女人可以從冰淇淋蘇打中獲得許多慰藉。我含住吸管津津有味地吸著，冷飲涼透我的咽喉。我喝光第一杯，並把空杯子推到一邊。

我坐在櫃檯前的小高凳上。用眼角餘光一掃，看見跟蹤我的那個傢伙走進來，在靠門處不惹眼地坐下。我把第二杯咖啡蘇打喝完，又叫了一杯加楓糖的。我能一口氣喝掉無數的冰淇淋蘇打。

突然間，門口那人起身出去了。這使我驚訝不已。如果他要在外面等，為什麼不一開始就在外面等呢？我從高腳凳上滑下來，小心翼翼地走到門邊，迅速地退到陰暗處，那傢伙正在和佩吉特談話。

如果我先前仍有任何存疑，那眼前所見足以說明一切。佩吉特拿出懷錶看了看。他們簡短交談幾句，然後那祕書向通往車站的街道走去。顯然他下了命令，但命令的內容是什麼？

在那一瞬間，我的心差點跳出嘴巴。跟蹤我的那人越過街頭，去和一名警察說話。他說了一會兒，還不時朝卡萊特餐飲店打手勢，顯然在解釋什麼。我立即識破他的陰謀，他們指控我是小偷之類的，然後就要來拘捕我。對一個犯罪集團來說，製造這麼個小事件太容易了。辯駁我是清白的也不會有用吧？他們一定考慮得十分周密。很久以前，他們曾把偷鑽石的罪名安在哈瑞·雷伯恩頭上，直到今天他仍無法證明自己無罪，雖然我對他是否完全清白略微存疑。面對「上校」的這種冤獄把戲，我又有幾分把握逃脫呢？

我機械似地抬頭看鐘，突然一個想法閃入我的腦海。我懂了佩吉特看錶的用意。現在正好十一點，這時火車載著那些有可能救我的朋友開往羅德西亞了。難怪到目前為止他們一直還沒動手。從昨晚至今早十一點，我都安然無恙，但現在天羅地網已開始向我罩下。

我匆忙打開皮包付了飲料錢，與此同時我的心臟幾乎停止跳動，因為皮包裡居然有個鼓脹的男用皮夾！那一定是在我下車時偷偷塞進去的。

我當場感到六神無主，於是快速離開卡萊特餐飲店。那個大鼻子的矮冬瓜正好和警察越過馬路。他們看見我，那個矮冬瓜拚命指著我向警察大叫，我拔腿狂跑起來。我斷定警察跑得慢，我應該搶先起跑。但是我毫無頭緒，只能沒命地沿著艾德利街奔跑。人們盯著我看，我知道不久以後就會有人攔住我。

我腦中閃過一個念頭。

「火車站在哪兒？」我上氣不接下氣地問。

「右邊那裡。」

我加快速度跑起來。跑去趕火車是說得過去的。我轉入車站，但此時我聽見身後的腳步聲漸漸近了，那個大鼻子矮冬瓜是個短跑好手。我預感在找到月台前就會被他截住。我抬頭看鐘……差一分鐘十一點。如果計畫成功，我就可以趕上火車。

我從艾德利街進入車站的主要入口，現在我又跑向旁邊的出口。在我正對面的是郵局側門，正門是在艾德利街上。

正如我所料，追我的人不但沒跟我進郵局，反而想等我從正門出來時攔截我，或者去叫警察這麼做。

我飛快地越過街道，再度跑進火車站，像瘋子似的狂奔。正好十一點，當我跑上月台時，長龍般的火車已經開始轉動，一個搬運工想要攔住我，但我掙脫開來，跳上車門階梯板上，爬上兩級階梯打開車門。我安全了！火車開走了。

火車經過一個站在月台末端的人，我對他招手。

「再見，佩吉特先生。」我喊道。

我從未見過任何人曾這樣驚嚇得直往後退。他的樣子看起來就像見到鬼一樣。

一兩分鐘後，我和列車長發生爭執，但我傲慢地說：「我是尤斯塔・佩德勒爵士的祕書，請帶我去他的私人包廂。」

蘇珊娜和雷斯上校正站在後視台上，他們看到我都不禁驚叫起來。

「嗨，安妮小姐，」雷斯上校喊道，「你從哪兒鑽出來的？我以為你去了德班。你這人真是神出鬼沒！」

蘇珊娜一語不發，但她眼裡充滿了各種問號。

「我必須向我的上司報到，」我一本正經地說，「他在哪兒？」

「他在辦公室——中間車廂——正以驚人的速度向那位可憐的佩蒂格魯小姐口述。」

「這麼認真地工作真是新鮮。」我評論道。

「嗯，」雷斯上校說，「他打算給她足量的工作，好在未來的幾天裡，把她鎖在她自己的車廂裡與打字機為伴。」

我笑了，然後跟著他們倆去找尤斯塔爵士。他正在車廂裡繞著圈子踱步，嘴裡不停冒出一大串話，讓那位我頭次相見的可憐祕書記個不停。她是一個高大而四平八穩的女人，穿著土褐色的衣裳，戴著夾鼻眼鏡，一看就很俐落。我想她一定覺得很難跟上尤斯塔爵士的速度，因為她一邊不停地揮舞鉛筆，一邊緊皺著眉頭。

我走進車廂。

「爵士，我上車來了。」我頑皮地說。

尤斯塔爵士在一句關於勞工局勢的複雜長句中停住，雙眼凝視著我。佩蒂格魯小姐一定是個神經質的人——不管她有多能幹——因為她就像中彈似地跳了起來。

「天可憐見！」尤斯塔爵士叫了起來。「那位德班的年輕人怎麼了？」

「我比較喜歡你。」我溫柔地說。

「親愛的，」尤斯塔爵士說，「你可以立即握住我的手。」

佩蒂格魯小姐輕咳幾聲，尤斯塔爵士連忙把手縮回。

「哦，對了，」他說，「讓我想想，我們說到哪了？是的，蒂爾曼．魯斯，他說……怎麼啦？為什麼不記下來？」

「我想，」雷斯上校溫和地說，「佩蒂格魯小姐的鉛筆斷了。」

他說完後，把鉛筆從她手中拿過來削著，尤斯塔爵士和我都盯著他看。雷斯上校話中的語調令我費解。

22
（尤斯塔・佩德勒爵士的日記摘錄）

我想放棄我的回憶錄，改寫一篇題目為〈我所有的祕書〉的短文。關於這些祕書，我似乎是被他們打敗了。我一會兒一個祕書也沒有，另一會兒又太多了。現在，我正和一群女人一起前往羅德西亞，雷斯霸占住最漂亮的那兩個，而把最糟的一個留給我。我老是碰上這種事……然而這畢竟是我的私人車廂，而不是雷斯的。

安妮．貝丁費藉口是我的臨時祕書，也陪我一同去羅德西亞。但整個下午，她都在後台上和雷斯一起讚嘆赫克斯河道的美景。我確實說過她主要的職責是握住我的手，但她甚至也沒這麼做過。或許她是怕佩蒂格魯小姐。若是這樣我倒不怪她。佩蒂格魯小姐毫無迷人之處……她是個討人厭的大腳女人，看起來像男人，而不像女人。

安妮．貝丁費很神祕。她在最後一刻跳上火車，氣喘吁吁地像剛跑完比賽……而佩吉特告訴我，他前一晚親眼看她上車去德班！要不是佩吉特又喝醉酒，就是這女孩有分身術。

她從未解釋，也沒人替她解釋過。對了，說到〈我所有的祕書〉，第一號，逍遙法外的殺人犯。第二號，在義大利幹過不可告人之事的酒鬼。第三號，能同時在兩個地方出現的漂亮女孩。第四號，佩蒂格魯小姐，我相信她是個喬裝的危險惡徒！這位小姐可能是佩吉特在義大利的朋友，他利用她來欺騙玩弄我。我不懷疑總有一天世人會發現他們上了佩吉特的當。大致上來說，我認為雷伯恩是最好的一個，他從不煩我，也不干涉我的事。佩吉特居然無禮地把文具箱放進我的車廂裡，我們無不被它搞得人仰馬翻。

我走到觀望台上，期望我的出現能引起他們的喝采歡呼。兩個女人都入迷地傾聽雷斯講述旅遊故事。我應該把這節車廂的名牌改一改……從「尤斯塔．佩德勒及隨行人員專用」改成「雷斯上校和其女眷專用」。

布萊爾夫人又要傻傻地拍照片了。每當火車繞著驚險的彎道，只要地勢爬高，她就會對著火車頭拍照。

「你明白了嗎？」她興高采烈地叫道，「必須在轉彎的地方，你才能從後面拍攝火車頭的部分，有高山作為背景，照片上的火車看起來就會像是險象環生。」

我向她指出，沒人能看出照片是從火車尾部拍攝。她怏怏然地看著我。

「那我在照片底下註明：『繞彎的火車頭，從火車上拍攝』，這不就行了？」

「任何火車照片都可以這樣註明。」我說。

女人想事情一向這麼簡單。

「很高興我們在白天上來這裡，」安妮．貝丁費叫道，「如果我昨晚去了德班，就看不到這些景色了，對吧？」

「對，」雷斯上校笑著說，「如果你去了那裡，那你明早醒來會發現你人在卡羅，那是一片熱浪燻天、塵土飛揚的荒漠戈壁。」

「我很高興改變了主意。」安妮滿足地嘆了口氣，四處張望著。群山環繞，風景如畫。我們繞著崎嶇的山路，艱難而穩當地往上爬。

「這是白天去羅德西亞最好的一班火車嗎？」安妮．貝丁費問。

「白天？」雷斯笑道，「親愛的安妮小姐，每週只有三班車。星期一、星期三和星期六。你知不知道在下星期六之前，你還到不了瀑布區？」

「到那時候，我們彼此一定相當熟了！」布萊爾夫人居心不良地說，「尤斯塔爵士，你要在瀑布區停留多久？」

「看情況。」我小心謹慎地說。

「看什麼情況？」

「看約翰尼斯堡的事情進行得怎麼樣。我原先計畫在瀑布區待上幾天。那個地區我從未去過，儘管這已是我第三次來非洲了……然後往約翰尼斯堡去，研究一下蘭德高地的局勢。你知道，在家鄉我可是南非政治的權威。但據我聽來的消息，約翰尼斯堡大約在一週內，會成為一個令造訪者感到不舒服的地方。我不想在暴動中研究政治局勢。」

雷斯以一種略帶傲慢的態度笑了。

「我認為你是害怕得言過其實了，尤斯塔爵士。約翰尼斯堡並不會有什麼大危機。」

兩位女士馬上以一種「你真是個大英雄」的目光看著他。這使我惱羞成怒。我和雷斯一樣勇敢……只是缺乏他那種外型。這些褐色皮膚的修長男人，自有他們的一套。

「你也要去那裡啊。」我冷淡地說。

「很可能，我們可能同行。」

「我不敢確定我會在瀑布區多停留些時日。」我不以為然地答道。雷斯為何急切地認為我該去約翰尼斯堡？我相信他是盯上安妮。「你有什麼計畫，安妮小姐？」

「看情況。」她學我一本正經地說。

「我還以為你是我的祕書。」我反駁道。

「哦，我已經被開除了。你整個下午都在握佩蒂格魯小姐的手。」

「不管我在做什麼，我發誓我沒握過她的手。」我向她保證。

§

（星期四晚上）

我們剛離開金伯利。她們要求雷斯再講述那件鑽石竊案。為何和鑽石相關的事，總是讓女人如此興奮？

最後安妮・貝丁費終於揭開她的神祕面紗。她似乎是某個報社的記者，今天早晨她從德阿爾發了一封很長的電報。從布萊爾夫人車廂內幾乎延續整夜的嘰哩咕嚕聲來判斷，她一定是在大聲朗讀她的特別報導。

她似乎一直在追蹤「褐衣男子」。顯然她在奇夢登堡號上沒遇到他……事實上，她沒什麼機會，但她現在正忙著發電報回去：「我如何與殺人犯一起出航」，並杜撰一些很像小說情節的「他向我說話」之類的故事。我知道她如何下筆。我自己也在回憶錄中杜撰一些故事，當然是在佩吉特的允許下。想當然耳，納斯比的優秀職員會把故事編寫得更加詳細生動，如此一來，甚至當雷伯恩自己在報上看到那則故事時，也認不出故事中的主角就是他自己。

這女孩很精明。按照她自己的說法，顯然已查出在我房裡被殺女子的身分。她是個叫拿迪娜的俄國舞蹈家。我問安妮・貝丁費她是否確定，她說那只是一種判斷……和夏洛克・福爾摩斯的態度十分類似。然而，我想她一定將之當作已確認的事實拍電報給納斯比。女人有這方面的直覺——我不懷疑安妮・貝丁費的猜測完全正確——但稱之為判斷就太荒謬了。

她怎麼成為《每日家計》的記者，這我很難想像，但她像是會幹這種事的年輕女子。她令人無法抗拒，並使出連哄帶騙的手段，以掩飾她那不可動搖的決心。比方說，你瞧她是如何進入我的私人車廂的！

我開始明白怎麼回事了。雷斯說過警方懷疑雷伯恩會去羅德西亞。他可能正好趕上星期一的火車，警方沿途發出通緝電報，但是毫無他的行蹤。他是個精明的年輕人，又很了解非洲。他有可能化裝成一個年邁的土著婦女……而頭腦簡單的警察仍在找一個英俊帶疤、身穿歐式服裝的年輕男子。我一直忘不掉他臉上那道疤痕。

總之，安妮．貝丁費在追蹤他。她是為了自己，也為了幫《每日家計》贏得找到他的榮耀。現在的年輕女人真像冷血動物。我向她暗示過這不是女人的事。她嘲笑我。她向我保證，如果她把他追到手，那她就發財了。我看得出來雷斯也不太喜歡她的做法。說不定雷伯恩就在這列火車上。若是如此，我們都有可能在床上遇害。我跟布萊爾夫人這麼說……但她似乎很喜歡這個想法，並說如果我被謀殺，那安妮將得到天大的獨家新聞。安妮的獨家新聞？去她的！

明天我們將路過貝專納蘭，那是一個塵土飛揚的地方。此外，每站都有土著小孩上來推銷他們自己雕刻的古怪木頭動物，以及餐用碗盤。我怕布萊爾夫人會發瘋變成殺人狂。我覺得這些玩具有某種原始魔力，可能會對她產生某些作用。

§

（星期五晚上）

正如同我所擔心的，布萊爾夫人和安妮果然買了四十九個木製動物！

23（安妮的敘述）

我非常喜歡這趟北上去羅德西亞的旅程。每天都會發生新奇且令人興奮的事情。首先是赫克斯河谷的絕妙景色，然後是卡魯的淒涼荒廢之美，最後是貝專納蘭坦直美妙的軌道，以及當地人拿來推銷的精美玩具。蘇珊娜和我幾乎在每一站都被留下來……如果那能稱之為車站的話。似乎每到一站，火車才剛停下來，一大群土著就突然冒出來兜售餐碗、甘蔗、毛皮毯和令人讚嘆的木刻動物。蘇珊娜立刻收購木刻動物。我也和她一樣……那些木刻動物大部分都賣三便士，形態各異，有長頸鹿、老虎、蛇、表情悲戚的非洲羚羊和荒謬的小土著武士。我們開心極了。

尤斯塔爵士想限制我們搶購，但徒勞無益。我至今仍認為我們沒被留在沿線某個站上，實在是個奇蹟。南非的火車重新啟動時，不會鳴汽笛或人聲鼎沸。它們只是安靜地開走，而當你正在議價時抬頭看到火車重新啟動，只好沒命地邊跑邊跳上火車。

蘇珊娜那天在開普敦看到我爬上火車時的驚愕，是可想而知的。當天晚上我們就徹底對整個事件再次討論，結果一直談到半夜。

對我來說，顯然攻守戰略都必須重新調整。和尤斯塔．佩德勒爵士一行人一起旅行，我絕對是安全的。他和雷斯上校都是強而有力的保護者，我想我的敵人一定不敢來惹這個大黃蜂巢。此外，只要我留在尤斯塔爵士身邊，我多多少少和佩吉特會有所接觸……佩吉特是謎團的中心人物。我問蘇珊娜，佩吉特可不可能是那位神祕的「上校」。他的地位和此一假設當然有衝突，但有時讓我意外的是，不管尤斯塔爵士如何獨斷獨行，他的祕書真的對他有很大的影響力。他這個人很逍遙自在，但也可能被機敏的祕書玩弄於股掌間。佩吉特的地位雖然曖昧，但事實上可能剛好對他有利，因為他一定不想引人注意。

然而，蘇珊娜強烈否定這個想法。她不相信佩吉特就是那個幕後主使者。真正的頭子——「上校」——躲在背後，而且在我們抵達之前，人可能早已在非洲了。

我同意她的觀點有道理，但我並不完全滿意。因為在每一次可疑的情況中，佩吉特總以指揮者的身分出現。他性格中似乎缺乏一種犯罪領袖所具有的信心和決策力，但根據雷斯上校的說法，這個神祕領袖只提供腦袋方面的工作，而創意天才的肉體通常是虛弱而畏怯的。

「這是教授女兒說的話。」當我爭論到此，蘇珊娜插嘴說道。

「總之，我說的是事實，但另一方面，佩吉特可能是大維齊爾的高官。」我沉默了一兩分鐘，然後若有所思地說：「我希望知道尤斯塔爵士是怎樣賺錢的！」

「又懷疑他了？」

「蘇珊娜，我已到了不得不懷疑的地步！我不是真的懷疑他……但他畢竟是佩吉特的雇主，而且他是米爾莊的屋主。」

「我聽說他賺錢的方式不便公諸於世，」蘇珊娜說道，「但也未必是犯罪事業……可能是製造鍍錫平頭釘或生髮劑！」

我有點不情願地表示同意。

「我想，」蘇珊娜疑惑地說，「會不會我們盯錯人了？我是說，斷定佩吉特共謀是不是個錯誤的想法？假如他是個正人君子呢？」

我考慮了一兩分鐘，然後搖搖頭。

「我不信。」

「畢竟他對每件事都有自己的解釋。」

「是的，但理由都不充分。例如，那晚在奇夢登堡號上他企圖將我推入大海，他說他跟蹤雷伯恩上了甲板，而雷伯恩轉身將他擊倒。現在我們知道這不是實情。」

「沒錯，」蘇珊娜很不情願地說，「但我們也可能是聽了尤斯塔爵士的一面之詞。如果我們能聽佩吉特親口解釋，可能就不是這樣了。你知道人們轉述故事時，多少會有些出入。」

我又考慮了一會兒。

「不，」我最後說，「我看不出有其他可能性，佩吉特絕對有罪。不管怎麼樣，你不能否認他企圖把我推入大海，其他事件也相當符合。你為什麼死抱著你的新觀點不放？」

「因為他的臉。」

「他的臉？但是……」

「是的，我知道你要說什麼。那是一張陰險的臉，但原因就在這裡。有那麼一張陰險面孔的人，絕不可能是罪犯。那一定是大自然開的天大玩笑。」

我不太相信蘇珊娜的辯詞。在過去的歲月裡，我對大自然了解很多。如果她有幽默感的話，那她也並未顯露太多出來。蘇珊娜是那種會將大自然當作自己護身符的人。

我們略過這些，繼續討論目前的計畫。很明顯我必須有某種立場，我不能繼續永遠躲避盤問。解決所有難題的辦法就在我手中，儘管我一時間沒想到。《每日家計》！無論我是沉默還是發言，都已不再影響到哈瑞·雷伯恩。他被指認為「褐衣男子」，這並不是我的錯。我可以假裝對抗他，來藉此幫助他。上校和其同黨一定不會料到我和他們所選出來的馬洛謀殺案代罪羔羊之間，竟存在著友情。據我所知，那被害女子依然身分不明。我可以給納斯比勳爵打電報，說她就是長久以來使巴黎為之瘋狂的著名俄國舞蹈家拿迪娜。她的身分尚未確定，這我實在很難相信……但當我對此案有更深的了解後，我才知道這是很自然的現象。

拿迪娜在巴黎紅極一時，從未到過英國。對倫敦觀眾來說，她是陌生的舞者。報紙刊登的馬洛被害者照片可說是模糊不清，難怪沒人認出她來。此外，拿迪娜來英國沒讓任何人知道。謀殺案發生後的第二天，據說她的經紀人接到拿迪娜的一封信，信上聲明她有私人急事須返回俄國，而經紀人必須盡可能處理她的違約問題。

當然，這些事都是我後來才知道的。經由蘇珊娜同意，我從德阿爾發了一封長電報。電報到得正是時候，結果引起了轟動（這當然也是我後來才知道的）。《每日家計》正缺乏聳動的新聞。經查證後，我的猜測是對的。《每日家計》登出創刊以來的第一條獨家新聞：「本報特約記者證實馬洛謀殺案被害者身分」等等。「本報特約記者和凶手同船出航。褐衣男子的長相如何？」

主文當然也轉送至南非各報，但我卻在好幾天後才讀到自己寫的長篇報導！在布拉瓦約，我接到嘉許和指示電報。我成了《每日家計》的雇員，並從納斯比勳爵那兒得到私人祝賀。我被正式指派追尋凶手，而我，只有我知道凶手不是哈瑞・雷伯恩！但是，姑且讓世人認為是他吧……目前最好如此。

24

我們於星期六早晨到達布拉瓦約，在那裡我很失望。天氣炎熱，旅館也令人不敢領教。至於尤斯塔爵士，我只能用「十分不爽」來形容他。我想是我們的木刻動物令他煩擾不安……特別是那隻大長頸鹿。那一隻大長頸鹿有著長得離譜的頸子、溫順的眼睛和沮喪的尾巴，既有個性又有魅力。它的歸屬權已在我和蘇珊娜之間引起了爭論。我們倆各花了一便士買的。蘇珊娜宣稱她年長而且已婚，應該要讓給她，我則堅持是我先發現它的美。

同時，我必須承認，它占據了我們大量的三度空間。帶著四十九個木刻動物，全都是奇形怪狀，而且皆是易碎品，這可真是個問題。兩個搬運工各搬一堆……其中一個不久就掉了一組迷人的木雕鴕鳥，把牠們的頭都摔爛了。受了這次教訓後，蘇珊娜和我盡量自己拿，雷斯上校也來幫忙。我將大長頸鹿塞進尤斯塔爵士懷裡。就連佩蒂格魯小姐也無法幸免，她拿了一隻大河馬和兩個小土著武士。我覺得佩蒂格魯小姐不喜歡我。她可能認為我是個頑固粗野的女孩。總之，她盡可能地避開我。可笑的是，她的面孔讓我覺得有點眼熟，儘管我無法想起來是在哪兒見過。

整個上午，我們多半在梳理整裝。下午我們開車去馬托波斯看羅茲[3]的墓園，但在最後一刻，尤斯塔爵士退出了。他的脾氣和我們到達開普敦那天一樣壞……當時他曾把桃子扔在地上摔碎了！顯然一大早到達某個地方，會讓他情緒不佳。他咒罵搬運工，早餐時也罵服務生，並咒罵整個飯店的管理。他一定也想罵佩蒂格魯小姐，只見她拿著紙筆跟著他轉。但我想即使是尤斯塔爵士，也不敢亂罵佩蒂格魯小姐。她就像書上說的那種能幹盡責的祕書。我正好及時拯救了我們的木刻長頸鹿，尤斯塔爵士似乎恨不得把它扔到地上。

言歸正傳吧，剛說到我們正要出發，尤斯塔爵士退出後，佩蒂格魯小姐說她也要留下，以防爵士需要她。到了最後一刻，蘇珊娜叫人送字條來，說她頭疼不去了。所以雷斯上校和我開車前往。

他是個古怪的人，在一群人當中你還不覺得怎麼樣，但當你和他單獨在一起時，你會感到他個性十分明顯。他變得更沉默寡言，但他的沉默似乎比語言還能傳送訊息。

那天我們驅車經過棕色矮樹林前往馬托波斯。一切都沉靜得出奇……除了我們的車子，我想這一定是人類製造的第一輛福特車！座墊都已碎成了破布條，儘管我對引擎一無所知，但我猜得出來它的內部不該是那樣。

鄉村的景色逐漸變了，出現了大石頭，並堆成奇妙的形狀。我突然意識到自己已進入了原始時代。一時間尼安德塔人對我來說，就如同對我父親一樣真實。我轉向雷斯上校。

「這裡一定有過巨人，」我夢想地說，「而且他們的孩子就和今天的孩子一樣……滿手抓著鵝卵石，把它們堆高然後推倒，而他們堆得愈穩就愈高興。如果讓我替這地方命名的話，我就叫它『巨人之子王國』。」

「可能你的評論已經超出你的知識範圍，」雷斯上校語重心長地說，「純樸、原始、廣大……這就是非洲。」

我讚賞地點點頭。

「你愛非洲，是嗎？」我問道。

「是的。但在這兒長期居住，會讓人變得殘酷無情，對生與死看得很淡。」

「是的。」我邊說邊想起哈瑞·雷伯恩，他就是那樣。「但對弱者並不會殘酷吧？」

「什麼是弱者，什麼不是弱者，每個人在這方面的看法有別。」

他語調帶著一股令我驚懼的嚴肅意味。我覺得對身邊這個男人所知甚少。

「我指的是小孩和狗。」

3　羅茲（Cecil Rhodes, 1853-1902），英國殖民者，開普頓殖民地總理，以開採鑽石和金礦致富，成立了迪比爾斯採礦公司和英國南非公司。

「我可以坦白地說，我自己從未對小孩和狗殘忍過。那你是不把女人視為弱者囉？」

我想了想。

「不，我不這麼認為……儘管她們的確是弱者。也就是說，時下的女人是弱者。但我父親說，起初男人和女人共闖世界，力量相當……就像獅與虎。」

「長頸鹿呢？」雷斯上校狡黠地說。

我大笑起來。人人都拿那隻木刻長頸鹿取笑。

「對，還有長頸鹿。起初人類是遊牧民族，直到他們群居下來後，男女開始分工，女人才變弱者。當然，在心裡頭他們還是一樣——我的意思是說，感覺還是一樣——這就是為何女人會崇拜男人體力：這是她們曾有過而又失去的東西。」

「事實上，那幾乎是對祖先的崇拜吧？」

「差不多。」

「你真的認為這樣嗎？我是說，女人崇拜力量？」

「我認為這是千真萬確的……如果可以坦誠相告的話。你自認遵循道德，但當你戀愛時，你卻轉向肉體即是一切的原始中。然而我認為那並不是目的；如果生活在原始狀態下，這是可以接受的，但你並非如此，所以最終還是另一種東西獲勝。那是一種貌似被征服、但最後總是贏得戰果的東西，不是嗎？他們以唯一有效的方式獲勝。正如《聖經》所說，失去生命，重新找回。」

「最後，」雷斯上校沉思道，「你墜入愛河，而你又脫身自拔，你是這個意思嗎？」

「不完全是，不過如果你喜歡，姑且可以那樣解釋。」

「我不認為你曾從愛河中脫身自拔過，對吧，安妮小姐？」

「是沒有。」我坦白承認。

「也不曾墜入愛河裡？」

我不答話。

車子在目的地停下，談話告一段落。我們下車，緩緩往上爬，欣賞那世界奇觀。和雷斯上校在一起讓我有點不舒服，但這並不是第一次。他把他的思緒藏匿在那深不可測的黑眼睛裡，使我有點害怕。他總是令我感到害怕，和他在一起，我永遠不知道身處何地。

我們沉默地爬到羅茲在巨石環繞下的葬身之處，一個奇特陰森、荒無人煙的地方，永恆地謳歌這崎嶇而怪異之美。

我們不吭聲地坐了一會兒，然後往下行，但這回路線稍微改變。有時是崎嶇的坡道，一度我們來到了幾乎垂直的陡峭岩石峻壁。

雷斯上校先下去，然後轉身來幫我。

「最好把你舉起來。」他忽然說，並迅速將我抱起。

他把我放下時，我感覺到他的力量。一個鐵人，肌肉緊繃得像鋼鐵一樣。我再次感到害怕，特別是當他沒走開，反而是直接站在我面前盯著我眼睛的時候。

「安妮．貝丁費，你來這兒的真正意圖是什麼？」他忽然問。

「我是個觀察世界的吉普賽人。」

「這倒是事實。報社記者只是個託辭，你不具備記者的特質。你只是憑一己之力出外來……抓住人生。但這並非一切。」

他想要我告訴他什麼？我害怕極了，盯緊他的臉。我的眼睛無法對他隱瞞什麼，但可以向敵人宣戰。

「你到這兒的真正企圖是什麼，雷斯上校？」我故意問道。

我一度以為他不會回答，顯然他退縮了。最後他開口說話，語氣中帶著苦澀的自娛感。

「追尋理想，」他說，「就這樣，追求理想。你記得那些話，貝丁費小姐，『天使因罪惡而墮落』等等。」

「他們說，」我慢慢地說，「你和政府有關……你替政府的情報機構工作。這是真的嗎？」

是我的幻覺，還是他回答前又猶豫了一下？他說道：「我向你保證，貝丁費小姐，我來此完全是為了私人的旅遊之樂。」

後來想起這話，我覺得有點語焉不詳，或許他自己是這麼想。

我們在沉默中回到車內。在回布拉瓦約的途中，我們在路邊一棟原始建築物前停下來找茶水喝。屋主在花園鋤地，似乎為了被打擾而很惱火。但他仍答應幫我們找點東西喝。過了很久，他端上一些乾癟的蛋糕和溫熱的茶水，然後又消失在花園裡。

他一走，我們馬上被一群貓包圍，六隻貓一起可憐地喵喵叫，聲響堪稱是震耳欲聾。我給了牠們一些糕點，牠們爭先恐後地狼吞虎嚥。我把所有的牛奶倒進茶盤中，六隻貓立刻搶著喝。

「哦，」我不禁叫道，「牠們快餓死了！真可惡。拜託再要點牛奶和蛋糕來吧。」

雷斯上校默默無語地離去。貓兒又喵喵喵地叫了起來。他帶回一大瓶牛奶，那些貓一下子全喝光了。

我打定主意站了起來。

「我要把這些貓帶回去……我不能讓牠們留在這兒。」

「親愛的孩子，別說傻話了。你不可能同時帶上六隻貓和五十個木刻動物。」

「別管那些木刻動物了。這些貓是活生生的，我要把牠們帶回去。」

「你不能這麼做。」我憎恨地看著他，但他繼續說：「你認為我殘忍……但一個不為這種事濫情的人才能活下去。我不會無動於衷，不會讓你帶牠們走。這是個原始的地方，而且你知道，我比你強壯有力。」

我戰敗時總有自知之明。我滿眼淚水地回到車裡。

「可能牠們只有今天沒得吃，」他安慰地解釋道，「那人的妻子到布拉瓦約去買東西，以後牠們就沒事了。總之，你知道的，世界上到處都充滿著餓貓。」

「別……別再說了。」我惡狠狠地說。

「我是在教你認清現實面，我是在教你堅強無情……像我這樣。這是力量的祕密所在，也是成功的祕密所在。」

「我寧死也不願堅強。」我激動地說。

我們上車離開。我慢慢地恢復理性。忽然間，他令我大吃一驚地握住我的手。

「安妮，」他溫柔地說，「我需要你，你願嫁給我嗎？」

我完全不知所措。

「哦，不，」我結結巴巴地說，「我不能。」

「為什麼不能？」

「我對你沒那種感情，我從未思念過你。」

「我知道了，這是唯一的理由嗎？」

我必須對他坦白，我所欠他的是坦誠。

「不，」我說，「不是。你知道的……我……喜歡另一個人。」

「我知道了，」他又說了一次。「是不是從我第一次在奇夢登堡號上見到你的時候，就已經……」

「不，」我輕聲說，「是在那之後。」

「我知道了。」

他第三次這麼說，但這次他的語氣帶著一種決定的意味，令我不禁轉頭去看他。他的臉色從未那麼冷酷過。

「你……你是什麼意思？」我支吾著說。

他以一種無法解讀的表情俯視著我。

「沒什麼，只是知道我現在要做什麼了。」

他的話使我全身打了個寒顫。在他心裡有種我不明白的決心……而這使我害怕不已。直到返回飯店，我們倆沒再多說什麼。我直接去找蘇珊娜，她躺在床上讀書，看起來一點也不像「頭疼」。

「電燈泡在此休息，」她說，「天啊，我這老練世故的女伴。親愛的安妮，怎麼了？」

她看見我淚如泉湧。

我告訴她那些貓的事……我覺得告訴她雷斯上校的事是不應該的。但蘇珊娜很精，我想她看得出來我還隱瞞了什麼。

「你沒感冒吧，安妮？這麼熱的天氣問這個實在有點荒唐，但是你一直在發抖。」

「沒什麼，」我說，「我只是緊張……或許有人在我的墳上走過。我預感將要發生可怕的事。」

「別傻了，」蘇珊娜斷然說道，「我們談點有趣的事吧。安妮，關於那些鑽石……」

「鑽石怎麼了？」

「我覺得放在我這兒不安全。以前行得通，因為沒人會想到它們夾雜在我的行李中。但現在眾人皆知我們是密友，所以我也會被懷疑。」

「但沒人知道它們藏在一卷底片盒裡，」我辯解道，「這是個絕妙的藏鑽石之處，我再也想不出更好的地方了。」

她略帶疑惑地同意，但又說到了瀑布區再做計議。

我們的火車九點開出。尤斯塔爵士的脾氣仍然很糟，而佩蒂格魯小姐則一副溫順的樣子。雷斯上校十分正常。回程路上的話彷彿是在夢中聽到的。

那天晚上，我在硬鋪上睡得很死，和一些噩夢掙扎搏鬥，睡醒時頭很疼，就走出去到火車的觀望台上。空氣清新舒爽，放眼望去淨是叢林密布的起伏山峰。我覺得這是世界上最美的地方，我深愛這片土地，希望能在叢林中的某處有個小屋，永遠永遠地住在那兒……

正好在兩點半時，雷斯上校把我從辦公室叫出來，指著環繞在某個矮樹叢上的花形霧。

「瀑布噴下來的水霧，」他說，「我們快到瀑布區了。」

經過愁苦的一夜後，我仍籠罩在一種怪異、夢幻似的興高采烈中。我心中深深覺得自己已經回到家了……回家！但我從未來過這裡……我在作夢嗎？

我們下車後步行去飯店。這是一棟四周緊緊圍繞著鐵網以防止蚊蟲侵擾的白色大型建築。那兒沒有大路，也沒有其他房屋。我們走到門廊上，我不禁驚呼出聲，半英里外正對著我們的即是瀑布。我從未見過如此壯觀美麗的景色……我永遠不會再見到這樣的瀑布景觀。

「安妮，你很興奮，」蘇珊娜在我們坐下吃午飯時說，「我從未見過你這樣。」

她好奇地盯著我。

「是嗎？」我大笑起來，但自知笑得極不自然。「只是我太喜歡這裡的一切罷了。」

「不只是這樣。」

她眉頭一皺，露出一種擔憂的神情。

是的，我很興奮，但除此之外，我還有種奇妙的感覺，覺得自己在等待某件事……某件即將發生的事。我是既興奮又不安。

喝完茶我們去散步，坐上台車，讓滿臉笑容的土著沿著小鐵軌推向橋去。

景色十分壯觀，大峽谷之下激流湍急。我們面前的霧紗和水流時而散開，露出廣闊陡峭的瀑布，時而又很快合起來，掩住了不可透視的祕密。我心中認為，這就是瀑布的迷人之處——你以為自己了解它那不可捉摸的特質——其實你永遠不會了解。

我們過了橋，沿著兩邊由白石頭標出的小路緩緩前行，直到了峽谷邊緣。最後我們來到了一處大空地，左側有條前往峽谷的小通道。

「那是掌心谷，」雷斯上校解釋道，「我們要下去嗎？還是留到明天再下去？要費些時間，再說爬上來也很累。」

「明天再說吧。」

尤斯塔爵士做了決定。他一點也不喜歡激烈運動，這點我注意到了。

他領頭往回走。我們正走著，遇上了一個高視闊步的土著，他身後跟著一個婦人，似乎把所有家當都頂在自己頭上！其中包括一口平底鍋。

「每當我想要用相機時，總是沒帶。」蘇珊娜嘟囔著。

「這種機會有得是，布萊爾夫人，」雷斯上校說，「所以別太懊惱。」

我們又回到了橋上。

「要進彩虹林嗎？」他繼續說道，「還是你怕弄溼衣服不想去？」

蘇珊娜和我陪他去，尤斯塔爵士回飯店。我對彩虹林有點失望。根本沒有彩虹，而且我們渾身都溼透了，但偶爾我們能瞥見對面的瀑布，看清楚它們是多麼寬廣遼闊。啊，可愛的瀑布，我是多麼崇拜你們啊！我將永遠如此！

我們回到飯店正好有時間更衣用餐。尤斯塔爵士似乎真的厭惡雷斯上校了。蘇珊娜和我溫柔地陪著他，但效果不大。

吃完飯後，他拖著佩蒂格魯小姐跟他回房間。蘇珊娜和我跟雷斯上校談了一會兒，然後她打了個大哈欠說她要去睡了。我不想獨自和他在一起，所以也上樓回房了。但我興奮得一時睡不著。我連衣服也沒脫，就躺靠在椅子上作夢。我一直覺得有什麼事愈來愈近……

敲門聲把我驚醒，我起身去開門。一個黑人小孩塞進一張紙條，是我不認識的筆跡。我拿了紙條走回房裡，握著紙條站了一會兒，最後打開它。內容很簡短：「我必須見你。我不敢到飯店去。你來掌心谷旁的空地好嗎？看在十七號艙房之遇的份上，請務必前來。你所認識的哈瑞．雷伯恩。」

我的心幾乎要停止跳動了。他就在這裡！哦，我早就知道……我一直都知道！我覺得他已靠近我。我不知不覺地來到他的隱身處。

我圍上一條圍巾，偷偷溜到門口。我必須謹慎。他被人追捕，因而不能讓人看見我和他會面。我悄悄走到蘇珊娜的房門口。她睡得很熟，我能聽見她均勻的呼吸聲。

尤斯塔爵士呢？我在他客廳外面停了一會兒，他正在向佩蒂格魯小姐口述，我能聽到她單調的聲音重複著：「所以我斗膽建議，要解決有色勞工的問題……」她停下來讓他繼續，我聽見他發火地咕嚕咕嚕說下去。

我繼續輕手輕腳地往前行。雷斯上校的房間是空的，我在酒廊也沒見到他。我最怕的就是他！然而，我不能耽擱了，迅速溜出飯店，朝通往橋邊的小路走去。

我過了橋，在陰暗處等著。如果有人跟蹤，我應該可以看見他過橋。但時間分分秒秒過去，沒有任何人前來。沒人跟蹤我。我轉身向空地走去，走了六步左右，然後停下腳步。這時我身後嘩嘩作響。那不可能是有人從飯店跟蹤我到這裡所發出的聲音，一定是老早埋伏在此的人。

我本能地感覺到自己的生命受到威脅。這種感覺和我在奇夢登堡號上那個晚上的感受一樣……一種警告我危機逼近的確切直覺。

我突然回頭看去。一片沉寂，什麼也沒有。我繼續走了一兩步。又聽見身後嘩嘩作響。再往前走，我一邊回頭察看。黑暗處有個男人的身影走出來。他知道我看見他了，就跳出來緊追著我。

漆黑一片，我認不出他是誰，只知道他很高，是個歐洲人，不是當地土著。我狂奔逃命，聽見他的腳步聲緊跟在後，於是加快速度，眼睛盯著白石頭路標，因為那晚沒有月光。

忽然間，我的腳踏空了。我聽見身後的男人大聲惡毒地笑著。笑聲在我耳際回響，我一頭栽進了毀滅的深淵，整個身體不停地往下跌……往下跌……

25

我慢慢痛苦地醒過來，只覺得頭疼。當我試著移動身體時，感覺到左臂像中槍彈一樣疼痛。一切宛如是虛幻的夢境。一幕幕的噩夢景象又浮現在眼前，我覺得自己在下跌……再度下跌。有一次哈瑞·雷伯恩的面孔似乎從迷霧中顯露。我幾乎以為那是真的，然後他的臉又飄然離去嘲笑著我。還有一次，我記得有人把一杯水湊近我的唇邊，我喝了下去。一張黑臉衝著我笑……是魔鬼的臉，我想著想著叫了起來。然後又作夢了。在冗長不安的夢中，我徒勞地追逐哈瑞·雷伯恩，想警告他……警告他什麼？我自己也不清楚。但有某種危險——很大的危險——只有我能救他。然後又是一片漆黑，無止境的黑暗與真正的熟睡。

最後我再次醒來，長長的噩夢已盡。我記起了一切：我從飯店匆忙出來見哈瑞，那躲在黑暗中的男人，以及跌落山谷的恐怖時刻……

我沒死，真是奇蹟。儘管遍體鱗傷，體力虛弱，但還活著。只是我在哪兒？我艱難地抬頭環顧四周。我在一間粗糙的木牆小屋中，牆上掛著獸皮和許多象牙。我躺在一張簡陋的床上，上面鋪著獸皮，而我的左手打著繃帶，僵硬而難受。最初我以為只有自己一人，隨即看見一個男人坐在我和燈火之間，他的頭轉向窗戶一側靜坐著，像一尊木雕像。他那尖窄的黑頭顱我很熟悉，但我不敢盡情胡思亂想。忽然間他轉過頭來，我倒抽了一口氣。是哈瑞・雷伯恩，有血有肉、活生生的哈瑞・雷伯恩。

他起身走過來。

「好些了嗎？」他有點不自在地說。

我答不出話來，淚水已爬滿臉龐。我仍很虛弱，但還是一把握住他的雙手，我寧願這樣死去。他站在那兒俯視著我，眼裡出現了嶄新的光彩。

「別哭，安妮。請別哭。你現在安全了，沒人能傷害你。」

他去倒了一杯飲料給我。

「喝點牛奶。」

我服從地喝了。他用哄孩子般的語調繼續說：「現在什麼都別問，睡吧，你會逐漸康復的。如果你喜歡，我會走開。」

「不，」我急切地說，「不，不。」

「那我就留下來。」

他搬了張小凳子坐在我旁邊，用手輕拍我，撫慰著我，我再次睡著了。

那一定是傍晚時分，當我再度醒來時，太陽已高高升起。我獨自一人在小屋裡，當我翻身時，一個年邁的土著老婦跑進來。她醜陋可怕地有如囚犯，卻和善地對我露齒而笑。她端進一盆水，幫我洗臉和手。接著又端上一大碗湯，我一口氣全喝光！我問了她幾個問題，但她只笑著點頭，以一種多喉音的語言回答，所以我料定她不懂英語。

突然間她站起來，畢恭畢敬地退到一邊，原來哈瑞・雷伯恩走了進來。他點頭示意要她離開，她走了出去，剩下我們倆。他對我笑著說：「你今天好多了！」

「是的，真的是如此，但我仍然很震驚。我在哪兒？」

「你在三比西河離瀑布區四英里的一個小島上。」

「我的朋友知道我在這裡嗎？」

他搖了搖頭。

「我得給他們捎個口信。」

「你當然可以這樣做，不過要是我，就等身體好一點再說。」

「為什麼？」

他沒馬上回答，因此我繼續說：「我在這兒待多久了？」

他的回答讓我嚇了一跳。

「差不多一個月了。」

「什麼！」我叫了起來。「我得給蘇珊娜捎個口信，她一定擔心死了。」

「蘇珊娜是誰？」

「就是布萊爾夫人，我跟她和尤斯塔爵士，還有雷斯上校一起住在旅館裡……這你是知道的，不是嗎？」

他搖了搖頭。「我什麼也不知道，只曉得你掛在樹枝上昏迷不醒，手臂嚴重扭傷。」

「什麼地方的樹？」

「峽谷裡的樹，如果不是樹枝勾住你的衣服，你早就摔得粉身碎骨了。」

我聳聳肩，這時猛然想起一件事。

「你說你不知道我在那裡。那紙條是怎麼回事？」

「什麼紙條？」

「你給我的紙條，要我到空地上見你。」

他盯著我看。「我沒叫人送紙條給你。」

我滿臉通紅，幸好他似乎沒注意到。

「你怎麼那樣湊巧到達那個現場的？」我故作冷淡地說，「還有，你在這兒做什麼？」

「我住在這兒。」他簡單地答道。

「在這島上？」

「是的，戰後我來到這兒。有時我用小船載飯店的旅遊團出去賺些外快，但我的花費很少，大部分時候都在做自己喜歡的事。」

「你獨自一人住在這兒？」

「我老實告訴你，我不喜歡社交。」他冷冷地說。

「抱歉打擾了你，」我反駁道，「但我對此無可奉告。」

使我驚訝的是，他的眼睛稍微眨動了幾下。

「沒事，我把你像一袋煤炭似地扛在肩上帶上了小船，就像石器時代的原始人一樣。」

「卻是為了不同的理由。」我插嘴說。

這次換他臉紅了，像火燒起來似地通紅。他那黃褐色的臉脹得緋紅。

「你沒告訴我是怎麼湊巧漫遊到那兒找到我？」為了消除他的窘態，我著急地說。

「我睡不著，坐臥不安，覺得快要發生什麼事似的。最後我乘船上岸，漫無目的地步行到瀑布區。我剛到掌心谷口，就聽見你的尖叫聲。」

「你為什麼不向飯店尋求幫助，反而把我扛到這兒來？」我問道。

他再次臉紅了。

「我想對你來說，這似乎是一種不可饒恕的冒犯……但我認為，直到現在，你還沒意識到自己碰上什麼樣的危險！你認為我應該通知你的朋友？真是好朋友啊！讓你被誘拐出去陷入絕境。不，我對自己發誓，我會比任何人都把你照顧得更好。沒人會來這座小島。我有老巴塔妮來幫著照顧你，我曾經治好了她的高燒。她沉默寡言、忠誠可靠。我可以把你留在這兒住上幾個月，都不會有人知道。」

我能把你留在這兒住上幾個月，都不會有人知道！聽見這句話，真是讓人高興！

「你做得對，」我平靜地說，「我不送口信給任何人了，多等個一兩天算不了什麼。他們也不是我的什麼人，實際上也只不過認識罷了……即使是蘇珊娜。不管是誰寫那張紙條，他一定知道……很多！這絕不是外人幹的。」

我毫不臉紅地再度提及那張紙條。

「如果你願意接受我的建議……」他猶豫地說。

「我想不用，」我坦率地說，「但聽聽也無妨。」

「你總是那麼隨心所欲嗎，貝丁費小姐？」

「通常是的。」我謹慎地答道。

如果是對別人，我一定會說「是的，總是如此」。

「我真同情你的丈夫。」他出人意料地說。

「不用你費心，」我反駁道，「除非我發瘋地愛著一個人，否則不會想到結婚。當然，女人最喜歡為了心上人而去做那些她們沒興趣的事。而且愈是任性，就愈是這樣。」

「我恐怕不能同意。情況正好相反。」他略帶嘲諷地說。

「確實，」我激動地叫道，「這就是世上有這麼多不幸婚姻的原因，全是男人造成的。他們不是對自己的女人屈服，使女人鄙視他們，就是完全自私一意孤行，從不感恩。成功的丈夫能使妻子照他的意願做事，然後讓她小題大做、緊張兮兮地去行事。女人喜歡被使喚，但她們怨恨自己所做的犧牲不被讚賞。此外，男人對那些至死不渝、投其所好的女人並不欣賞。當我結婚後，我大部分時間將是個魔鬼，但偶爾在出人意料的時候，我會讓他知道我是個美好的天使。」

哈瑞哈哈大笑。「那你將過著一種爭爭吵吵的生活！」

「情人之間總是鬥來鬥去，」我說，「因為彼此間不了解。等到相互了解的時候，他們就不再相愛了。」

「這話反過來說也對嗎？彼此相鬥的人總是情人？」

「我不知道。」我一時間被搞糊塗了。

他轉身走向壁爐。

「想再喝點湯嗎？」他隨意地問道。

「好啊，謝謝，我餓得能吃掉一頭河馬。」

「那就好。」

我看著他在那兒忙著生火。

「等我可以下床時，我來替你做飯。」我承諾地說道。

「我不認為你會做飯。」

「我可以像你一樣加熱罐頭裡的食品。」我指著壁爐架上的一排罐頭反駁道。

「說得好！」他大笑著說。

當他大笑時，他的面部起了明顯變化，變得快樂而孩子氣，表現出不同的人格。

我喝湯喝得津津有味。當我喝著湯時，我提醒他還沒把建議告訴我。

「哦，對了，我要說的是，如果我是你，就留下來休養好了再說。你的敵人認為你已經死了。就算找不到屍體也沒什麼奇怪的，因為你可能在岩石上跌得粉碎，隨著急流而逝了。」

我顫抖了一下。

「一旦身體復元，你可以悄悄地去貝拉，再乘船返回英國。」

「那太窩囊了。」我輕蔑地反擊道。

「這是愚蠢女學生會說的話。」

「我不是個蠢女生，」我生氣地叫道，「我是個女人。」

我面紅耳赤激動地坐了起來，而他以一種我無法形容的表情看著我。

「上帝幫助我，你說得對。」他喃喃自語忽然走了出去。

我很快復元了。我的兩處主要傷口在頭的撞傷和手臂的扭傷，尤其後者傷得很重，起初我的救星還以為手臂已斷。但經過仔細檢查後，他知道其實沒斷，儘管疼得厲害，但我很快就復元了。

這是一段奇怪的時日。我們與世隔絕，就像亞當和夏娃那樣，卻又完全不同！老巴塔妮像隻狗一樣四處走動。我堅持要做飯，或是盡可能用一隻手幫些忙。哈瑞大部分時間都外出，但我們每天躺在樹蔭下共處幾個小時，閒聊、爭吵，在高空之下討論事情、辯駁，而後又重新和好。我們經常拌嘴，無形中卻在彼此間滋生出一種真摯持久的情誼（這真是出乎我意料之外），一種友誼，以及其他的東西。

我知道，離我完全康復而該走人的時間已不遠了，我必須沉重地有所領悟。他會讓我走嗎？不說一句話，也不做任何表示？他會沉默不語，苦思冥想，有時起身獨自出門。一天晚上，危機降臨了。我們簡單地吃了飯，坐在小屋門口。夕陽正在西沉。

髮夾是哈瑞無法提供給我的一樣生活必需品。我黑而直的秀髮一直垂到膝蓋上。我雙手托住下巴，沉思不語。我感覺到哈瑞正在看我。

「安妮，你看起來像個女巫。」他終於說道，語調中有種從未出現的奇怪意味。他伸出手撫摸我的頭髮。我顫抖著。忽然間他起身跳開了。

「聽見沒有，明天你必須離開這裡。」他叫道，「我……我再也忍不下去了。我只是個男人而已。安妮，你必須走了。你不傻，知道不能再這樣繼續下去了。」

「我知道，」我慢慢地說，「但是……這段時間我們一直很快樂，不是嗎？」

「快樂？簡直像在地獄！」

「有那麼糟嗎？」

「你為什麼折磨我？為什麼嘲諷我？你為什麼說……連你的頭髮都在嘲笑我？」

「我沒笑你，也沒嘲諷你。如果你要我走，我會走。但如果你要我留下……我會留下。」

「不行！」他凶狠地說，「不行。安妮，別勾引我。你知道我是誰？一個罪大惡極的人，一個通緝犯。這兒的人知道我叫作哈瑞・帕克……他們知道我曾經出外旅行，總有一天他們會把所見所聞拼湊起來，然後對我的攻擊就會降臨。安妮，你如此年輕貌美，有一種能使男人發瘋的美。整個世界都是你的……愛情、生活、所有的一切。我的生活卻已經枯萎、腐敗有如死灰。」

「如果你不需要我……」

「你知道我需要你。你知道我極力把你抬回這裡，想把你留下，永遠把你藏起來，不讓世人發現。安妮，你正在引誘我，你……你那女巫般的長髮，你那即使表情凝重時也還在笑的樣子，以及隨時都在笑的金黃、棕綠混色的眼睛。不過，我會把你從你自己和我手中解救出來。你今晚就走，到貝拉去……」

「我不去貝拉。」我插嘴說。

「你必須去貝拉，如有必要我就拖你上船，並親自送你去。你以為我是什麼樣的人？你以為我喜歡每晚擔心他們把你捉走而徹夜難眠？人不能指望奇蹟發生。安妮，你必須回英國，而且，結婚尋求幸福。」

「和一個生活穩定、給我一個良好環境的人！」

「這總比惹來大麻煩的好。」

「那你呢？」

他的表情冷酷而堅定。

「我已準備去做該做的事。別問那是什麼，我敢說你能猜著。但我可以告訴你……我要洗清罪名，或為此而死，而且我要把那天晚上想謀害你的惡棍勒死。」

「我們必須公平一點，」我說，「他實際上沒把我推落山谷。」

「他沒必要推你，他的計畫更狡猾。後來我到了那條小路上，從地面看起來沒有異樣，但路標石頭被移開放在不同的位置上。邊緣那兒長滿亂草，他把石塊移向路邊，使你覺得還踏在小路上，但實際上卻一腳踏空。如果我能逮住他，上帝也幫不了他的忙！」

他停了一分鐘，接著以迥然不同的語調說：「安妮，我們從未談過這些事，對吧？但時機已經成熟。我想讓你知道故事的全貌。」

「如果回想往事會使你傷心，那就別告訴我。」我低聲說。

「不過我想告訴你。我從未想過會將那段過去告訴任何人。很可笑，是吧，是命運的嘲弄？」

他沉默了一兩分鐘。太陽已下山，天鵝絨似地非洲夜色，像斗篷一樣籠罩著我們。

「我略有所知。」我溫柔地說。

「你知道什麼？」

「我知道你的真名叫哈瑞．盧卡斯。」

他仍在猶豫著，不正視我，兩眼盯著前方。我不知道他心裡在想什麼，最後他的頭猛然往前一抬，好像做了某個無言的決定，便開始講述他的故事。

26

「你說對了。我的真名叫哈瑞．盧卡斯。我的父親原來是個軍人，退伍後在羅德西亞經營農場。當我在劍橋的第二年時，他過世了。」

「你愛他嗎？」我突然問。

「我……不知道。」然後他臉紅了，語氣一下子激動地說：「為什麼我會那麼說呢？我的確愛我父親。最後一次見他的時候，我們還惡言相向。由於我放蕩不羈和到處欠債，我們吵了許多次。但是我愛他。現在我終於知道我有多愛他……但一切都太晚了。」他平靜了些，接著說道，「在劍橋我遇見了另一個人……」

「小厄士利？」

「是……小厄士利。你知道，他父親是南非最顯赫的人物。我的朋友和我，一度在一起漂泊流浪。我們的共同之處是熱愛南非，而且都對世界上未被足跡踏過的地方有所偏好。

厄士利離開劍橋後和他父親鬧翻了，那是最後一次的爭吵。老頭子已替他還了兩回債，並且不想再這麼下去了。兩人之間的氣氛十分火爆。勞倫斯爵士最後聲稱他已經忍無可忍，他將不再為兒子還債，因為他的兒子應該自食其力。結果兩個年輕人懷著鑽石夢，一起跑到南非去探勘。我現在不想詳述那段日子，儘管很辛苦，但我們在那裡過得很快活。真的是十分艱苦，你知道，卻是一種美好的生活——一種做一天吃一天、脫離常軌的生存方式——而且，天啊，只有在這樣的環境下，你才能了解朋友。我倆相互信賴，同心同德，至死不渝。皇天不負苦心人，我們終於成功了。在英屬圭亞那森林中心，我們找到第二個金伯利。我們當時的欣喜若狂與志得意滿，簡直無法用筆墨形容。這倒不全是因為寶鑽的金錢價值，你知道，厄士利出身富貴，錢對他來說不是稀罕的東西，而且他知道父親去世後，自己將成為百萬富翁；而盧卡斯一直很窮，也過慣了貧困的日子。不，我們的狂喜不是因為錢的緣故，而純然出自一種發現新事物的喜悅。」

略作停頓，他帶著歉意繼續講道：「你不介意我說話的方式吧？聽起來似乎與我毫無瓜葛。當我追憶往事時，感覺彷彿就是如此。我幾乎忘記兩個年輕人的其中之一就是自己……哈瑞．雷伯恩。」

「你用任何方式講述都行。」我說。

「我們來到金伯利，為我們的發現而極度高興。我們帶著精心挑選的寶石，準備交給專家鑑定。然後，在金伯利的那家飯店裡，我們遇見了她……」

我感到全身有點僵硬，扶在門柱上的手下意識地抓緊了。

「她叫安莉塔．格林柏，是個演員，年輕貌美，生於南非。但我敢說她的母親是匈牙利人，這給她的美貌增添了一種神祕的魅力。兩位小夥子剛從原始森林回來，立刻為她神魂顛倒。她一定覺得迷倒兩個毛頭小夥子簡直易如反掌。我們對她一見傾心，而且都把這次感情當真。於是，我們的友誼第一次蒙上了陰影。然而即使這樣，也不能破壞我們之間的兄弟情誼，他和我都寧願自己退出競爭，好讓對方得勝，這一點我深信不疑。但安莉塔不是真心的。後來我常感到疑惑不解，因為勞倫斯．厄士利爵士的獨子也算是個理想的結婚對象啊。但事實上，她已嫁為人婦，丈夫是迪比爾斯鑽石場的分類員。她對我們發現的寶石裝出一副興致盎然的樣子。我們告訴她一切的事，還把鑽石拿給她瞧。狄萊拉——她應該和那個妖婦同名——而且她偽裝得很好。

「迪比爾斯鑽石竊案爆發了。如青天霹靂似地，警察逮捕了我們，沒收了我們的鑽石。這事太荒謬了。起先我們還只是一笑置之。然而在法庭上，這些鑽石竟然成了我們犯罪的物證……因為它們正是迪比爾斯鑽石場失竊的鑽石。而在這之前，安莉塔．格林柏失蹤了。她把我們的寶石掉了包，手法乾淨俐落。我們申辯這些鑽石並不是我們原來擁有的，卻徒勞無益，反遭嘲諷和輕蔑。

「由於勞倫斯．厄士利爵士的影響，我們的案子被撤銷了。但這已使得兩個年輕人因莫須有的竊盜罪而聲名狼藉，無臉面對世人。這種情形大大傷了老頭子的心。他見了兒子一次，把他罵得狗血淋頭。老頭盡其所能來挽救家族名譽，但從此他不再認這個兒子了。老頭把他趕出家門。而老頭的兒子，一向是個驕傲自負的年輕傻瓜，只因為老頭不信任他，就寧可保持沉默，不屑辯解自己是清白無辜的。會面結束，他怒氣沖沖地離去……他的朋友在外面等他。一週後，戰爭爆發了。我們兩人一起入伍。你知道後來發生的事。我失去了最好的夥伴，他在戰場上犧牲了，部分原因是由於他發狂似的不顧安危以身犯險。死也沒能洗刷他所蒙受的羞辱……

「安妮，我發誓我之所以痛恨她，主要是因為我的朋友。他比我更愛那個女人。我曾瘋狂地愛著她——我甚至擔心這種愛會嚇著她——但我朋友對她的愛，卻是一種深沉靜謐的感情。這個女人是他生命的中心，而她的背叛，無異於推倒了他的生活支柱。這個打擊使他極度震驚，完全癱瘓。」

哈瑞停了一會兒，接著說道：「你也知道，報上說我『下落不明，據信已經死亡』。我也懶得去澄清真相。我化名帕克來到這座小島，我早就知道這個島的存在。戰爭開始時我還心存幻想，有把握可以證實自己的清白，如今我已死了這條心。這又有何意義呢？我的夥伴已不在人世，他和我尚在人世的親人都不會關心我們了。沒人知道我還活著。就這樣，我在這裡過著平靜的日子，無所謂快不快樂，心就有如止水一樣。當初我沒意識到這是戰爭遺留的影響，現在總算明白了。

「後來發生了一件事，使我重新清醒。那天，我載了一船遊客溯流而上。我站在踏板上協助他們上船，就在此時，其中一個遊客發出一聲驚呼，引起我的注意。這個男人身材瘦小，留著鬍子，驚恐萬狀地盯著我，彷彿站在他面前的是鬼。我起了好奇心，到旅館時調查了他的來歷：他叫卡頓，來自金伯利，在迪比爾斯鑽石場當分類員。一瞬間，昔時蒙冤的往事湧上心頭。於是我離島去了金伯利。

「不過，我對他所知有限。最後，我準備強迫他談一談，因為我一眼看出他是個膽小鬼。當我揣著左輪槍站在他面前時，他怕極了，並很快吐出他所知道的情況：他負責執行一部分的鑽石盜竊工作，安莉塔．格林柏是他妻子，他看見我們和安莉塔一起進餐，所以認得我們，他從報上得知我已死亡，所以在瀑布那兒看到活生生的我著實把他嚇壞了。他和安莉塔年輕時就結婚了，但她不久便棄他而去，他還告訴我安莉塔加入一個不良組織……那是我頭一回聽說有『上校』這個人。卡頓發誓除了這一次盜竊鑽石外，他與其他事情毫無瓜葛。他鄭重地保證，而我相信了他。要做一個成功的罪犯，他顯然不是那塊料。

「我仍覺得他有所保留。為了試探他，我嚇唬要把他就地殺掉，不顧任何後果。他嚇得癱軟如泥，又跟我講了更多內幕。似乎是安莉塔．格林柏不完全信任『上校』，因為她沒把鑽石全交給『上校』，而是自己私下藏了一些。當然，該留哪些鑽石是卡頓提供的指導。這些鑽石的色澤、質地極易辨認，如果在法庭上出示它們，迪比爾斯鑽石場的專家會馬上表示他們從未經手過這些寶石，這麼一來，我的鑽石被掉包之說就得到了證實，而我的罪名將可洗脫，竊嫌將回到有罪之人的身上。而且據我看來，『上校』一反常態也親自介入此事，因此安莉塔為掌握他的把柄而沾沾自喜，她覺得萬一將來有需要，她可以藉此把柄控制『上校』。卡頓建議我和安莉塔妥協，做筆交易：我給安莉塔一筆數目可觀的錢，而安莉塔背叛『上校』並把鑽石還我。他願意立即給現在自稱拿迪娜的安莉塔打封電報。

「我還是懷疑卡頓，雖然他很容易受到恐嚇，但即使在萬分恐懼中，他的話裡頭也還會攙進一些謊言，讓人覺得真假難辨。我回旅館等他消息。到第二天晚上，我猜他該收到回音了。我去找他，得知他外出了，次日才會回來。我立刻覺得事有蹊蹺，及時查出他搭上奇夢登堡號，這條船兩天內將離開開普敦前往英國。正好有足夠時間到開普敦去趕上同一班船。

「我不想打草驚蛇，讓卡頓發現我也在船上。在劍橋時我有段時間當過演員，因此可輕而易舉地化裝成一位表情嚴肅、蓄著鬍鬚的中年紳士。在船上我盡量避免和卡頓打照面，並裝病躲在自己的小艙房裡。

「我跟隨他到了倫敦，看見他下船直接進了一家旅館，直到第二天一點左右才出來。他來到騎士橋向一位房地產經紀商打聽河邊租賃房屋的情況。

「我也在旁邊櫃檯詢問租房事項。這時，突然從門外走進了安莉塔．格林柏，也就是拿迪娜……隨你怎麼叫都成。她衣飾華麗，神情傲慢，美貌如昔。老天！我恨透她了！她毀了我的一生，更毀掉了我朋友比我更美好的一生。那時我幾乎忍不住要衝過去把她狠狠掐死，讓她慢慢窒息而亡！有那麼一會兒，我感到血液逆流，氣憤填膺。房地產經紀商對我說了什麼，我一句也沒聽見，接著她開口了，聲音高亢清晰，帶著濃重的外國口音：『米爾莊，馬洛，尤斯塔．佩德勒爵士的財產。看來不錯，總之，先去看房子再說。』

「房地產經紀商給了她一張證書，她以傲慢無禮的姿態走了出去。她假裝一點也不認識卡頓，但他們必定是事先約好在這裡會面。那時，我還不知道尤斯塔爵士在坎城，因此判斷所謂租房子的事只是她要去米爾莊見他的障眼法罷了。寶石失竊案發生時，尤斯塔爵士在南非，雖然我沒見過爵士，但我覺得他就是我常聽說的神祕的『上校』。

「我從騎士橋跟蹤拿迪娜和卡頓。拿迪娜走進海德公園旅館，我加快腳步也走進去。她走進餐廳，我怕被她認出，於是轉而跟蹤卡頓。我打的如意算盤是：他正要去取鑽石，而我突然出現，令他驚惶失措，不得不吐露實情。我尾隨他走進海德公園角的地鐵站，看見他獨自站在月台盡頭，附近除了一位女孩在等車外，再無他人。我決定過去和他打招呼。接著發生的事你都知道。卡頓向來膽怯懦弱，突然看見一個以為遠在南非的人冒了出來，這可把他嚇壞了，竟驚惶地後退掉到電軌上。他一直是個懦夫。我假裝是醫生，拿走他口袋裡的東西，包括：一個錢夾，裡面裝滿便條；幾封無關緊要的信；一卷底片，後來被我弄丟了；還有一張字條，記著二十二日在奇夢登堡號船上的一次約會。為了不惹上麻煩，我趕緊離開現場，匆忙中把字條也弄丟了。幸好我還記得上面寫的數目字。

「我急忙走進最近的洗手間，很快除去臉上的化妝，我可不想因為拿了死人的錢包而去嘗鐵窗滋味。然後我折回海德公園旅館，拿迪娜還在餐廳裡吃午飯。簡單說吧，我跟蹤她到馬洛，她走進米爾莊，而我向小屋的婦人佯稱我和她同行，因此也進了屋子。」

他停了下來。一陣令人緊張的沉寂。

「安妮，你相信我嗎？我對天發誓，我下面的話句句屬實。我懷著一種想殺了她的心理，在她之後走進那棟房子……而她卻死了！屍體在二樓的房間裡。天哪，真恐怖！我只不過晚到三分鐘，她就死了，而房子裡沒有別人來過的痕跡。我馬上清醒過來，意識到形勢對我不利。被敲詐威脅的人不但替自己除掉了敲詐者，還嫁禍他人。這一招真是高明！『上校』解決問題的手法乾淨俐落，毫不拖泥帶水。我再次成為他的犧牲品。我真是太笨了，竟如此輕易地自動走入他所設下的陷阱。

「我不知道下一步該怎麼辦，我盡量保持常態離開米爾莊，但我很清楚不用多久這樁命案就會被發現，而一份描繪我外貌特徵的電報則會傳遍全國。

「我好幾天不敢露面，也不敢採取任何行動。之後，機會來了，我在街上偶爾聽到兩位中年紳士的對話，其中一位就是尤斯塔爵士。我立刻計上心頭，假裝去當他的祕書。我無意中聽來的隻言片語提供了線索，我不再那樣肯定尤斯塔爵士是『上校』。他的房子被指定為暗殺地點可能純屬偶然，或者還有我未知的原因。」

「謀殺案當天佩吉特在馬洛，你知道嗎？」我插嘴問道。

「那就對了。我一直以為他在坎城和尤斯塔爵士在一起。」

「他應該是去佛羅倫斯……但顯然他沒去。我敢打包票他那時在馬洛，只是沒證據。」

「要不是那晚佩吉特想把你推下船，我作夢也不會懷疑到他身上。此人的演技真是無與倫比。」

「的確如此。」

「這樣就能說明為何他挑中米爾莊碰頭了，佩吉特可以自由出入而不被人發覺。當然他沒反對我陪尤斯塔爵士一起乘船，他還不想讓我這麼快就被警方抓住。顯然他們沒料到拿迪娜居然沒帶鑽石去碰面地點，我猜鑽石其實在卡頓手上，他把它們藏在奇夢登堡號上。他們希望我知道鑽石藏在何處。因為只要『上校』一天沒找回鑽石，他一天就不得安寧，仍處於危機之中，所以他很焦急，不惜代價要拿到鑽石。我也不知這該死的卡頓把鑽石藏在哪兒了……如果真是他藏起來的話。」

「那是另一個故事，」我說，「現在換你聽聽我的故事。」

27

當我向他重述以上幾章所敘述的事件時，他聽得很專心。自始至終鑽石一直在我手裡，更確切地說，是在蘇珊娜手裡。這是哈瑞最感震驚和迷惑的事，他從沒想過會是這樣，當然，聽過他的故事後，我明白了卡頓——不，是拿迪娜——耍這小花招的用心所在，只有拿迪娜才會有這樣的心計。做過那樣一番安排後，即使警方搜到了鑽石，也不會懷疑到她或丈夫身上。只有她自己知道這個祕密，而「上校」怎麼也想不到他會將價值連城的鑽石交給船上的一位服務生保管！

背負盜竊罪名的哈瑞無疑是無辜的。但目前形勢看來，他還不可以公開露面去證明自己的清白，因為他還面臨著另一個更嚴峻的指控。

我們的話題一再轉到「上校」的真實身分上。他到底是不是戈尹．佩吉特呢？

「只有一件事可說明上校是佩吉特，」哈瑞說，「佩吉特在馬洛殺了安莉塔，這一點似乎無庸置疑……而這當然導出他實際上就是『上校』的推論，因為安莉塔不可能和他的手下談判。不過……這個假設的唯一漏洞，是你來這兒的當天晚上，他企圖推你下山。而你親眼看見佩吉特留在開普敦，他不可能在下個星期三之前趕到這裡來。這兒也不可能有他的祕密幫手，而他所有的計畫都是要在開普敦對付你。當然，他可用電報指示他在約翰尼斯堡的助手，在馬弗京搭上開往羅德西亞的火車。但這樣一來，他的指令就需要特別詳細而且能譯成電報傳出去。」

我們相對無語地坐著，過了一會兒，哈瑞慢慢地問：「你說你離開旅館時，布萊爾夫人已經睡著了。而且你還聽見尤斯塔爵士正在向佩蒂格魯小姐口授信件，是嗎？那雷斯上校在哪兒？」

「我找不到他。」

「他知不知道……我們彼此之間有友好關係？」

「也許吧。」我記起我們從馬托波斯回來時的交談，若有所思地答道：「他的個性很強，但我不認為他是『上校』。總之，這想法太荒謬了。他是個地下工作人員，幫政府機關工作。」

「我們怎麼知道他沒撒謊？故意透露一點似真若假的口風，最容易不過了。沒人會去查證，而且一傳十、十傳百，到後來每個人都信以為真。這是掩護不法行動的最好辦法。安妮，你喜歡雷斯嗎？」

「我喜歡……但又不喜歡，他令我著迷又讓我有壓迫感。但有一點我很清楚，我一直有點怕他。」

「金伯利盜劫案發生時，他也在南非。」哈瑞慢慢地說。

「但就是他告訴蘇珊娜『上校』的事，以及他如何在巴黎試圖將『上校』繩之以法。」

「遁詞，多漂亮的遁詞。」

「但佩吉特是從哪裡介入的？他是不是受雇於雷斯？」

「也許，」哈瑞慢條斯理地說，「其實他根本沒介入。」

「什麼？」

「好好想想吧，安妮。你聽過佩吉特自己講述那晚在奇夢登堡號上發生的事嗎？」

「有啊，是透過尤斯塔爵士轉述的。」

我重述一遍，哈瑞專心地聽著。

「佩吉特見到一個人從尤斯塔爵士的艙房那邊走來，然後跟蹤他上了甲板。佩吉特是這麼說的嗎？尤斯塔爵士對面是誰的艙房？雷斯上校。不妨假設雷斯上校偷偷溜到甲板要對你下手，卻沒得逞，於是繞著甲板逃掉，在酒吧門口正好碰上佩吉特，便一拳打倒佩吉特，然後跳進酒吧關上門。我們隨後追來，發現佩吉特躺在地上。這麼解釋如何？」

「你忘了佩吉特一口咬定是你把他打昏的。」

「嗯。也許他睜眼醒來時，正好看見我的背影在遠處消失。他難道不會因此而認為我是攻擊他的人？尤其是他一直以為他跟蹤的人是我？」

「是的，這有可能，」我說，「但這完全改變了我們的想法，而且還有其他事實。」

「大部分的事實都不難解釋。在開普敦跟蹤你的那個男人和佩吉特說話，而佩吉特看了一下手錶。那男人可能只是在問幾點鐘而已。」

「你是說，那只不過是個巧合？」

「也不完全是。有人精心安排，故布疑陣，好把佩吉特牽涉進來。為什麼選中米爾莊作為謀殺地點？會不會因為鑽石被偷時，佩吉特正好人在金伯利呢？要不是我恰巧在場，他不就變成代罪羔羊了？」

「那麼，你認為他可能是無辜的了？」

「看來如此，但我們必須查明他那時在馬洛做什麼。如果他的解釋合情合理，那我們就找對路了。」

他站起身來。

「夜深了。安妮，進去睡一會兒。天一亮我就渡你過河。你必須趕上李文斯頓的火車。我在那裡有個朋友，你藏身在他那裡一直到火車出發。你到了布拉瓦約，去搭前往貝拉的火車。我可以從李文斯頓的朋友那裡得知旅館那邊的情形和你的朋友現在何處。」

「貝拉。」我若有所思地說。

「是的。安妮，你去貝拉。這裡的事是男人的事，交給我處理。」

我們在商討事情的來龍去脈時，暫時擺脫了不和的情緒，但現在它又回來了，我們甚至不再正視對方。

「很好。」我說完，立刻走進小屋。

我躺在鋪著獸皮的臥榻上，卻無法入眠。我可以聽到哈瑞．雷伯恩在外頭黑暗中踱步的聲音，腳步聲持續了一段時間，最後他叫我。

「快點，安妮，該走了。」

我順從地起床出來。天色仍然漆黑如墨，但我明白黎明的曙光已經不遠了。

「我們坐獨木舟，不坐汽艇……」哈瑞說道，突然停下來，舉起他的手。「噓！那是什麼聲音？」

我仔細聽，但沒聽到什麼。他的耳朵比我尖，畢竟他在野地裡生活了許多年。現在我也聽見了……微弱的船槳擊水聲，從河的右岸傳來，並迅速朝我們的小船塢逼近。

我們在黑暗中努力瞪大眼睛，勉強看到水面上有個黑點。那是一艘小船。然後火光閃了一下，有人畫亮了火柴。靠這亮光，我認出其中一人是梅曾貝赫那棟別墅裡的紅鬍子荷蘭人。船上其他人都是當地土著。

「快回到屋裡。」

哈瑞一把將我拉在他身後，他從牆上取下兩把來福槍和一把左輪手槍。

「你會裝子彈嗎？」

「我從來沒裝過。你示範一遍。」

我很快學會了。我們關上門，哈瑞依窗站著，從那裡可以居高臨下俯視小船塢。小船馬上就要靠岸了。

「誰？」哈瑞以銅鈴般的聲音喊道。

我們的訪客立刻將注意力轉向我們，一批子彈朝我們打來。所幸我們都沒被擊中。哈瑞端起來福槍，憤怒地不斷扣動扳機。我聽到兩聲慘叫和噗通落水聲。

「給他們一點顏色瞧瞧，」他冷酷地低語，一邊伸手拿另一把槍。「安妮，看在上帝的份上，站後面一點，還有，子彈裝快些。」

又是一波子彈呼嘯而來，其中一個擦過哈瑞臉頰。哈瑞的回擊比他們激烈多了。當他伸手過來時，我已把槍重新裝好了子彈。轉回窗口前，他用左臂摟住我，重重地親一下。他突然大叫起來。

「他們走了，撐不住了。在水上他們是個極好的活靶子，而且他們搞不清楚我們有多少人。他們暫時逃走了，但還會再回來。我們要做好準備。」他丟下槍朝我走來。「安妮！我的美人！你真是太神奇了！我的小女王！像獅子一樣勇敢。你這黑髮的女巫！」

他緊緊摟住我，吻我的頭髮、眼睛、嘴唇。

「現在該幹正事了。」他突然放開我。「把那些錫罐裝的石蠟取出來。」

我照做了。他在屋裡忙來忙去。這會兒他在屋頂上爬，手臂裡夾著一些東西。一兩分鐘後，他又和我在一起了。

「到船上去。我們必須划到島的另一頭去。」

我離去時，他拾起了石蠟。

「他們又來了。」我柔聲道，因為我看見那黑點從對岸移來。

他跑下來察看。

「正好趕上。咦……我們的船到哪裡去了？」

兩條船都被砍斷纜繩，在水上漂流著。哈瑞輕吹著口哨。

「親愛的，我們處境不妙。你介意嗎？」

「和你一起，我一點也不在乎。」

「嗯，但一塊死去並不好玩。我們還不至於就此完蛋。看，這回他們來了兩艘船，準備在兩處不同的地方上岸。現在該輪到我的小把戲上場表演了。」

就在他說話的同時，小屋裡燃起一道熊熊火焰，火光照亮了屋頂上兩個縮在一起蹲伏著的人影。

「那是我的舊衣物，裡頭填塞著破布……但它們還能支撐一些時候不會滾下來。快，安妮，我們只能孤注一擲了。」

我們手牽著手跑到小島另一邊。島與對岸之間只有一條狹窄的水道相隔。

「我們只好游過去。你會游泳嗎，安妮？不會沒關係，我可以帶你過去。這兒不能行船，岩石太多，卻適合游泳，而且也是去李文斯頓的正確方向。」

「我稍微會游一點……可以游得比這水道還遠。有危險嗎，哈瑞？」因為我看到他臉上露出嚴肅的表情。「有鯊魚嗎？」

「不，小傻瓜。鯊魚生活在海裡。但你實在很敏銳，安妮。有鱷魚，那是麻煩所在。」

「鱷魚？」

「是的，別管牠們……或者祈禱吧，你覺得怎樣才能心安，你就怎麼辦吧。」

我們跳下水中。我的祈禱想必很靈驗，我們安然到達對岸，全身溼淋淋地爬上河堤。

「現在去李文斯頓。這副樣子去，是很狼狽也太匆忙了，但不走不行。」

這段行程走起來真像一場噩夢，溼裙子不時拍打我的腿，長襪很快就被荊棘勾破。最後我停下來走不動了，全身筋疲力盡。哈瑞轉身走回來。

「堅持下去，親愛的。我背你一程。」

我就是那樣到了李文斯頓鎮的，像一袋煤炭似地被他扛在肩上。我不知他怎能一口氣扛著我走完全程。天剛破曉，我們到了他朋友家。他朋友名叫納德——也許他有另一個名字，但我從沒聽過——年僅二十，開了一家土產店。納德看見哈瑞扛著一個女人進屋，兩個渾身都溼漉漉的，他竟毫不驚訝。男人真是奇妙。

納德給我們端來食物和熱咖啡，並烘乾我們的溼衣服，當時我們裹在色彩俗麗的曼徹斯特毛毯內，躲在木屋後的小房間裡。這裡很安全，沒人會發覺。而納德出去打探尤斯塔爵士一行的消息，以及他們是否有人還留在飯店裡。

我鄭重地對哈瑞說，我沒必要再去貝拉了。我不是故意不聽他的話，但現在不再有任何理由得去那裡了。因為計畫的關鍵點是敵人以為我已經死了，但他們現在知道我還活著，那麼再去貝拉就徒勞無益。在那兒他們可以盯我的梢，再悄悄地把我殺掉，屆時將沒人可以保護我。我們最後的決定是：我應該和蘇珊娜待在一起，不管她去哪裡，我只須照顧好自己就行，絕不可冒險去招惹「上校」。

我必須安安靜靜、老老實實地和蘇珊娜待在一起，等待哈瑞的指示。鑽石將以帕克的名義存放在金伯利銀行。

「還有一件事，」我沉思道，「我們應該要有某種通信密碼，我不想再被假冒的信息所矇騙。」

「那很容易。所有確實由我發出的信件，通篇都會有一個『和』字貫穿。」

「如果沒有這標記，就是假的，」我喃喃道，「那電報怎麼辦？」

「所有我發出的電報，皆有『安迪』的署名。」

「火車快到站了，哈瑞。」納德探頭進來說，又馬上縮回去。

我站起身來。

「要是遇上一個可靠的好男人，我能和他結婚嗎？」我煞有其事地問。

哈瑞走近我。

「安妮，你要是敢嫁給別人，我就扭斷那人的脖子，再把你……」

「怎樣？」我興奮地問。

「我會把你扛走，再狠狠痛打一頓！」

「我真挑中了一位好丈夫！」我諷刺道，「他可別隔夜就改變了主意！」

28
（尤斯塔·佩德勒爵士的日記摘錄）

如我以前說過，基本上我是個喜愛寧靜的人。我渴望安寧平靜的生活……而這一項我總是得不到。我老是處於風風雨雨，必須提高警覺。得以擺脫佩吉特真讓人輕鬆，他總愛打探別人的祕密。而佩蒂格魯小姐無疑是個有用之才，雖然她談不上美貌，她的一兩項成就卻相當可觀。在布拉瓦約我有點動了肝火，行為舉止像隻熊似的，這是實情，但那是因為我在火車上度過了煩擾的一夜。凌晨三點，一個衣著精緻、打扮像西部原野音樂喜劇英雄的年輕人走進我的車廂，問我要到哪裡去。我喃喃道：『給我茶，千萬別加糖。』但他毫不理會，只顧著問我去哪兒，還強調他不是侍者，而是移民局官員。我成功地應付他說，我身體健康，沒患任何傳染病，而且出於最純潔的善意前往羅德西亞，並進一步告訴他我的全名和出生地，他終於心滿意足地走了。然後我努力想再睡一會兒，不過到了五點半時，一個殷勤的笨蛋把我弄醒，端給我一杯他稱之為茶的糖水。我真想把糖水潑到他身上，但還是忍住了。六點時，他給了我一杯不加糖的茶，卻像石頭一樣冰冷。最後我筋疲力盡地睡著了。醒來時車已到達布拉瓦約站外，然後身上被塞滿了都是腳和脖子的醜陋木製長頸鹿。

除了這些小小的倒楣事外，一切都還算順利。接著新的災難又降臨了。

事情發生在到達瀑布區的那天晚上。我正在客廳向佩蒂格魯小姐口述信件，這時布萊爾夫人突然衝進來，連一聲「對不起」也沒有，而且穿著極不體面。

「安妮到哪兒去了？」她大聲嚷嚷。

多可笑的問題，好像我該對那女孩負責似的。她想讓佩蒂格魯小姐怎麼想？讓她以為我習慣在午夜時分把安妮．貝丁費從口袋裡掏出來？對我這種有地位的男人來說，這真是有損聲譽。

「我猜，」我冷冷地說，「她在床上睡覺。」

我清了清嗓子，瞥了一眼佩蒂格魯小姐，暗示她我準備繼續口授信件，也希望布萊爾夫人明白我的暗示。她卻毫不理會我的良苦用心，反而頹然坐在椅子上，支起一隻穿拖鞋的腳煩躁地搖動著。

「她不在房裡，我去過那兒。我做了個夢——可怕的夢——夢見她遇險了。我醒來起床到她房間裡去看她，好讓自己安心。結果她不在那兒，床上也沒有睡過的痕跡。」

她哀求地望著我。

「我該怎麼辦，尤斯塔爵士？」

我壓抑著回答的衝動，然後說：「回去睡覺，別杞人憂天。安妮·貝丁費年輕幹練，會照顧好自己的。」我皺眉下了斷語。

「雷斯對這件事說了什麼嗎？」

為什麼雷斯總是那麼吃香？讓他也觸觸霉頭，別老是在女人堆裡吃香喝辣。

「我到處都找不到他。」

顯然她想把整個晚上都耗在這件事上。我嘆了口氣，坐了下來。

「我覺得你大可不必擔憂。」我耐心地說。

「可是我作的夢……」

「那是因為晚餐時吃了咖哩！」

「噢，尤斯塔爵士。」

布萊爾夫人生氣了。但任何人都知道吃壞了東西容易使人作噩夢。

「總之，」我想說服她。「如果安妮·貝丁費和雷斯出去散步，他們沒必要讓整間旅館的人都知道吧。」

「他們只是出去散步？但現在已過了半夜。」

「人年輕時，常常幹這種傻事，」我低聲說，「但雷斯可不是年輕小夥子，他應該明白才對。」

「你真的這麼認為？」

「我敢說他們私奔結婚去了。」

我繼續安慰她，儘管心裡清楚這想法愚蠢至極。因為在這種地方，要一起跑去哪裡呢？我不知我這種軟弱無力的安慰話還要說多久，但這時雷斯自己走了進來。不管怎樣，我也對了一半……雷斯剛才是散步去了，但他沒帶安妮同行。然而，我不該告訴他安妮失蹤了，因為幾分鐘內雷斯把整個旅館上上下下都翻遍了，我從未見過有人像他這樣心神不寧。

事情不太對勁，那女孩上哪兒去了？她十一點十分左右走出旅館，穿得整整齊齊，然後就沒再回來過。她應該不會自殺。因為她精力充沛，熱愛生活，一點也不可能結束自己的生命。而直到明天中午才會有火車班次，因此她也不可能離開這裡。那麼她到底在哪裡呢？

雷斯幾乎急瘋了，可憐的傢伙。他找遍了所有地方，只差沒把每塊石頭都翻過來。方圓百里內的相關人員都被請來協助尋人，而由當地人組成的追蹤隊伍也把每一寸土地都搜過，一切能做的事都做了……但依然沒有安妮的下落。有一種較被接受的說法是：她夢遊去了。橋邊小路上有留下一些跡象，顯然那女孩走出了小路邊緣。如果真是這樣，她必定在谷底的岩石上摔得粉身碎骨。不幸的是，星期一早晨有一群遊客沿著那條路遊山玩水，把大部分的足跡都破壞了。

我不知道這個解釋能否令人滿意。我以前聽說夢遊者不會傷害自己……他們的第六感會保護他們。布萊爾夫人想必也不滿意這個解釋。

我無法理解布萊爾夫人的心理，她對雷斯的態度完全變了。她監視雷斯如同貓對老鼠，同時又努力在表面上保持彬彬有禮，而他們以前就是這樣的朋友。她和從前判若兩人，變得神經兮兮、歇斯底里，一有風吹草動就讓她大驚小怪。我開始覺得我該去約翰尼斯堡了。

昨天聽到一個傳聞，說是河上某處有個神祕小島，據說那裡住著一男一女。雷斯得知此一消息後很興奮，結果只是空歡喜一場。那男人住在島上很多年了，而且眾所皆知他是旅館經理。每到旅遊季節，他就載著遊客到河上觀光去看鱷魚和迷路的河馬。我相信他一定養了一隻馴服的鱷魚，偶爾讓牠咬咬船身，然後他再用撐篙擋擊牠，這樣一來，船上的遊客會感到他們終於來到了真正的蠻荒之地。誰也不確定那女孩在島上待了多久，但可以肯定她不是安妮，而且要干涉他人的私事，需要相當微妙的手段。如果我是那個年輕人，而雷斯竟來干涉我的戀愛之事，我鐵定會一腳把他踢到河裡去。

§

（幾天之後）

事情已經排定下來，我明天去約翰尼斯堡，雷斯也催促我上路。就我聽到的消息而言，那邊的情況愈來愈不樂觀，但在它變得更糟之前我最好趕到那裡去。我敢說我會在那裡被一個罷工者槍殺。布萊爾夫人原想和我一塊走，但到了最後關頭又改變主意，決定繼續留在瀑布區。看來她似乎無法讓雷斯離開她的視線。今晚布萊爾夫人來找我，猶豫地問我能否幫她保管她所買的旅遊紀念品。

「不是那些動物吧？」我十分警覺地問。

我有種感覺，那些醜陋的動物遲早會給我惹來麻煩。

最後，我們達成協定。我替她保管兩個小木箱，裡面裝滿了易碎物品，而其他那些木製動物則交給當地店鋪裝箱釘牢，再經由鐵路運往開普敦，而佩吉特會在那裡負責寄存。給木製動物裝箱的人說它們的形狀太難包裝了，必須另造特殊的箱子。我對布萊爾夫人說，等她在家裡收到這批木製動物時，每個至少會花掉她一英鎊！

佩吉特一直吵著要到約翰尼斯堡和我會合。我以布萊爾夫人的箱子為藉口，要他繼續留在開普敦。我寫信告訴他，他得留在那裡接收那些箱子，因為裡面裝的是貴重古董。

於是一切都安排妥當，我與佩蒂格魯小姐一起離去，踏入悲觀的世界中。而任何見到佩蒂格魯小姐的人，都會同意她是一位十分值得敬佩的女士。

29

約翰尼斯堡，三月六日。

這裡的形勢很糟。用句老生常談的話來說吧，我們現在正坐在火山口上。成群結隊的罷工工人或所謂的罷工者，在大街小巷遊行，嗜殺的目光怒視著來往行人，也許他們正在挑選大腹便便的資本家，只待大屠殺開始就拖出來斬首示眾。你不能坐計程車，罷工者會把你從車裡揪出來。而旅館方面則暗示說，一旦食物吃光，他們就會把你掃地出門！

昨晚我碰見里夫斯，他是我在奇夢登堡船上的工黨朋友，也是我見過的人當中最怯弱心虛的傢伙。和工黨的其他人一樣，他純然出於政治目的而到處發表冗長的煽動性演說，接著又後悔曾經這麼做過。他現在正忙於解釋他並沒有真的那樣說過。當我見到他時，他正準備去開普敦以荷蘭語作為期三天的演講，替自己辯白，並指出他曾說過的那些話其實有迥然不同的意思。我很慶幸自己不必坐在南非議院裡。國會已經夠糟了，但至少我們只說一種語言，並且對演講的時間還有一點限制。離開開普敦之前，我曾去過下議院一趟，聆聽一位老紳士演講，他頭髮花白，兩邊嘴角的鬍子向下垂落，看起來和《愛麗絲夢遊仙境》裡的那隻老烏龜像極了。他一字字地吐出每個音，語調緩慢消沉，令人感到悲傷。他時而突然加重語氣，提高嗓門，說些聽來像「帕拉特．史基特」的字眼，以顯示此處與眾不同，並以此激勵自己繼續說下去。每當他這麼裝腔作勢時，一半的聽眾就大喊「呼，呼！」，這可能是荷蘭語的「好哇」，而另一半聽眾則從甜美的瞌睡中突然驚醒。後來我聽說這位老紳士至少講了三天，南非人一定很有耐心。

我費盡心機設法將佩吉特留在開普敦，但最後我的才思枯竭，佩吉特明天就會回到我這裡，像一隻忠實的狗在臨死之前跑到主人身邊。而我的回憶錄也進行得很順利。我捏造了一些詼諧風趣、措辭巧妙的對話，而這些對話是發生在我與罷工領導人之間的交談。

今天上午一位政府官員來訪。他溫文有禮，言辭動人，又有點故弄玄虛。他先間接談到我擁有崇高地位和重要影響力，然後建議我應該動身——或由他安排——去比勒陀利亞。

「這麼說，你預計會有動亂發生？」我問。

他咬文嚼字地說了一堆廢話，於是我明白可能會發生大麻煩。我暗示說，他的政府讓事態變得太嚴重了。

「尤斯塔爵士，有句俗話說，給一個人足夠的繩子，他就會自取滅亡。」

「哦，沒錯，沒錯。」

「其實引起騷亂的不是罷工者本身，而是幕後有個組織在策動。他們將武器和炸藥源源不斷地輸入我國。我們查獲一批文件，由此得知進口軍火的方式。他們有一整套密碼，如馬鈴薯代表『雷管』，花椰菜指的是『來福槍』，其他蔬菜則各自代表不同的炸藥。」

「很有意思。」我評論道。

「還有呢，尤斯塔爵士，我們有足夠理由相信那個在幕後主使整個事件的天才，此刻就在約翰尼斯堡。」

說完，他惡狠狠地盯著我，似乎懷疑我就是那個生事搗亂的人。這讓我心驚膽戰，冷汗直流。我開始懊悔我怎麼會有這個念頭要來此地研究一場小革命、蒐集第一手的資料。

「從約翰尼斯堡到比勒陀利亞沒有火車往來，」他接著說，「不過我可以用私人汽車送你去。我給你兩張通行證，以防你在途中被攔下來，一張由聯合政府簽發，另一張則證明你是英國訪客，與聯合政府毫無瓜葛。」

「一張給你的國人看，另一張給罷工者看，是嗎？」

「完全正確。」

這主意可不怎麼樣，我十分清楚萬一車被攔住會發生什麼事。我會驚惶失措，把一切搞砸，遞錯通行證，然後立刻被嗜血成性的叛亂份子幹掉，或者被法律和秩序的維護者槍決。我見過他們戴著圓頂帽，含著菸斗，腋下隨意挾著來福槍，在街上站崗。再說，我到比勒陀利亞幹什麼？去讚揚聯邦大樓的雄偉建築，傾聽約翰尼斯堡發射槍炮的回響？天曉得我會在那裡被困多久，聽說他們已炸毀鐵路，看來那裡連酒都沒得喝。兩天前，那裡實施了宵禁。

「老兄，」我說，「看來你還不曉得我正在研究蘭德高地的情況。到了比勒托利亞我怎麼研究？我很感激你關心我的安全，但別擔心我了，我會照顧自己。」

「我提醒你，尤斯塔爵士，食物問題已經很嚴重了。」

「齋戒斷食對我的身材有益。」我輕嘆道。

來了一封電報打斷了我們。我驚訝地讀著電報。

「安妮無恙。與我在金伯利。蘇珊娜．布萊爾。」

我從不認為安妮已經死了，那年輕女子身上有種難以毀滅的東西……她就像一個專門給狗兒玩的皮球。她有一種可化險為夷的特殊本領。但我不懂她為何半夜出走離開旅館去金伯利。而且那時又沒有火車班次。她一定是裝上天使的翅膀飛過去的。我不認為她會解釋這件事，從來沒人給我解釋。我只好一直用猜的，猜到後來就變得無聊透頂。我想，深層的原因恐怕是報刊對通俗文章的迫切需求，我們這位特派員會寫著：「我就是這樣替瀑布拍照的。」

我把電報摺好，擺脫了那個政府官員。我可不想忍饑挨餓，但個人安全還不足以擔憂。司曼有足夠的能力應付革命。但如果我想喝一杯酒就得花上一大筆錢！不知道明天佩吉特會不會順便帶一瓶威士忌來？

我戴上帽子出門，想去買些紀念品，約翰尼斯堡的土產店很不錯。我正站在櫥窗外欣賞獸皮披肩時，有人從店裡走出來撞到我。這人竟是雷斯，我感到很驚訝。

如果說他很高興見到我，那絕對是自我恭維。其實他顯然是煩躁不安。我堅持邀他一塊回旅館，除了佩蒂格魯小姐外無人可以交談，這讓我非常厭倦。

「我不知道你也來約翰尼斯堡了，」我閒聊道，「什麼時候到的？」

「昨晚。」

「住在哪裡？」

「朋友家。」

他突然變得沉默寡言，而且似乎對我的發問感到不自在。

「希望他們有養些雞鴨，」我說，「據我所知，不久之後若能吃到新鮮的蛋，偶爾能殺隻老公雞，那就已經很可以偷笑了。」

「對了，」當我們回到旅館時，我說，「你知道嗎，貝丁費小姐還好端端地活著？」

他點了點頭。

「她可把我們嚇壞了，」我故作姿態地說，「那晚她究竟去了哪裡，我真想弄明白。」

「她一直在那座島上。」

「哪座島？不是跟那個年輕男子一起住在那座島吧？」

「是的。」

「真是不成體統，」我說，「佩吉特知道了不嚇壞才怪。他一向看不慣安妮．貝丁費的言行。我猜那個男子，就是她打算在德班見面的年輕人吧？」

「我不這麼認為。」

「如果你不願意說，就不用告訴我。」我用激將法刺激他。

「我猜這個人，正是我們都想抓起來的人。」

「不會是……」我激動地叫起來。

他點點頭。

「哈瑞．雷伯恩，化名哈瑞．盧卡斯……那是他的真名。他又從我們手中逃脫一次，但我們一定會很快就抓住他。」

「天啊。」我喃喃自語。

「我們不要懷疑她與案子有任何牽連。對她而言，這……不過是場戀愛。」

我一直認為雷斯愛上了安妮。他說最後一句話的樣子，更加使我確信不疑。

「她已經去貝拉了。」他繼續說道，語氣有點急促。

「真的！」我瞪大眼睛。「你怎麼知道？」

「她從布拉瓦約寫信給我，告訴我她將從那裡取道回家。她只能這樣了，可憐的孩子。」

「不知怎地，我認為她不在貝拉。」我沉吟著。

「她寫信時，正準備動身去貝拉。」

我頓感茫然，顯然有人在撒謊。在沒考慮到安妮可能有好理由必須對他撒謊的情況下，為了羞辱雷斯並從中取樂，我從口袋裡拿出電報給他，因為他總是自以為是，這下子可讓我逮到了吧。

「那你怎麼解釋這個？」我若無其事地問。

他愣住了。

「她說她正準備去貝拉。」他茫然地說。

大家都認為雷斯很聰明。但在我看來，他其實十分愚蠢。他似乎從沒想過女孩子是會說謊的。

「又是金伯利。她們到那裡做什麼？」他支支吾吾地說。

「是的，我也感到奇怪。她應當在這裡忙著幫《每日家計》收集資料。」

「金伯利，」他又提起這個地方，似乎這地名讓他很煩惱。「那裡沒什麼好看的，鑽石礦場尚未開工。」

「女人就是這樣。」我含糊其辭地說。

他搖搖頭走了。無疑我給他的消息夠他大傷腦筋了。

他才剛離開，我那政府官員朋友又出現了。

「尤斯塔爵士，請原諒我又來打攪你，」他表示道歉。「但我有一兩個問題要請教你。」

「沒問題，老兄，」我欣然答應。「問吧。」

「關於你的祕書……」

「我對他毫無所知，」我連忙說道，「他在倫敦糊弄我，騙走我的寶貴文件——為此我將受到斥責——然後在開普敦像變魔術似的消失了。我們是曾經同時在瀑布區那裡，但我住旅館，他卻在一座小島上。我在那段期間連一眼也沒見過他，這一點我可以向你保證。」

我停下來喘口氣。

「你誤會了。我是說你的另一位祕書。」

「什麼，佩吉特？」我震驚地大叫起來。「他跟了我八年，是個非常老實可靠的人。」

他笑了。

「我們仍在各說各話。我是指你的女祕書。」

「佩蒂格魯小姐？」我驚呼出聲。

「是的。有人看見她從阿格拉莎托土產店裡走出來。」

「老天！」我打斷他的話。「今天下午我也去了那家店，並從裡面走出來，你可能也看到了！」

看來在約翰尼斯堡，即使你立身端正，做事清白，也難逃別人懷疑的目光。

「啊！但我們發現她不只一次在那裡……而且是在十分可疑的情形下。尤斯塔爵士，我私底下對你這麼講吧……我們懷疑那地方是個祕密組織的聚會地點，而該組織就是這場革命的幕後黑手，所以我很樂於聽你說這位小姐的一切。你何時何地用什麼方法雇用她的？」

「她是借來的，」我冷冷地答道，「是你們自己的政府暫借給我的。」

他聽了落荒而逃。

30
（安妮的敘述）

一到金伯利，我就給蘇珊娜打了電報。她迅速趕來與我會合，沿途還不斷打電報告訴我她即將到來。令人吃驚的是，她真的是喜歡我……我以為自己對她而言，只不過是個新鮮玩意兒，但當我們見面時，她竟然摟著我哭了。

等我們的情緒緩和下來後，我坐在床邊一五一十地把事情的全部經過都告訴她。

她若有所思地說：「你一直在懷疑雷斯上校。而我卻不曾懷疑他，直到那天晚上你失蹤。我一直都很喜歡他，還一度希望他能成為你的好丈夫。啊，安妮，親愛的，千萬別生氣，你怎麼知道你的那位年輕人說的是實話？你對他說的話不打一絲折扣。」

「我當然相信他。」我生氣地叫道。

「但是，為什麼他會這麼吸引你？除了他那魯莽而英俊的外表，和他那石器時代的求愛方式，我一點都看不出他有什麼特別之處。」

我衝著蘇珊娜發了一頓脾氣。

「難道你舒舒服服地結了婚，又一天天地發胖，就忘記什麼叫作浪漫了嗎？」

「噢，我可沒發胖。最近一段時間我為你提心吊膽，人都瘦得只剩下一層皮了。」

「你看起來調養得很好，」我冷冷地說，「我看你一定肥了好幾公斤。」

「況且，我到今天才了解我的婚姻是如此幸福美滿，」蘇珊娜傷心地說，「克拉倫斯最近一直急電催我回家。後來我乾脆不回電報，我已有兩天多沒有他的音信了。」

我無法認真看待蘇珊娜的婚姻問題，她會和克拉倫斯和好的。我把話題轉到寶石上。

蘇珊娜沉著臉看我。

「我必須解釋，安妮。我一開始懷疑雷斯上校後就為那些鑽石煩惱。我想留在瀑布區，以防他把你綁架到什麼地方，但我不知道如何處置鑽石。我害怕把它們帶在身邊……」

蘇珊娜不安地四處張望，彷彿隔牆有耳似的，然後在我耳邊急促地低語。

「好主意，」我讚許地說，「當時是個好主意，但現在就有點棘手了。尤斯塔爵士把箱子怎麼樣了？」

「大的幾箱運到了開普敦。我在離開瀑布區時收到佩吉特的信，信中附帶了寄存的收據。對了，他準備今天離開開普敦去約翰尼斯堡與尤斯塔會合。」

「我知道了，」我若有所思地說，「那小箱的呢，它們怎樣啦？」

「我想，尤斯塔爵士把它們帶在身邊。」

我把此事在心裡想過一遍。

「好吧，」我最後說，「這很棘手，不過倒也安全。目前我們最好別採取任何行動。」

蘇珊娜微微一笑。

「你不喜歡閒著沒事做吧，安妮？」

「是有一點。」我如實回答說。

目前能做的事就是查看列車時刻表，查一查佩吉特搭的那趟火車什麼時候經過金伯利。列車將在第二天下午五點四十分抵達，六點離開。我想盡快見到佩吉特，這彷彿是個好機會。蘭德高地的局勢愈來愈棘手，若是錯過這次機會，可能還得等上很久。

這天唯一有趣的事，就是收到一封從約翰尼斯堡發來的電報。一封最天真無邪的電報：

安然抵達。一切順利。艾瑞克在這兒，尤斯塔爵士也在這兒。但佩吉特不在。你留在原地別動。安迪。

艾瑞克是我們替雷斯取的假名。我選這假名是因為我極討厭這個名字。在見到佩吉特之前，顯然我無事可忙。蘇珊娜忙著給克拉倫斯發一封安慰他的長篇電報，她變得對他多情起來。那是她談感情的方式，不像我和哈瑞之間的情感。她真的很喜愛克拉倫斯。

「我真希望他在這裡，安妮，」她哽咽著說，「我好久沒見到他了。」

「搽些面霜吧。」我安慰她說。

蘇珊娜在漂亮的鼻尖上搽了一點。

「我的面霜剩下不多了，」她說，「只有在巴黎才能買到這種。」她嘆息道：「巴黎！」

「蘇珊娜，」我說，「很快你就會厭倦南非和這番冒險。」

「我想買頂好看的帽子，」蘇珊娜渴望地說，「明天我和你一起去見佩吉特好嗎？」

「我想獨自去。他和我們倆說話會不自在。」

第二天下午，我來到飯店門口，撐起那把不聽話的陽傘，而此時蘇珊娜正邊吃著水果，邊躺在床上看書。據飯店的搬運工說，今天火車會準時到達，儘管他懷疑它是否能通行無阻地開到約翰尼斯堡。他鄭重其事地告訴我鐵軌被炸毀了。這真令人高興！

火車只晚到了十分鐘。人們都走出車廂在月台上走來走去。我一眼就看到了佩吉特，便急忙前去打招呼。他一看見我，就像往常一樣緊張起來……這一次還更嚴重。

「天哪，貝丁費小姐，您不是失蹤了嗎？」

「我又出現了。」我鄭重地說，「你好嗎，佩吉特？」

「很好，謝謝。我不久就又可以為尤斯塔爵士幹活了。」

「佩吉特先生，我有事要問你，」我說，「希望你不會介意。要知道這事非常關鍵，遠超過你的想像。我想知道，一月八日你在馬洛幹什麼？」

他嚇了一大跳。

「真的，貝丁費小姐，我……真的……」

「你在那裡，對吧？」

「我……出於某種個人原因，是在那一帶，是的。」

「請你告訴我你在那裡的原因。」

「尤斯塔爵士難道沒告訴你嗎？」

「尤斯塔爵士？他知道嗎？」

「我敢確定他知道。我希望他當時沒認出我，但從他的言語和暗示中，可看出他恐怕知情。反正我已準備要徹底坦白此事，並提出辭呈。他是個古怪的人，有不正常的幽默感。他好像很樂於看到我那如坐針氈的樣子。我敢說，他一直對真相瞭如指掌。也許他早已知道很多年了。」

我希望能聽懂佩吉特在說些什麼。他繼續滔滔不絕地說著：「很難讓尤斯塔爵士那樣地位崇高的人，來為我設身處地想一想。我知道我不對，但那似乎是無傷大雅的錯誤。我寧可他大發雷霆直接揭穿一切，而不是那樣拿我取樂。」

汽笛響了，人們開始湧回車廂。

「好吧，佩吉特，」我打斷他說，「我同意你所說的一切。但你為什麼要去馬洛？」

「我錯了，但當時那是很自然的……是的，我覺得在那種情況下很自然。」

「什麼情況？」我焦急地喊道。

這時，佩吉特才第一次意識到我在問他問題。他這才把注意力從尤斯塔爵士身上轉到我這裡。

「抱歉，貝丁費小姐，」他生硬地說，「我不明白此事與您有何關係。」

他回到車廂裡，彎下身子和我說話。我感到絕望了。和這種人真沒辦法溝通。

「當然，假如此事那麼可怕，你一定很羞於啟齒……」我不屑地說。

此話正中要害。佩吉特臉一紅。

「可怕？羞於啟齒？我不明白。」

「那麼告訴我。」

他以簡短的三句話告訴我。我終於掌握了佩吉特的祕密！完全出乎我的預料。

我緩步走回飯店。飯店的人交給我一封電報，我撕開來看。電報上寫著要我去約翰尼斯堡，或者說要我去約翰尼斯堡的一個車站，那裡有一輛轎車等著接我。上面的署名不是安迪而是哈瑞。

我坐下來仔細地思索著。

31

（摘錄自尤斯塔・佩德勒爵士的日記）

約翰尼斯堡，三月七日。

佩吉特到了。他當然是神情沮喪，惶恐不安。他建議我們立刻前往比勒陀利亞。但當我堅持要留下來時，他像變了一個人，開始後悔沒帶上他的來福槍，還吹噓說他在戰爭中曾保衛過一座大橋，那是在小普地坎比樞紐的一座鐵路橋梁吧。

我不久就打斷他的話，讓他把打字機從行李箱取出來。我想這一定會讓他忙碌一陣子，因為打字機壞了，他非得拿到外面去修理不可。但我忘了佩吉特驚人的辦事能力。

「我已經把所有的行李箱都打開了，尤斯塔爵士。打字機沒有一點毛病。」

「你說什麼，所有的行李箱？」

「兩個小箱子也打開了。」

「真希望你別那麼好管閒事，佩吉特。那兩個小箱子不關你的事。那是布萊爾夫人的。」

佩吉特看起來垂頭喪氣。他痛恨犯錯。

「你再把它們好好包裝起來，」我繼續說，「然後你就可以出去四處走走。明天約翰尼斯堡也許會變成一堆廢墟，所以這可能是你最後的機會。」

我想不管怎麼樣，至少可以把他趕開一個上午。

「尤斯塔爵士，您如果有空的話，我有話想跟您說。」

「我現在沒空，」我連忙說，「現在我一點空也沒有。」

佩吉特退下。

「對了，」我在他身後喊道，「布萊爾夫人的箱子裡放著什麼東西？」

「一些皮毛毯，兩頂皮毛……帽子，我想。」

「沒錯，」我說，「那是她在火車上買的。那是一種帽子，也難怪你認不出來呢。我敢肯定她準備在阿斯科特賽馬會戴上一頂。箱子裡還有什麼？」

「幾卷底片，一些籃子，好多籃子。」

「這是一定的，」我信誓旦旦地說，「布萊爾夫人是那種買任何東西絕不少於一打的女人。」

「就這些了，尤斯塔爵士。還有一些雜七雜八的奇怪東西，像是一條兜風面紗和怪模怪樣的手套。」

「假如你不是天生的傻瓜，佩吉特，你早就該發覺這些東西不是我的。」

「我以為這些東西是佩蒂格魯小姐的。」

「啊，我得問問你。你為什麼替我挑了這麼一個可疑的祕書？」

我告訴他我被盤問的經過。一說完，我就馬上後悔了。他兩眼發出我已太了解的爍爍閃光。我試圖轉移話題，但已經太遲了。佩吉特已開始滔滔不絕地爭辯起來。

他隨後用奇夢登堡號上一件莫名其妙的事來煩我。那是一卷底片和一場打賭的事。半夜時，一個知道原由的服務員把底片扔進了舷窗，掉入一間艙房。我痛恨胡鬧瞎扯的惡作劇，我這樣告訴過佩吉特，但他把這事又重新講了一遍。總之他講得糟透了，直到最後我才聽出個端倪。

午飯時他才露面。他興匆匆地跑來，像隻獵犬嗅到了獵物似的。我從來就不喜歡獵犬。原來他看見了雷伯恩。

「什麼？」我驚叫道。

是的，他發誓自己看見雷伯恩穿過馬路。佩吉特跟蹤了他。

「您知道嗎，我看見他停下來和佩蒂格魯小姐說話！」

「什麼？」

「是的，尤斯塔爵士。不僅如此，我還調查了她……」

「等會兒。雷伯恩在幹什麼？」

「他和佩蒂格魯小姐走進轉角處的那家土產店……」

我不由自主地驚呼了一聲。佩吉特不解地停下來。

「沒事，」我說，「繼續說吧。」

「我在外面等了好久，但他們沒出來。最後我走進去。尤斯塔爵士，店裡頭一個人也沒有！那裡一定有別的出口。」

我目瞪口呆。

「後來我回到飯店，對佩蒂格魯小姐做了一番調查，」佩吉特壓低聲音、呼吸沉重地說，每回他要講出祕密時總是如此。「尤斯塔爵士，昨晚有人看見一個男人從她房間走出來。」

我睜大眼睛。

「我一直認為她是個令人尊敬的女士。」我喃喃地說。

佩吉特沒理會我的話，繼續說：「我直接上樓去搜她的房間，您猜我找到了什麼？」

我搖了搖頭。

「這個東西！」

佩吉特舉起一支安全刮鬍刀和一管刮鬍膏。

「女人要這東西幹什麼？」

佩吉特必定沒看過高級淑女雜誌上的廣告。但我看過。我不願在這方面和他爭吵，我不同意用一把刮鬍刀來判斷佩蒂格魯小姐的性別。佩吉特從未如此無奈過。如果佩吉特要用香菸盒來證明他的理論，我一點也不會驚訝。但即使是佩吉特這種人，也有他忍耐的極限。

「尤斯塔爵士，這樣您還不信。那您如何解釋這個東西？」我看著他得意揚揚地高高舉起一個東西。

「這像是頭髮。」我反感地說。

「這是頭髮。我認為這是男人用的假髮。」

「確實如此。」我評斷地說。

「現在您相信佩蒂格魯小姐實際上是男人喬裝的吧？」

「是的，你說得沒錯。我早該從她的那雙大腳看出來了。」

「好吧。尤斯塔爵士，現在我想告訴您一件我自己的隱私。從您不斷的旁敲側擊和屢屢提及我在佛羅倫斯的那段經歷，我認為您已經發現我的事了。」

佩吉特在佛羅倫斯的祕密終於要公諸於世了！

「我的好祕書，你快徹底坦白吧！」我和藹地說。

「謝謝你，尤斯塔爵士。」

「是她的丈夫嗎？令人討厭的傢伙，丈夫。他們總是在最不合時宜的時機出現。」

「您在說什麼，尤斯塔爵士？誰的丈夫？」

「那位女士的丈夫。」

「哪位女士？」

「上帝保佑啊，佩吉特，當然是那個你在佛羅倫斯遇到的女士。一定有個女人。你可別瞎編故事說你搶了教堂，或者用刀捅了一個義大利人，就因為你不喜歡他的長相。」
「我一點也不明白您在說什麼，尤斯塔爵士。我認為您是在開玩笑。」
「有時候我是喜歡開玩笑，特別是遇上麻煩的時候。可是我向你保證，我現在並不想開玩笑。」
「希望當時我離您很遠，因此您沒認出我來，尤斯塔爵士。」
「在哪裡沒認出你？」
「在馬洛，尤斯塔爵士。」
「在馬洛？你跑去馬洛幹什麼？」
「我以為您明白……」
「我愈來愈不明白。從頭開始說起。你去了佛羅倫斯……」
「那麼您是真的一無所知……而且您也沒看出來！」
「看來，你的良心讓你在我面前變成了一個懦夫……你沒必要招出自己。不過我想，當我聽了整個故事後，我自己會做更好的判斷。現在你喘口氣，重新講你的故事。你去了佛羅倫斯……」
「我並沒去佛羅倫斯，事情就是這樣。」
「好，那麼你去了哪裡？」
「我回家了……回馬洛。」

「你到底去馬洛幹什麼？」

「我想探望我的妻子。她身體欠佳，而且希望……」

「你的妻子？我可不知道你結婚了！」

「是的，尤斯塔爵士，這正是我要告訴您的。這件事我欺騙了您。」

「你結婚多久了？」

「剛好八年。我在成為您的祕書時，才結婚六個月。我不想丟掉這份差事。隨身祕書不該有家室，所以我隱瞞了此事。」

「你真令我吃驚，」我說，「你妻子這些年來一直在哪裡？」

「我們在馬洛的河邊有棟小平房，離米爾莊不遠，她在那裡住了五年多。」

「天哪，」我喃喃道，「有小孩嗎？」

「四個孩子，尤斯塔爵士。」

我迷惑不解地看著他。像佩吉特這種人不該有不可告人的祕密，我早該知道這一點。佩吉特的高尚品格一直是我的禍害。這正是他的祕密……一個妻子和四名孩子。

「你將此事告訴過別人嗎？」在迷迷糊糊地瞪了他好長一段時間後，我終於問道。

「只告訴了貝丁費小姐。她到了金伯利的火車站。」

我繼續盯著他。他在我的目光下侷促不安。

「我希望您，尤斯塔爵士，沒生我的氣吧？」

「我的好祕書，」我說，「老實告訴你，你把我的事全搞砸了！」

我氣呼呼地走了出去。路過轉角的那家土產店時，身不由己地突然走了進去。店主討好地走上前來搓著雙手招呼我。

「您需要什麼嗎？皮毛、古玩？」

「我想要一種非常特別的東西，」我說，「在特別的時候可派上用場。你能給我看你所有的存貨嗎？」

「也許你願意到我後面的房間去？那裡有許多特別的東西。」

在此我犯了個大錯，當時我還以為自己很聰明。我跟他走進了擺動的門簾。

32（安妮的敘述）

蘇珊娜極力阻止我按計畫行事，她爭辯、懇求，甚至哭著勸我別去，不過我終於說服了她。她答應照我的吩咐負責聯絡事宜，而且還到車站熱淚盈眶地給我送行。

第二天一大早，我就到了目的地。一位留著短黑鬍的荷蘭人來接我。我從未見過此人。我們上了在那裡等候的轎車。遠處傳來奇怪的隆隆聲，我問他那是什麼，他簡短地說「槍聲」。原來約翰尼斯堡正在打仗！

我想我們的目的地是到市郊的某個地方。車子左轉右轉迂迴地繞了很久，槍聲也愈來愈近。那真是一段刺激的路程。後來車子在一座搖搖欲墜的大房子前停了下來。一個黑人小孩打開了門。我的嚮導示意我進去。我遲疑不決地站在昏暗的方形大廳裡。那人走過我身邊，打開了一扇門。

「來見哈瑞・雷伯恩的小姐到了。」他說道，然後大笑。

我走了進去。這房間沒什麼家具，而且聞得到廉價的菸草味。桌子後面有個男人正坐著寫字。他抬起頭，動了動眉毛。

「天哪，這不是貝丁費小姐嗎？」

「我一定是眼花了，」我抱歉地說，「您是奇切斯特先生，還是佩蒂格魯小姐？他們倆長得太像了。」

「這兩個角色現在都不存在了。我脫去了女人的裙子……還有教士服。您請坐吧。」

我神情自若地坐下。

「看來我走錯了地方。」

「從你的觀點來看，恐怕是這樣沒錯。真是的，貝丁費小姐，你再次陷入圈套！」

「我不太聰明。」我溫和地承認道。

我的態度令他迷惑不解。

「你好像無所謂。」他乾澀地說。

「我的膽大妄為，對你有何影響嗎？」我問道。

「當然沒有。」

「我的姑婆珍妮總是說，一位真正的淑女不會被周遭所發生的事物所嚇倒，」我小聲嘟囔道，「我決心遵守這個教誨。」

我從奇切斯特──佩蒂格魯先生的臉上，清清楚楚看出了他的想法，因此我連忙繼續說下去。

「你的化裝術真是太神奇了，」我大方地說，「你化裝成佩蒂格魯小姐時，我一直沒認出是你來……甚至在你看到我在開普敦跳上火車、弄斷鉛筆的時候，也沒認出來。」

這時他用手中的鉛筆輕拍著桌面。

「很好，但我們必須回到正題。貝丁費小姐，或許你猜得到為何我們要你來這裡？」

「請你原諒，」我說，「但是除了主事者之外，我不和任何人談正事。」

我是從高利貸業者的廣告信裡學來這句話，而且覺得很管用。這句話顯然對奇切斯特——佩蒂格魯先生發生了摧毀性的作用。他張大嘴巴然後又闔了起來。我高興地向他微笑。

「那是我姑丈公喬治的格言，」我裝出後來才想到似地加上一句，。我姑婆珍妮的丈夫，你知道。他專門製造銅床的把手。」

我懷疑奇切斯特……佩蒂格魯是否曾經如此難堪過。他看起來一點也不喜歡。

「我想你最好放聰明點，改改你的口氣，小丫頭。」

我沒有回答，但是打著哈欠……一個微妙的小哈欠，表示著強烈的不耐。

「你……」他開始大聲地說。

我打斷他的話。

「我告訴你，對我叫囂是沒用的。我們這樣只是浪費時間而已。我沒興趣和小嘍囉講話。你最好省省力氣和時間，直接帶我去見尤斯塔．佩德勒爵士。」

「去……」

他一副驚愕的樣子。

「是的，」我說，「尤斯塔・佩德勒爵士。」

「我……我失陪一下……」

他像隻兔子般急忙跳出去。我悠然地利用這段時間打開皮包，在鼻子上撲上一點粉，同時整理一下帽子的角度。然後耐心地坐著等待我的敵人回來。

他帶著一種似被懲戒過的表情出現。

「貝丁費小姐，這邊走，好嗎？」

我跟在他後面上了樓梯。他敲敲一個房間的門，裡面傳來一聲輕快的「進來」，他打開門，要我進去。

尤斯塔・佩德勒爵士跳起來，親切而微笑地迎接我。

「好，好，安妮小姐。」他熱情地握我的手。「很高興見到你。來，坐下。旅途不累吧？那好。」

他面對著我坐下來，仍然愉快地微笑著。這使得我有點茫然，他的態度是如此自然而毫不造作。

「你堅持直接來見我是對的，」他繼續說，「敏克斯是個傻蛋。一個聰明的演員，卻是個傻蛋。你在樓下見到的是敏克斯。」

「哦，真的？」我聲音微弱地說。

「現在，」尤斯塔士爵士愉快地說，「我們來談談正事。你知道我是『上校』已經有多久了？」

「從佩吉特先生告訴我他在馬洛見到你，而大家都認為你在坎城那時開始。」

尤斯塔士爵士懊悔地點點頭。

「是的，我告訴那笨蛋說，他把我的事給搞砸了，當然，他不知道我的意思。他的整個腦子只在想著我是否認出了他。他似乎從未懷疑過我到那裡去幹什麼。那是我的運氣不好，我一切都安排得那麼周密，把他送去佛羅倫斯，告訴飯店的人說我要去尼斯過一兩夜。如此，等謀殺案被發現的時候，我已經回到坎城了，沒人會想到我曾經離開過里維拉。」

他仍然以相當平靜自然的聲調講話，我必須很專心地去了解這都是真的……這個在我面前的人，真的就是那罪大惡極的「上校」。我在腦海裡回想一切。

「那麼，是你想在奇夢登堡號上把我推到海裡，」我慢慢地說，「佩吉特那天晚上跟蹤到甲板上的人也是你？」

他聳聳肩。

「我向你道歉，親愛的孩子，真心地道歉。我一直很喜歡你……但是你深深地妨礙著我的事。我不能因為一個黃毛丫頭而讓所有計畫成了泡影。」

「我想你在瀑布區的那次計畫是最精采的一個，」我說，努力將這件事看成是附帶的小事。「我可以隨時向人發誓，當我走出去的時候，你是在飯店裡。以後凡事我可得親眼看到才會相信。」

「是的，敏克斯扮成佩蒂格魯小姐扮得很成功，而且他能逼真地模仿我的聲音。」

「有件事我想知道。」

「什麼事？」

「你怎麼誘導佩吉特找她來當你的祕書？」

「哦，那相當簡單。她在商業局或礦務局，或是任何他去的地方碰到他……告訴他我打電話去催，而政府當局選中了她，佩吉特便深信不疑。」

「你真坦白。」我觀察著他說。

「我沒有必要不坦白。」

我不喜歡聽到這個，急急地打斷他的話。

「你認為這次革命會成功？你已無路可退了。」

「對一個聰明的年輕女子來說，你這樣說實在很不聰明。不，親愛的孩子，我並不認為這次革命會成功。我再給它一兩天，它就會不光榮地結束。」

「事實上，這並不是你的成功，對吧？」我很難聽地說。

「就像所有的女人一樣，你一點生意概念都沒有。我的工作是供應武器和彈藥——以高價出售——來激起群眾的情緒，而且陷某些人於罪證確鑿之地。我已順利履行合約，將來他們將私下小心地付款給我。我對整件事處理得十分謹慎，因為我打算將這當作是我退休前的最後一筆生意。至於你所說的，我已無路可退，我真不懂你的意思。我不是叛亂頭子，而是一個知名的英國訪客，不幸地走進了某一家土產店，無意中多看了一些，結果被綁架了。明天，或者後天，當環境允許時，有人會發現我被綁在某個地方，挨餓而且嚇得半死。」

「啊！」我慢慢地說，「但是我呢？」

「這就是了，」尤斯塔爵士溫和地說，「你呢？我已把你找到這裡來——我並不想強迫你來——我非常巧妙地把你引到這裡。問題是，我會怎麼處置你？最簡單的辦法是——容我加上一句，對我來說，也是最愉快的辦法——和我結婚。妻子不能控訴丈夫，你知道，而且我也喜歡有個年輕漂亮的太太經常握我的手，同時用清澈明亮的眼睛瞄瞄我……不要這樣瞪著我！你把我嚇著了。這個提議你不贊成？」

「不贊成。」

尤斯塔爵士嘆了口氣。

「真可惜！可是我也不是什麼惡棍。我想，這是很普遍的問題。你愛上了另一個人，如同愛情小說的情節，對吧？」

「我愛著另一個人。」

「這我想過。起初我以為是那自大的驢子雷斯，但我猜是那天晚上把你救出瀑布區的年輕英雄。女人一點眼光都沒有。那兩個傢伙都沒有像我這樣的頭腦。我是一個容易被低估的人。」
我覺得他說對了這一點。雖然我很清楚他是什麼樣的人，但我實在無法了解他。他曾經不只一次想謀害我，他殺了另一個女人，而且也幹下了其他無數我不知道的勾當，然而我仍然無法了解他。我無法認為他不只是那位愉快、親切的同伴而已。我甚至無法對他感到恐懼……然而我知道，如果有必要，他能冷酷地把我殺掉。
「好了，好了，」這位特別的人坐回他的椅子說，「很可惜，你不接受佩德勒夫人這個頭銜。那其他方式就比較粗鄙了。」
我感到背脊涼颼颼的。當然我一直都很清楚，我是在冒很大的風險，但這是值得的。事情到底會不會演變成跟我預料的一樣？
「事實上，」尤斯塔爵士繼續說，「碰上你，我變得心軟了。我真的不想採取極端的手段。這樣吧，你從頭把整個事情經過告訴我，讓我們看看能怎麼辦好了。但是記住，我要的是實情。」
我不想在這上面犯下任何差錯。我很敬佩尤斯塔爵士的精明。這是說實話的時候，全部都是實話，除了實話外，什麼都不能加進去。我一件不漏地把整個經過講給他聽，一直講到我被哈瑞救走為止。當我講完時，他滿意地點點頭。
「聰明的女孩。你已把一切都吐了出來。而且讓我告訴你，如果你還保留著什麼，我很快便可以查出來。無論如何，很多人都不會相信你的故事，尤其是開頭的部分，但是我相信。你是那種會那樣離家的女孩……一時興起，以最不充足的動機。當然，你的運氣不錯，可是一旦業餘的碰上了職業的，那麼結局可想而知。我是職業的，在這種行業上，我出頭得很早。在考慮過一切事情之後，這對我來說是一條迅速致富的路。我總是能構思、設計出巧妙的計畫來，而且我從不蹈犯『自己執行計畫』的錯誤。隨時雇用專家……這是我的座右銘。我違背了一次，結果就懊悔了……但我無法信任任何人替我辦那件事。拿迪娜知道得太多了。只要不受到阻撓，我便是一個隨和、心地善良的大好人。拿迪娜阻撓了我，也威脅到我……就在我事業成功到達顛峰的時候。一旦她死去，而且鑽石在我手中，那我就安全了。現在我可以下結論說，我這件工作是搞砸了。那個白癡佩吉特，和他的太太、他的家人，都是我的錯！他那十六世紀義大利下毒者的臉孔和維多利亞中期的頭腦，觸動了我的幽默感而讓我雇用了他。順便給你一個座右銘，親愛的安妮，不要讓你的幽默感帶著你走。多年來我始終有一種直覺，覺得我該聰明一點，擺脫佩吉特，但那傢伙是如此地勤勉盡責，我實在無法想出任何可以辭掉他的理由。因此我隨它自然發展下去。

「我們離題了。現在的問題是如何處置你。你的敘述很清楚，不過你還有一件事沒說。現在那些鑽石在哪裡？」

「在哈瑞．雷伯恩那裡。」我注視著他說。

他面不改色，仍然保持著幽默嘲諷的神色。

「嗯，我要那些鑽石。」

「我不覺得你有多少機會可拿到。」我答道。

「你不覺得？現在我可覺得。我不想弄得不愉快，但是我得提醒你，一個女孩的屍體在這一帶被發現，並不是什麼稀奇的事。樓下有個人，對於這方面的事能處理得很巧妙。你是個聰明懂事的女孩。我想提議的是：你坐下來，寫封信給哈瑞・雷伯恩，要他帶著鑽石到這裡來找你……」

「我不會做那種事。」

「長輩講話不要插嘴。我想跟你談個條件。用鑽石來換取你的生命。還有，不要玩什麼花樣，你的生命完全掌握在我手裡。」

「那哈瑞呢？」

「我不忍心拆散兩個年輕的戀人。他可以自由離去……只有一個條件，你們兩個以後不可再干擾我的事。」

「那我有什麼保證，你會信守你的諾言？」

「什麼都沒有，親愛的女孩。你不得不信任我，同時抱最大的希望。當然，如果你想充英雄，較喜歡自我犧牲，那當然是另外一回事。」

我所希望的正是如此。我小心地不馬上上鉤，好讓自己顯出被他威脅、哄騙得降服的樣子。我照他的指示寫信：

親愛的哈瑞：

我想我找到了一個可以完全還你清白的機會。請立刻依照我的指示，到阿格拉莎托土產店，向他們要求說要看些「特別的東西」，「特別的時候用的」。那個人會要你「到後面的房間去」。跟他去。你會遇到一個傳話的人，他會帶你來找我，完全照他告訴你的做，同時千萬記得要帶鑽石來。這件事不要向任何人透露。

尤斯塔士爵士停了下來。

「剩下的由你自己添上去，」他說，「但是記住，不要玩花樣。」

「我想『永遠是你的，安妮』就夠了。」我說。

我寫了下來。尤斯塔士爵士伸過手來把信拿過去，從頭看了一遍。

「嗯，很好。現在給我地址。」

我給了他。這信和電報收發的地方是一家小店。

他用手按了一下桌上的鈴。奇切斯特——佩蒂格魯，也就是敏克斯應聲而來。

「這封信立刻送出去……照一般的路線。」

「是的，上校。」

他看了看信封上的名字。尤斯塔士爵士逼視著他。

「我想，這是你的朋友？」

「我的朋友？」他似乎嚇著了。
「你昨天在約翰尼斯堡跟他說過話。」
「一個人過來問我你和雷斯上校的行蹤，我給了他錯誤的消息。」
「很好，很好，」尤斯塔爵士親切地說，「我只是猜猜而已。」
當奇切斯特——佩蒂格魯離開房間的時候，我正好注視到他，他臉色死白，好像受到極度驚嚇。
他一出去，尤斯塔爵士立刻從他的手肘處拿出對講機說：「史考特？注意敏克斯，沒有命令，他不得離開房子一步。」
他把話筒放下，蹙著額頭，輕敲著桌面。
「我可不可以問你一個問題，尤斯塔爵士？」我在沉默了一兩分鐘之後說。
「當然可以。安妮，你真是勇氣十足！你能對事情產生知識上的興趣，而大部分的女孩碰到這種情況都只會搓搓手吸吸氣。」
「為什麼你讓哈瑞做你的祕書，而不把他交給警察？」
「我需要那些可惡的鑽石。拿迪娜，那小魔鬼，玩弄你的哈瑞來對付我。她威脅我，除非我支付她提出的價錢，否則她要把它們賣給他。那是我犯下的另一個錯誤……我以為鑽石在她身邊。但是她太聰明了。她的丈夫卡頓也死了，鑽石藏在什麼地方，我一點線索都沒有。然後我想辦法弄到某人在奇夢登堡號上發給拿迪娜的電報影本……那不是卡頓就是哈瑞發的，我不知道是誰。那就是你撿到的字條的副本。『一七一二二』上面這樣寫著。我把它當作是跟雷伯恩的約會，而當他那麼絕望地想盡辦法登上奇夢登堡號時，我認為我猜對了。因此我假裝相信他的說辭讓他跟來。我嚴格地監視著他，希望能多知道一些。後來我發現敏克斯想單獨行事，阻礙了我。我很快阻止他。他聽從了我的命令。要得到十七號艙房是件麻煩事，而且令我擔憂的是，我不曉得你是何方神聖。你是像你表面上那樣天真無邪或者不是？當雷伯恩那天晚上準備出去赴約時，我叫敏克斯去攔截他。當然，敏克斯失誤了。」

「但是為什麼那張字條寫著『一七』而不是『七一』？」

「我後來想出來了。卡頓一定是寫在他自己的一張備忘紙上，然後拿給發報員，而不是直接寫在電報紙上，而且他也沒再把發出去的電報留底看一遍。那發報員犯了和我們一樣的錯誤，把它打成了一七 一 二二而不是一 七一 二二。我不了解的是敏克斯為什麼堅持要十七號房，那一定是完全出於直覺。」

「那麼給司曼將軍的文件呢？是誰搞了鬼？」

「親愛的安妮，你不會認為我就白白讓我的計畫給破壞掉吧？有了一個逃犯祕書，我毫不猶豫地用白紙代替了。沒有人會懷疑可憐的老佩德勒。」

「那雷斯上校呢？」

「對了，那令人厭惡的傢伙。當佩吉特告訴我他是一個情報人員時，我便感到背脊老是涼颼颼的。我記得戰時他曾在巴黎探查拿迪娜……而且我懷疑他是出來追查我的！我很不喜歡他緊盯著我的方式。他是那種袖裡自有乾坤的沉默大漢。」

一道鈴聲響起。尤斯塔爵士拿起話筒，聽了一兩分鐘後，回話說：「很好，我現在就見他。」

「在商言商，」他說，「安妮小姐，讓我帶你到你的房間去。」

他引我進入一間破舊的房間，一個土著小男孩帶上來我的衣箱。而尤斯塔爵士要我若需要什麼儘管講，隨即離去，一副盛情的主人模樣。洗手台上有一罐熱水，我開始取出一些必需品。衣箱裡有一樣不熟悉的堅硬東西在我的海綿袋子裡，令我大感困惑。我解開袋子往裡面看。

我大為驚喜地拿出了一把握把鑲著珠寶的左輪槍，當我從金伯利出發的時候，衣箱裡並沒有這樣東西。我小心翼翼地檢查它，發現它裝上了子彈。

我握住它，心裡有一種舒坦的感覺，在這樣的房子裡，這實在是樣很有用的東西。但是現代的衣著很不適合攜帶武器，最後我謹慎地把它藏在襪子上端。它使得我的襪子鼓起一大塊，而且每一分鐘我都擔心它會走火而射中我的腳，然而這似乎是唯一可以藏放的地方。

33

我被尤斯塔爵士召見是在那天傍晚。十一點的茶點和午餐都送到我房間，我覺得已做好準備，可以面對未來的難關。

尤斯塔爵士獨自一人在房間裡踱步。他眼中的一絲光亮和他不安定的神情，都沒逃過我的眼睛。他為了某事欣喜若狂，對我的態度也有了微妙的變化。

「我有個消息要告訴你。你的年輕人上路了，他幾分鐘後就到。克制一下你的情緒……我還有話要說。今天早晨，你想騙我……我警告過你要說實話，某種程度上，你是聽從了我的話，然後你又不乖了……你想要我相信鑽石在哈瑞．雷伯恩手上。當時我相信了你，因為這樣有利於完成我的計畫……引誘你寫信讓哈瑞．雷伯恩來這兒自投羅網。但是，親愛的安妮，自從我離開瀑布區之後，鑽石就一直在我手裡……儘管我是昨天才知道這個事實。」

「你知道！」我大喘了一口氣。

「也許你有興趣知道，是佩吉特揭穿這個把戲的。他一直用一個冗長又不知所云的故事來煩我……這故事和一卷底片、一項賭注有關。不久我就推論出來……布萊爾夫人對雷斯上校不太信任，她坐立難安之餘，請我幫她保管紀念品。在過度熱心之下，能幹的佩吉特把她的箱子也打開來了。在離開飯店之前，我把所有底片都裝入口袋中。它們現在就在我的口袋裡。我承認我沒來得及檢查，但我察覺到其中一卷的重量迥然不同，發出的聲音也不一樣，而且還用膠水黏住，必須用開罐器來打開它。事情似乎很明朗化，不是嗎？現在你們兩人都自投羅網了……真遺憾你不接受佩德勒夫人這個頭銜。」

我不答話，只是站在那兒看著他。

樓梯傳來了腳步聲，門突然開了，哈瑞．雷伯恩被兩個人推擠進來。尤斯塔爵士得意洋洋地看我一眼。

「按照計畫，」他輕聲說，「你們這些業餘的要和職業的決鬥。」

「這是什麼意思？」哈瑞粗聲叫道。

「意思是，蜘蛛對蒼蠅說，你們走進了我的地盤，」尤斯塔爵士詼諧地說，「親愛的雷伯恩，你的運氣實在很差。」

「安妮，你說我來這裡是安全的，怎麼……」

「親愛的朋友，別責怪她。那封信是我口授寫的，她也是不得已。當時她應該聰明點不要寫，但我那時候沒這麼跟她說。你照她的指示去了土產店，經由指點穿過屋後的祕密通道，結果卻發現自己落在敵人手中！」

哈瑞看著我。我明白他的眼色，便向尤斯塔爵士靠近。

「是的，」尤斯塔喃喃說道，「你真的很倒楣！這是……讓我想一想，這是我們第三次見面。」

「你說對了，」哈瑞說，「這是第三次。前兩次你把我害慘了……你沒聽說過，第三次運氣會轉變嗎？這次我贏定了……瞄準他，安妮。」

我早就準備好了，快如閃電地從襪子裡掏出手槍對準他的頭。看住哈瑞的那兩個人直撲過來，但哈瑞的聲音制止了他們。

「再走一步……他就死定了！如果他們敢再靠近，安妮，別猶豫，你就開槍。」

「我不會猶豫，」我興高采烈地說，「我還擔心自己現在忍不住就扣下扳機呢。」

我想尤斯塔爵士和我一樣害怕，他一直在發抖。

「停在那兒別動。」他命令道，那兩個人乖乖地站住。

「叫他們出去。」哈瑞說。

尤斯塔爵士下了命令。那兩個人聽話地出去了，哈瑞將門關上，上了門閂。

「現在我們可以好好談談了。」他冷酷地說，同時走過來把我手中的槍拿過去。

尤斯塔爵士鬆了口氣，用手帕擦著前額。

「我真是嚇壞了，」他說，「我想我的心臟一定很衰弱。很高興槍握在行家手中。我不信任安妮小姐。好吧，年輕的朋友，正如你所說的，我們現在可以好好談談。我承認，你的確占了上風。我不知道那把槍是從哪兒冒出來的。她來的時候，我搜過她的袋子。你是從哪兒弄來的？剛才你手上沒有手槍吧？」

「有的，」我回答說，「就在我的襪子裡。」

「看來我對女人不夠了解。我應該更深入研究她們。」尤斯塔爵士滿面愁容地說，「我懷疑佩吉特能否明白這個道理。」

哈瑞敲著桌子。

「別裝傻了。要不是看在你滿頭白髮的份上，我老早就把你丟出窗外。你這惡棍！管你年紀大不大，我……」

他上前一兩步，尤斯塔爵士機靈地鑽到桌子後面。

「年輕人總是這麼莽撞，」他責備地說，「不動腦子，只用蠻力。讓我們冷靜一點吧。你暫時是占了上風，但局勢維持不了多久。這屋子裡外全是我的人。比人數你們是沒希望了。你現在占上風只是一場意外……」

「是嗎？」

哈瑞逗弄的語氣，似乎引起了尤斯塔爵士的注意。爵士盯著他。

「是嗎？」哈瑞又說，「坐下，尤斯塔爵士，好好聽我說。」他繼續用槍指著他說，「這次你的運氣不好。先聽聽那聲音吧！」

樓下屋裡傳來沉重的撞門聲。接著是叫喊聲、咒罵聲，然後是一連串槍聲。尤斯塔爵士臉色發白。

「怎麼回事？」

「雷斯和他的人來了。你沒想到吧，尤斯塔爵士，安妮和我安排了一套辨別電報真偽的方法。電報署名是『安迪』，信上通篇都有『和』這個字貫穿。安妮知道那封電報是假的。她自願投入你的羅網，希望讓你掉入自己設下的陷阱。在離開金伯利之前，她打了電報給我和雷斯。布萊爾夫人也一直和我們保持聯繫。我收到依你指示所寫的信，其實這是我預料之中的事。我已和雷斯討論過，知道那家土產店有條祕密通道，而且他也發現了出口位置。」

一陣呼嘯的撕裂聲傳來，接著是沉重的爆炸聲震撼了整棟屋子。

「他們在炮轟這地區。安妮，我必須帶你走。」

一道強光升起之後，對面的屋子著火了。

尤斯塔爵士起身來回踱步。哈瑞繼續用槍對著他。

「你知道，尤斯塔爵士，遊戲結束了。是你自己盛情邀請我們進入你的巢穴。雷斯的人正看守著祕密通道的出口。儘管你設下重重防備，但他們還是成功地跟我來到這裡了。」

尤斯塔爵士忽然轉身。

「很聰明，很值得稱許。但我仍有一句話要說。我要是輸了，那你也一樣。你永遠證明不了謀殺拿迪娜的人是我。你唯一能指控我的證據，就是那天我人在馬洛。甚至沒人能證明我認識那個女人。但你認識，並有殺她的動機……你的身家背景對你不利。你是個賊，記住，一個竊賊。有件事你還不知道，寶石在我手裡，現在這些東西……」

他迅速彎腰，把什麼東西一甩往窗外一丟，落在對面一堆破銅爛鐵裡時發出了玻璃碎裂的聲音。

「在金伯利事件中，唯一能證明你清白的東西沒了。現在我們來談談吧。我和你談個條件，你已把我逼入絕境。雷斯會在這屋內找到他要的所有資料。如果我能逃掉，我就還有機會。如果我留下來，那我就完了。而年輕人，你也無法幸免！隔壁房裡有個天窗，只要讓我先走一兩分鐘，我就得救了。我已做了一兩個小小的安排，你讓我從那裡出去，給我點時間，我就給你一份自白書，承認是我殺了拿迪娜。」

「好，哈瑞，」我叫道，「答應他！」

他嚴峻地看著我。

「不，安妮，絕對不行，你不知道自己在說什麼。」

「我知道，這樣就能解決所有問題。」

「若是這麼做，我就永遠無法面對雷斯了。我要冒一次險，如果我讓這老狐狸逃走，那我就不是人。安妮，這不行，我不能這麼做。」

尤斯塔爵士低聲輕笑，他泰然自若地接受了失敗。

「好，」他說，「安妮，你似乎遇上剋星了。但我勸告你們兩個，正直的人並不總能得到好的回報。」

外面傳來木頭的破裂聲，然後是上樓梯的腳步聲。哈瑞打開門，雷斯上校第一個走了進來。他看見我們之後，臉上露出光彩。

「你已安然無恙了，安妮。我怕……」他轉向尤斯塔爵士。「我追查了你好久，佩德勒，我終於逮著你了。」

「每個人好像都瘋了，」尤斯塔爵士故作鎮定地說，「這些年輕人用槍威脅我，還指控我一些驚人的罪名。我不知道這到底是怎麼回事。」

「是嗎？意思是說我找到了真正的『上校』。也就是說，一月八號你並不在坎城，而是在馬洛。換言之，你知道你的工具拿迪娜夫人反叛你，所以你計畫幹掉她……我們終於可以將你繩之以法。」

「是嗎？你從哪兒得來這些有趣的消息？從那位仍被警方追捕的人那兒？他的證詞很有價值吧。」

「我們還有別的證據。還有其他人知道拿迪娜是要去米爾莊見你。」

尤斯塔爵士很驚訝。雷斯上校擺擺手。亞瑟．敏克斯——也就是愛德華．奇切斯特牧師，又曾化名為佩蒂格魯小姐——走了進來。他臉色蒼白而緊張，但言詞很清楚。

「在拿迪娜來英國的前一天晚上，我在巴黎見了她。那時候我扮成俄國伯爵。她告訴我她的目的。我警告她，因為我知道她在和什麼樣的人對抗，但她不聽勸。當時她桌上有份電報，我看了。後來我想，我自己可以試試看能否找到鑽石。在約翰尼斯堡的時候，雷伯恩先生和我長談了一番，他勸我加入他那邊。」

尤斯塔爵士看著他，沒說什麼，但敏克斯一副退縮的模樣。

「老鼠總要逃離正在下沉的船，」尤斯塔爵士說，「我不在乎老鼠。遲早我會消滅牠們的。」

「我有一事相告，尤斯塔爵士，」我說，「你扔出去的那盒底片裡沒有鑽石，只有普通的鵝卵石。鑽石放在一個安全的地方。事實上，鑽石正在大木雕長頸鹿的肚子裡。蘇珊娜把它掏空，用棉花包上鑽石，使它們不會發出響聲，放進去後再用塞子堵住缺口。」

尤斯塔爵士看了我一會兒。他的回答頗為性格。

「我老看那隻長頸鹿不順眼，」他說，「一定是出自我的直覺。」

34

我們那晚不能回約翰尼斯堡，炮聲不斷響起。我想我們或多或少被隔離了，因為暴徒已占據了部分郊區。我們藏身的所在，是離約翰尼斯堡約二十英里外的草原上的一座農莊。我疲憊地打瞌睡。兩天來的興奮和激動使我癱軟如泥。

我不敢置信地不斷自言自語，我們的麻煩真的已經結束。哈瑞和我在一起，永遠不會分離。然而我又感覺到我們之間存有某種隔閡……他的抑鬱寡歡，原因是什麼我不得而知。

尤斯塔爵士被一名強壯的衛兵押往相反方向。他故作姿態，臨走時和我們揮手告別。

第二天早晨，我一大早就起床來到門廊，從草原上向約翰尼斯堡方向望去。我能看到大堆軍火在清晨微弱的陽光下閃爍，聽到低沉的噠噠槍聲。革命尚未結束。

農夫的妻子出來招呼我進去吃早飯。她是個慈母般的婦人，我已經喜歡上她了。哈瑞天剛破曉時就出去了，至今未歸，所以她來叫我。一種不安的感覺傳遍我全身。我們倆之間所存在的陰影究竟是什麼？

吃完早飯，我坐在門廊裡，手中拿著一本書，但是沒有翻讀。我正在沉思，沒看到雷斯上校騎著馬過來，直到他說「早安，安妮」，我才意識到他的存在。

「哦，」我紅著臉說，「是你。」

「是的，我可以坐下嗎？」

他拉了張椅子坐在我身邊。這是自從馬托波斯那天之後我們倆首度又單獨在一起。像往常一樣，我有一種魅力與害怕相交織的奇特情感，他總能令我有這種感覺。

「有什麼消息？」我問道。

「司曼明天要來約翰尼斯堡。我想這場暴動再持續三天就收場了。在此期間，戰鬥仍會繼續。」

「我希望，」我說，「他們確實殺對了人。我是說那些想打仗的人……而不僅是那些碰巧住在戰場附近的人。」

他點了點頭。

「安妮，我明白你的意思。這就是戰爭不公平的地方。但我還有其他消息要告訴你。」

「什麼消息？」

「我承認那是我的疏忽。佩德勒逃掉了。」

「什麼？」

「是的，沒人知道他怎麼逃掉的。昨天晚上，他還被捆綁得很緊……鎖在軍隊看管的一座農莊頂樓，但今天早晨那裡空無一人。煮熟的鴨子飛了。」

我心中暗自高興。直到現在，我個人仍不禁對尤斯塔爵士存有一種好感。我知道這很不應該，不過事實就是如此。我欽慕他，也知道他是個十足的壞蛋，但他令人感到愉快。我從未遇過有他一半好玩的人。

當然，我掩飾了自己的感受。雷斯上校自然會有截然不同的感覺。他想讓尤斯塔爵士繩之以法。細想起來，他的逃脫並不使人驚訝。在約翰尼斯堡附近，他一定有無數的手下和爪牙。不管雷斯怎麼想，我非常懷疑他們真能捉到他。他可能有一套縝密的逃脫計畫，事實上他也曾對我們透露了一些。

我適度地反應了幾句，雖然有一搭沒一搭，結果談話也逐漸冷淡下去。這時雷斯上校忽然問起哈瑞。我告訴他哈瑞一大早就出去了，今天早晨我一直沒見到他。

「你知道，安妮，除了形式上的手續外，他已完全洗清罪名了。當然，還有些專業的細節問題要處理，但尤斯塔爵士的罪狀已經十分確定，沒什麼能阻礙你們了。」

他以緩慢而顫抖的聲音說，沒正眼看我。

「我知道。」我感激地說。

「而且他可以立即恢復自己的本名。」

「那當然。」

「你知道他的本名嗎？」

這問題令我吃驚。

「當然知道，哈瑞・盧卡斯。」

他沒回話，他的沉默使我覺得很怪。

「安妮，你記得從馬托波斯開車回來的那天，我告訴你我知道該怎麼做嗎？」

「當然記得。」

「我想我也許可以安心地說，我已經做了。你所愛的人已清白無罪。」

「你當時是這個意思嗎？」

「當然。」

我低垂著頭，想起曾對他毫無根據的產生懷疑而深感羞愧。他若有所思地繼續說：「當我還年輕時，我愛上一個女孩，但她把我遺棄了。從此以後我一心工作，事業對我來說就是一切。然後我遇上了你，安妮……剎那間，一切又變得毫無價值。但年輕人與年輕人相互愛戀……而我仍有工作要做。」

我沉默了。一個人不能同時愛著兩個男人……但你可以想像這種感覺。這個人的吸引力很大。我突然抬頭看他。

「我想你會很成功，」我作夢似地說，「我覺得你前途無量。你會成為世界級的偉人。」

我覺得自己好像在說一個預言。

「雖然我會很孤單。」
「所有成大事的人都這樣。」
「你是這麼認為？」
「我很肯定。」
他握著我的手，低聲說：「我寧願擁有……另一樣東西。」
這時哈瑞大踏步轉過房子的角落。雷斯上校起身。
「早安，盧卡斯。」他說。
不知什麼原因，哈瑞居然滿臉通紅。
「對了，」我高興地說，「你必須恢復本名了。」
但哈瑞仍盯著雷斯上校。
「那麼你是知道了，先生。」他終於說。
「我從不會忘記任何一張臉孔。你還是個孩子時，我見過你一次。」
「這是怎麼回事？」
我看看這個人，再看看那個人，我被搞糊塗了。
他們兩人似乎在進行意志的較量。雷斯勝了，哈瑞略微避開眼神。
「我想你是對的，先生。告訴她我的本名吧。」
「安妮，他不是哈瑞·盧卡斯。哈瑞·盧卡斯戰死了。他是約翰·哈羅德·厄士利。」

35

說完了這些話，雷斯上校很快就離開了我們。我站在那兒目送他遠去。哈瑞的聲音把我喚回現實中。

「安妮，原諒我，快說，你原諒了我。」

他握住我的手，我幾乎機械式地把手抽回。

「你為何要騙我？」

「我不知道能否讓你明白。我怕那種事……財富的力量和誘惑。我要你愛的是我本人，我這個人，毫無任何裝飾、赤裸裸的我。」

「你不信任我？」

「你可以那麼說，但那不是真的。我變得痛苦、多疑——總會去尋找別人隱晦不明的動機——而你那樣地關心我，實在是太美好了。」

「我明白了。」我慢慢地說，並回憶著他告訴我的故事。我第一次意識到當時未察覺的一些矛盾……金錢數字的確認、買回拿迪娜鑽石的能力，以及他寧可從旁觀者角度來談及那兩個年輕人。當他說「我的朋友」時，他指的不是厄士利，而是盧卡斯。深愛拿迪娜的人，是那個沉靜的盧卡斯。

「這是怎麼回事？」我問道。

「我們都很衝動，一心想要尋死。一天晚上我們互換了身分證……為了帶來運氣！盧卡斯第二天便陣亡了，被炸成碎片。」

我全身顫抖。

「你為何今天早上不告訴我？到了這個時候，你總不會懷疑我對你的感情吧？」

「安妮，我不想把事情弄糟。我想帶你回島上去。錢有什麼好的？錢買不來幸福。我們在島上一直很開心。我告訴你，我懼怕另一種生活……那種生活曾一度毀過我。」

「尤斯塔爵士知道你的真實身分嗎？」

「知道。」

「卡頓呢？」

「不知道。有天晚上在金伯利，他看到我們倆和拿迪娜在一起，但他搞不清楚誰是誰，便信了我的話，當我是盧卡斯。拿迪娜也被他的電報給騙了。她從沒怕過盧卡斯，因為盧卡斯是個沉靜的傢伙。而我卻脾氣暴躁。如果她知道我還活著，一定早就嚇死了。」

「哈瑞，如果雷斯上校沒告訴我，你準備怎麼辦？」

「什麼也不說。繼續當盧卡斯。」

「那你父親的那幾百萬英鎊遺產呢？」

「歡迎雷斯使用。總之，他比我更會利用那筆錢。安妮，你在想什麼？你在皺眉頭。」

「我在想，」我緩慢地說，「我真希望雷斯上校沒逼你告訴我實情。」

「不，他是對的。我應該告訴你事實真相。」

他停了下來，之後忽然說：「你知道，安妮，我嫉妒雷斯。他也愛你……而且他比我有本事，我將來也趕不上他。」

我大笑著轉向他。

「哈瑞，你這白癡。我要的是你，而且這才是最重要的。」

我們盡快動身去了開普敦。蘇珊娜在那兒等我，我們一起將那隻大長頸鹿剖腹取出鑽石。當革命平息後，雷斯上校來到開普敦。在他的提議下，梅曾貝赫那棟屬於勞倫斯・厄士利爵士的大別墅重新開放，我們大家都住到那裡去。

在那兒，我們制定了計畫。我和蘇珊娜一起回英國，在她倫敦的住所等待出嫁。嫁妝則去巴黎購置！蘇珊娜喜歡計畫所有細節。我也一樣。但前景似乎很虛幻不真實，而且不知為什麼，有時候我會有一種喘不上氣來的窒息感。

在我們上船的前一天晚上，我無法入睡。我很難受，但不知是為了什麼。我不願離開非洲。當我再回來時，情形還會一樣嗎？可不可能景物依舊？

後來，我聽見百葉窗上有敲擊聲，於是驚跳起來。哈瑞站在外面走廊上。

「穿上衣服，出來吧，安妮。我有話要跟你說。」

我匆忙穿上幾件衣服，走進外面冷颼颼的晚風中。夜色寂靜而美麗，給人一種恍若法蘭絨的感覺。哈瑞把我引到屋子裡外人聽不見我們談話的地方。他的臉色蒼白，態度堅定，眼睛閃著光。

「安妮，你還記得你曾對我說過，女人會為了她們喜歡的男人而做她們不喜歡的事？」

「記得。」我說，猜想著接下來會是什麼。

他一把摟住我。

「安妮，和我一起走……現在，就今晚。返回羅德西亞島上去。我忍受不了這種庸俗無聊的生活，我不能再等下去了。」

我鬆了一口氣。

「那我的法式禮服怎麼辦？」我開玩笑地惋惜道。

直至今日，哈瑞還弄不清楚我何時是真心，何時是在嘲弄。

「去你的法式禮服。你認為我會願意讓你穿上禮服嗎？我不把它撕碎才怪。我不讓你走，聽見了嗎？你是我的女人。如果讓你走掉，我可能會失去你。我一直對你沒有把握。你現在就跟我走……去他的每一個人。」

他摟住我狂吻，直至我喘不過氣來。

「我再也離不開你了，安妮，這是真的。我恨透了這些錢。全部都給雷斯吧，快。我們走。」

「我的牙刷呢？」我猶豫道。

「你可以再買一把，我知道我是個瘋子，但看在上帝的份上，來吧！」

他憤然高視闊步而行，我溫順地像在瀑布區見過的那個婦人一樣跟在後面，只是我頭上沒頂著平底鍋。他走得太快，我無法跟上。

「哈瑞，」我終於用溫柔的聲音說，「我們要一直走到羅德西亞去嗎？」

他忽然轉過身，大笑著摟住我。

「我真的瘋了，親愛的，我知道，但是我真的很愛你。」

「我們倆都瘋了。哈瑞，但是你從未問過我，而且我也不是在做犧牲！我想要和你一起走！」

36

那是兩年前的事了。現在我們仍住在小島上。擺在我面前那個粗糙木桌上的，是蘇珊娜寫給我的信。

親愛的林中寶貝——親愛的癡戀瘋子：

我一點也不驚訝。我們一直談及巴黎和法國禮服，但我總覺得那一點也不真實……我預感你們總有一天會突然失蹤，以古老而美好的吉普賽方式舉行婚禮。但你們倆是一對瘋子！你們拒絕接受一大筆財富，這太荒唐了。雷斯上校想要拒絕，但我勸他以後再說。讓他管理哈瑞的財產再適合不過了。因為，蜜月終究不會持久下去……你不在這兒，安妮，所以我可以安全地說這些話，你不會像野貓那樣朝我撲來……荒野中的愛情持續一段時間後，總有一天你會忽然開始夢想公園巷的一棟房子、豪華的皮毛、巴黎的禮服以及大型汽車、最新的嬰兒車、法國女傭和北國的保母！哦，你會的！

不過，度你的蜜月去吧，親愛的瘋子，度個長長久久的蜜月吧。有時間就想想我，想想我這個過著好日子而日漸發福的人吧！

愛你的朋友　蘇珊娜．布萊爾上

附筆：送你一套鍋子當結婚禮物，還有一罐鵝肝醬，好讓你們記得我。

還有另外一封信，我偶爾會拿出來看。那封信比蘇珊娜的信晚了很久才收到，還伴隨著一個大包裹。好像是從玻利維亞某地寫來的。

我親愛的安妮．貝丁費：

我忍不住提筆寫信給你，寫此信對我而言，其興趣不如你收到的大。我們的朋友雷斯並沒有他自認的那麼聰明，不是嗎？

我想我該委任你做我的文稿主筆，我把日記寄給你。裡面沒什麼雷斯和其爪牙感興趣的材料。但我想，裡面有些段落你可能會感興趣。隨你的意願去使用它吧。我建議你替《每日家計》寫篇文章：〈我所遇到的罪犯〉。我只有一個條件，亦即我必須是主角。

此時，我想你已不再是安妮．貝丁費，而是厄士利夫人，在公園巷當個貴夫人。我應當說，我對你沒有任何惡意。當然了，在我這把年紀要從頭開始是很辛苦的，不過請保守祕密，為了這種突發狀況，我小心存了一小筆應急儲備金，現在就變得很管用，而且我開始有些顧客了。對了，如果你遇到你那可笑的朋友敏克斯，告訴他我沒忘記他，好嗎？那樣會使他大為震驚。

大致說來，我想我已表現了最具基督徒的體諒精神，甚至對佩吉特也是如此。我剛好聽說他……應該說是佩吉特夫人，前幾天又生下了第六個孩子。英國很快就會被佩吉特一家人搞得人口膨脹。我送給那孩子一只銀杯，而且在明信片上說我願意當他的教父。我可以想見佩吉特會帶著杯子和明信片，面無笑容地跑到蘇格蘭警場！

祝福你，清澈如水的眼睛。有一天你會明白，沒和我結婚是個大失策。

你永遠的尤斯塔·佩德勒上

哈瑞暴跳如雷。這是他和我觀點不一之處。對他來說，尤斯塔爵士是想謀害我並且該對他朋友的死負責的人。尤斯塔爵士對我的企圖始終令我費解。姑且說是「不可解」吧，因為我確定他對我抱有真摯的好感。

那麼，為何他兩度企圖置我於死地呢？哈瑞說「因為他是個惡棍」，而且好像認為這就是答案。蘇珊娜較有辨別能力。我和她從頭談過，她說那是一種「恐懼情結」。她的說法有點像是心理分析。他說尤斯塔爵士一生都受安全、舒適的欲望驅使。他有很強的自我保護意識。殺死拿迪娜解除了某些壓抑感。他的行為並不代表他對我的感情，而是害怕自身安全受到威脅的結果。我想蘇珊娜是對的。至於拿迪娜，她那種女人死有餘辜。男人可以為了致富而做出違背常理的事，但女人若非發自真心，就不該假裝墜入情網。我可以輕易饒恕尤斯塔爵士，但我永遠不能原諒拿迪娜。永遠，永遠不能！

有一天，我打開罐頭時，發現了包罐頭的《每日家計》，並猛然看見了這幾個字：「褐衣男子」。那似乎是很久以前的事了！當然，我早就斷絕了和《每日家計》的聯繫。報社和我斷絕來往則晚得多。我的〈浪漫式的婚禮〉那篇文章受到大眾的熱烈回響。

我兒子躺在陽光下，踢著他的小腿。如果你願意，你可以說他也是「褐衣男子」。他穿得極少，幾乎一絲不掛，這是非洲最棒的服飾。他的身體和咖啡果實一樣是褐色的。他總在地上挖洞玩。我想，他遺傳到我父親的基因，將同樣熱中於更新世的泥土。

他出世時，蘇珊娜打來一封電報：

恭喜祝賀狂人島上降生了新生命，並致以我的愛意。他是長頭型還是短頭型？

我不能原諒蘇珊娜這麼說，於是給她一封既經濟實惠又切中要害的回電：

扁型頭！

藏在日常細節中的冒險

楊照（作家）

一開始，就都在那裡了。

一九二〇年，阿嘉莎．克莉絲蒂出版了《史岱爾莊謀殺案》，神探白羅就已經退休了。而且在這個案子裡，藉由敘述者海斯汀的轉述，就鋪陳出克莉絲蒂小說最基本的偵探原則：

「那些看來或許無關緊要的小細節……它們才是重要的關鍵，它們才是偉大的線索！」

「豐富的想像力就像洪水一樣，既能載舟亦能覆舟，而且，最簡單直接的解釋，往往就是最可能的答案。」

「沒有任何謀殺行為是沒有動機的。」

還有，一個不討人喜歡的死者，一群各有理由不喜歡死者、因而也就都有殺人動機的人，這些人彼此之間構成複雜的關係，有的互相仇視，有的互相愛戀，麻煩的是，有些愛人其實貌合神離，有些仇人其實私下愛慕；更麻煩的是，不論是愛或是仇，都有可能是扮演出來的。

一個外來的偵探必須周旋在這些嫌疑者之間，從他們口中獲取對於案情的了解，換句話說，他必須在很短的時間內，搞清楚誰是誰、誰跟誰吵架、誰跟誰偷情，然後判斷誰說的哪一句是實話、哪一句是謊言。常常謊言比實話對於破案更有幫助。

再偷偷透露一下，如果要和小說裡的凶手及小說背後的作者鬥智，就像克莉絲蒂對英國社會的了解，祕訣就在於要去追究小說裡的人物背景，尤其是他們的階級地位。基本上，階級地位愈高、權力愈大、愈有錢者，說的話就愈不要相信。例如在《史岱爾莊謀殺案》中，僕人、園丁說的話遠比有頭有臉的人說的要可信多了。就算要說謊，他們的謊言也比較天真，而且往往出於善良動機。當你歸納線索時，就會知道他們並非故意說謊，那是因為他們的認知受到蒙蔽或誤導，而你慢慢就從這蒙蔽或誤導中被引導到真相。

《史岱爾莊謀殺案》出版那年，克莉絲蒂三十歲，但書稿其實早在五年前就寫好了，畢竟要找到有人願意出版一個看來再平凡不過的家庭主婦寫的小說，並不是那麼容易。

所有和克莉絲蒂接觸過的人，都對於她的「正常」留下深刻印象。她看起來就和她那個年紀的典型英國家庭主婦一樣，害羞、靦腆，只能在社交場合勉強跟人聊些瑣事話題，完全無法演講，甚至連只是站起來對眾賓客說幾句客套話，請大家一起舉杯，她都做不到。她不演講，也很少答應接受採訪，就算採訪到她也很難從她口中得到有趣的內容。她會講的，幾乎都是記者本來就知道、或者自己就可以想得出來的。

例如說白羅這個神探的來歷。克莉絲蒂回答：他應該是個外國人，這樣就能在英國日常生活中看出英國人自己看不出的線索。她自己碰過的外國人，只有第一次大戰剛爆發時到英國避難的比利時人。比利時警察怎麼能跑到英國來？那一定是因為他已經退休了。他有潔癖，所以對於現場會有特殊的直覺，馬上感受到不對勁的地方。一個有潔癖的人，好像應該長得矮小些才相稱，一個矮小有潔癖的人最適當的名字，就是希臘神話裡的大力士「赫丘勒斯（Hercules）」，製造出荒唐的對比趣味。那白羅這個姓是怎麼來的呢？克莉絲蒂很誠實地說：「我不記得了。」

一切都如此順理成章，一切都如此合邏輯，不是嗎？有記者問她怎麼看自己的舞台劇〈捕鼠器〉，創下了英國劇場、甚至全世界劇場連演最多場紀錄的名劇？克莉絲蒂的回答也還是中規中矩，合理合節：那是一齣小戲，在一個小劇院演出，成本很低，任何人想到了都可以帶家人或朋友去看，老少咸宜，並不恐怖，也不特別荒謬打鬧，可是又什麼都有一點，包括恐怖和荒謬打鬧的成分。

她的身上找不出一點傳奇、怪誕色彩，那她為什麼能在五十年間持續寫偵探小說，創造了那麼多謀殺，還創造了那麼多詭計？

首先因為她是女性，以及她的身世，包括她的階級身分，使得她在描寫故事場景時比一般男性作者來得敏感。因為在她之前的偵探推理小說男性作家的階級身分都是高高在上，基本上他們會從較高的角度看社會，比較看不到底層的感受。

而她的婚變以及婚變中遭逢的痛苦，都使她更能體會與觀察，將英國社會的複雜細節融入小說的核心情節，讓探案與線索分析結合在一起。

克莉絲蒂一生結過兩次婚，第一次在一九一四年，婚後不久，丈夫就參加了歐戰，是英國皇家空軍最早一批飛行員。一九二六年，這個丈夫有了外遇，直率地向克莉絲蒂要求離婚，在那之前，克莉絲蒂的媽媽才剛過世，雙重打擊之下，又遇到車子無法發動，克莉絲蒂崩潰了，她棄車而走，忘記了自己究竟是誰，躲進一家鄉間旅館，登記時寫了她心裡唯一有印象的名字——她丈夫情婦的名字。

離婚後，一次在晚宴中，有人提起近東烏爾考古的最新收穫，克莉絲蒂就取消了原定要去西印度群島的計畫，改訂了跨越歐洲到君士坦丁堡的「東方快車」，是的，就是這趟旅程給了她寫《東方快車謀殺案》的靈感。不過更重要的是，在烏爾，她認識了一位年輕的考古學家，比她小十四歲，這個人後來成了她的第二任丈夫。

這位考古學家陪她去參觀在沙漠中的烏克海迪爾城，卻在沙漠中迷路困陷了。幾小時中克莉絲蒂卻沒有一點驚慌不安，當下考古學家就決定要向她求婚。

原來，克莉絲蒂的內心是有這種冒險成分的。要不然她不會兩次選到的，都是喜愛冒險的丈夫，而她本身大概也不會吸引一個在各種危險情境下挖掘古代寶藏的人，讓他願意向一個大他十四歲的女人求婚。

這樣說吧，維多利亞時代後期的英國環境，壓抑限制了克莉絲蒂冒險、追求傳奇的內在衝動，她只好將這樣的衝動寄託在丈夫和寫作上。她一邊陪著第二任丈夫在近東漫走，一邊在小說中寫各式各樣的謀殺與探案。謀殺和探案都是冒險，還有，偵探偵查中做的事——蒐集線索，還原命案過程——其實和考古學家的考掘，如此相似！

克莉絲蒂寫得最好的，正是「藏在日常中的冒險」。她個性中的雙面成分，造就了特殊的偵探魅力。既嚮往非常傳奇，卻又有根深柢固的日常邏輯信念，兩者都在克莉絲蒂的小說中扮演了重要角色。她的謀殺案幾乎都和日常習慣緊密編織在一起，日常環境成了凶手最重要的掩護。有些日常規律明顯地被破壞了，讓我們很自然以為那會是謀殺的線索，沿著這些線索形成了閱讀中的推理猜測，然而白羅早就提醒了，真正重要的反而是那些「細節」，也就是看來像是依隨日常邏輯進行的事，或說藏在日常邏輯中因而不被看重的事，那裡要嘛藏著凶手的核心詭計、煙幕，要嘛藏著凶手致命的破綻。

凶案的構想，就是如何讓異常蓋上日常、正常的面貌，又如何故意將日常、正常予以扭曲，製造假象；那麼偵探要做的，就是如何準確地在日常中分辨出真正的異常，將假的、明顯的異常撥開來，找出細節堆疊起來的異常真相。

此外，克莉絲蒂的小說裡隱藏著極其曖昧的情感價值觀，最典型、最有名的就是《東方快車謀殺案》。透過追查過程，讓讀者知道為什麼凶手要訴諸於這種手段，其動機具有可同情之處，再加上克莉絲蒂對身分階級的觀察，她比較相信或讓讀者相信那些沒有權力、地位的人，隨著偵查節奏去認識可能或必須懷疑的人。克莉絲蒂最擅長營造「多重嫌疑犯」的小說特質，因為讀者在閱讀時必須被迫去認識很多不一樣的人。在她最受歡迎的作品，大概都具備這樣的特質。

當然，她的作品中還有兩個最突出的神探，即白羅和瑪波。白羅是比利時人，但為什麼必須是外國人？這是因為英國人具有高度階級意識，這種觀念一路滲透到所有互動細節，包括人與人之間如何說話。而白羅因為不是英國人，他會發現一般英國人不太看得出來的東西，以及兩個人互動的方法哪裡不正常。至於瑪波為什麼得是老太太？她一如那個年代的老人家，總是靜靜坐著打毛線，因為不起眼，自然讓人放鬆防備，所以瑪波探案的線索都是來自於這樣的互動模式。

然而，白羅有很明顯的優勢，瑪波的身分使她基本上只能進行「靜態」的辦案，案子的空間受到侷限，白羅卻可以跨越各種空間，恣意揮灑。而且白羅擁有警官身分，可以合理出現在各種犯罪現場，瑪波能出現的地方，相形之下就勉強、不自然多了。白羅是明白的outsider，在英國，只要他出現，就會覺得有外人在而感到緊張，於是很容易露出平常不會表現的行為；瑪波則看起來是 insider，但實質上是 outsider，因為總是沒人發現她、當她空氣人。這兩人的探案，是兩個極端。雖然讀者最愛白羅，但克莉絲蒂自己偏愛瑪波勝於白羅。

不管後來的偵探、推理小說發展了多少巧妙詭計，克莉絲蒂卻不會過時，因為她的推理如此密切地和日常纏繞在一起；活在日常中，我們就無可避免被克莉絲蒂的「日常細節推理」吸引，隨時讀來都充滿驚奇趣味。

名家盛讚克莉絲蒂（依推薦時間排序）

金庸（作家）

克莉絲蒂的寫作功力一流，內容寫實，邏輯性順暢，也很會運用語言的趣味。閱讀她的小說，在謎底沒有揭露之前，我會與作者鬥智，這種過程非常令人享受。其作品的高明之處在於：布局的巧妙完全意想不到，而謎底揭穿時又十分合理，讓人不得不信服。

詹宏志（作家、PChome 網路家庭董事長）

推理小說在從先輩柯南．道爾等人的發明中出現力量時，誕生了一位《天方夜譚》故事中每天說故事說個不停的王妃薛斐拉．柴德，也就是「謀殺天后」克莉絲蒂，整個世界對聽這些故事才有如此的熱情。他們捨不得睡覺，每天問後來還有嗎、還有嗎，永遠不肯離去，這就是克莉絲蒂對推理小說的最大貢獻。

可樂王（藝術家）

所謂「克莉絲蒂式」的推理小說，就是一場和一個天才的寫作者或高明的恐怖份子在紙上捕掠捉殺的戰事。即便是一列火車、一處飯店或一間酒吧，在克莉絲蒂寫來皆充滿神祕和猜謎。在人生適合的下午裡，我總是一面嚼著口香糖，一面跟著矮子偵探白羅穿梭謀殺現場，克莉絲蒂的推理作品無疑是推理世界中最充滿「魔術性」的小說。

吳若權（作家、節目主持人）

我從小就對推理小說情有獨鍾，克莉絲蒂一系列的作品尤其令我愛不釋手。多年來，閱讀推理小說的經驗讓我覺悟：讀者在文字情節中推展開來的驚嘆，不只是因緣於故事的本身，而是自我性格的投射。從這個觀點來看克莉絲蒂一系列的作品，她簡直就是洞徹人性的算命師。而讀者，在她的文字中，發現了自己無可奉告的命運。

藍祖蔚（國家電影及視聽文化中心董事長）

做過藥劑師，難免懂得毒藥；嫁給考古學家，難免也就嫻熟文明的神祕；再加上曾經失蹤九天，一切不復記憶的離奇經驗，的確提供了寫作靈感，但若少了想像力，那些片羽靈光縱使辛辣如辣椒，卻不足以成菜。

推理小說重布局、重人物描寫，克莉絲蒂最厲害的卻是犀利的人性觀察，她一手創造的白羅探長，潔癖個性完全和她相反，更將她所憎厭的人格特質集於一身，殊不知，唯有不對著鏡子寫作，才能夠跳出框架與制式反應，開闢無限寬廣的新世界，建構多面向的詭異迷宮。

看完她的小說，你只會更加訝異，到底是什麼樣的心靈才能成就這般視野？

李家同（作家、前暨南大學校長）

克莉絲蒂的整體布局十分細膩，最後案情也都講解得非常詳細，回頭去看，在書中都找得到線索。故事的情節與內容也很好看，不是像一個流氓在街上被殺掉那麼單調。……看小說應該要花腦筋、要思考，從小就要養成思辨的能力，看她的小說，就是對邏輯思考能力極佳的訓練。

袁瓊瓊（作家）

雖然被公認是冷靜理性的謀殺天后，但是在理性之下，克莉絲蒂的底色依舊是感情。克莉絲蒂很明白，所有的慾望之後，都無非是某種愛情。在以性命相搏的犯罪世界裡，凶手以終結他人的性命來遂私欲，不過是為了成全自己的愛，或者是成全自己的恨。

鄧惠文（精神科醫師）

以推理小說作家而言，克莉絲蒂的風格相當獨樹一格。她的偵探在辦案時，靠的不光是科學證據的搜集，而是大量運用犯罪心理學，及對人性的深刻了解。例如在《五隻小豬之歌》中，白羅便是藉由聽取嫌疑犯訴說案情時所不自覺顯露的主觀意識及中心思想，而看出其中破綻，找出真凶。白羅是靠腦袋辦案，以心理層面去剖析案情，即使人們敘述的是同一件事，他可以聽出不同角色因出發點及看待角度不同所透露的情緒觀感，從而抽絲剝繭，還原事實真相。

克莉絲蒂所塑造的人物也生動且各具特色，不同個性所出現的情緒反應描寫，皆細膩而準確，讓讀者產生豐富的想像空間，一展卷便欲罷而不能。

吳曉樂（作家）

克莉絲蒂使用的語言平易近人，主要是以角色與情節的對應來斧鑿出故事的深度，堆疊出讓讀者回味的迂迴空間。而她筆下的角色往往性別、階級、性格、族群各異，塑造出多元又豐富的人物群像。

文學作品不問類型，若要流傳於世，最終仍得上溯至「人性」的理解與反思。而阿嘉莎．克莉絲蒂的作品中，我們可以看到人類屢屢得和自己的人生討價還價，或千方百計讓主觀意識與客觀條件達成某種程度的整合，讀者在重建人物的心理軌跡時，也見識到自身的是非成敗，我認為，這也是克莉絲蒂的作品能夠璀璨經年、暢銷不衰的主因。

許皓宜（心理學作家）

克莉絲蒂筆下的故事看似在談人性的醜惡，實則像一位披著小說家靈魂的心靈引導者，用她的文字訴說著人們得不到「愛」時的痛苦。於是在故事終了的剎那，你不得不對人生多了幾分「看透感」：原來，我們心裡的那些痛苦、報復與自我折磨的慾望，不是因為「憤恨」，而是起於對「愛的失落」。這或許是我們在情感世界中最珍貴且深刻的一種覺察了。

推理小說荒謬驚悚嗎？不，它其實很寫實。它幫我們說出心裡的苦、怨、醜陋的慾望，於是，我們可以重新學習愛了。

一頁華爾滋 Kristin（影評人）

從有記憶以來，閱讀克莉絲蒂最迷人之處往往不在真正的凶手是誰，而是在於「Why」（為什麼）與「How」（如何進行），在於人性與心理描摹的故事肌理。依循其書寫脈絡，會發覺不只是邏輯清晰、布局縝密、著重細節，她總能完美掌握敘事節奏，書中人物彷彿真實存在般鮮明躍然紙上，讀者情緒會隨精準文字保持流轉、跳動、收放，掩卷時並無太多真相水落石出的暢快，反倒淡淡的惆悵化為餘韻襲上心頭，原來還是種種意料之外，卻屬情理之中的人性盲目使然。私以為，那成就了克莉絲蒂的推理故事之所以無比迷人的主因之一。

冬陽（推理評論人）

雖然阿嘉莎・克莉絲蒂的作品並非我的推理閱讀啟蒙，卻是養成閱讀不輟的重要推手。首先，她無庸置疑是個說故事能手，打開我名為好奇的開關；其次是設計犯罪事件的巧妙多元，既日常又異常，凶手更是叫人意想不到。沒錯，我相信每個當讀者的都忍不住想破案，想早偵探一步識破詭計，或者像考試結束鈴響前一秒，瞎猜都要指著某個角色大喊「你就是犯人」！然後會忍不住作弊——不是翻到最後幾頁窺探真凶身分，而是往前翻查讓人起疑的段落、偵探顯然掌握重要線索的時刻，直到忍不住豎白旗投降，看神探（我知道啦，真正把我耍得團團轉的聰明人是作者）頭頭是道地分析我遺漏錯置的片片拼圖，終於看清真相全貌。這，就是偵探推理，我因此熟悉遊戲規則、沉醉在每一場迷人故事裡，成為這個類型書寫的俘虜，享受至今不疲的美好滋味。

石芳瑜（作家、永樂座書店店主）

布局細膩、處處留下線索，破案解說詳細，說明了這位安靜、害羞的推理小說女王心思縝密，且充滿想像力。密室殺人，完美犯罪，《東方快車謀殺案》不愧為古典推理小說的經典。再加上神祕的東方色彩，隨著火車抵達的迫切時間感，連非推理小說迷都會神經拉緊，讀完大呼過癮。

家庭主婦缺少人生經驗？處女座的阿嘉莎．克莉絲蒂充分展現她過人的寫作天分，靠得是從小開始的閱讀，以及對偵探小說的著迷。三十歲寫下第一本偵探小說《史岱爾莊謀殺案》的克莉絲蒂，在那個時代並不能說是「早慧」，但寫作生涯五十五年中，共創作了八十部偵探小說，卻令人難以企及。這位害羞靦腆的小說女神，大概是相信只要有足夠的理由，每個人都有殺人的可能！

余小芳（暨南大學推理研究社指導老師、台灣推理作家協會常務理事）

學生時代加入推理社團，社課指定讀物便是經典作品《一個都不留》，成為我對克莉絲蒂的初步印象，自此沉浸於推理小說的世界。隔年寒假陪同學參與轉學考，在斜風細雨的走廊中，滿足讀完《東方快車謀殺案》。隨著歲月遠走，已昇華成趣味回憶。

踏入推理文學領域需要認識的作家，阿嘉莎．克莉絲蒂絕對名列其中，她的作品常有英國小鎮風光、莊園式的謀殺、設備豪華的交通工具等，還有特色鮮明的偵探活躍其中。書中少有血腥、暴力的橋段，布局巧妙且結構嚴密，手法純粹、知性，故事內容與人物性格融為一體，以高超的想像力結合說好故事的能耐，為推理小說開創新局面。克莉絲蒂推理全集重編改版，值得新舊讀者一起探索。

林怡辰（國小教師、教育部閱讀推手）

多年後，還是難忘第一次閱讀阿嘉莎．克莉絲蒂作品的感動和激動。

這套將近一世紀的作品，文筆流暢，邏輯縝密，過程中不斷與作者較量、猜出凶手，直到最後解答不禁佩服，蜘絲馬跡處處展現作者的精妙手法，於是又拿起另一部作品，再次沉溺在謀殺天后所編織的日常世界中的奇幻，無可自拔。犯罪動機和手法穿越時空限制，如今讀來合理且依舊令人感動，閱讀中趣味橫生，難怪成為後來諸多偵探小說的原型。

克莉絲蒂創作生涯中產出的八十部推理作品，至今多部躍上大銀幕，無怪乎被稱之為「經典」，喜愛推理偵探作品的人不可不讀，你會驚異於她在文字中施展的魔法！

張東君（推理評論家、科普作家）

我愛克莉絲蒂！這位在台灣有時會被稱為克奶奶的超級暢銷推理小說家，即使是自認沒讀過她的書的人，也都會在各種書籍或影視作品中看到對她致敬的片段。由於她喜歡旅行和冒險，那些經驗與體驗都成為書中的場景，因此閱讀她的作品時，不只是雀躍地跟著偵探推理，也有了虛擬的旅行體驗。或者當成旅遊導覽書，在出發去尼羅河、去英國鄉間、去搭船搭火車時，就塞一本克奶奶的作品到隨身背包中。

我還是大學新生時，就聽學姐說她哥哥經常看克奶奶的小說，而且邊看邊狂笑。於是我跟著效仿，在某次搭飛機之前買了第一本小說當旅伴，不只看得超開心，看完後還到處找尋書中出現的那種有兜帽的斗篷，當成出門時的必備用品。克奶奶的作品是跨越文字、國界的。只要看過一本，就會不停地追下去。還好，真的是還好只有八十本。何況這次是全新校訂的紀念珍藏版，當然不能錯過！

發光小魚（呂湘瑜）（文史作家、助理教授）

一部好的偵探小說，除了情節設計巧妙之外，還需要洞悉人性，如此方能合理地交代人物的言行舉止與動機。阿嘉莎．克莉絲蒂便是其中翹楚，她的作品不管是偵探、愛情小說或戲劇，必要元素都是謎題與人性。在寧靜無波的場景下暗潮洶湧，永遠都有意料之外，讀者的情緒也會隨著劇情的進行起伏糾結。克莉絲蒂觀察到時代的變化，將犯罪心理融入作品中，於是，看她的小說不只能得到解謎的快樂，同時對人性也能夠有所省思。

此外，克莉絲蒂豐富的人生歷練及旅行經歷，例如一九二二年的環球之旅、居住過也旅行過的巴黎和埃及，甚至是追隨考古學家丈夫前往的中東，都讓她的小說讀來更加充滿異國情調。如果你也愛旅行，不如就讓我們一同搭上那一班南法的藍色列車，或由伊斯坦堡出發的東方快車，跟著白羅鑽進一樁奇案，一嘗旅程中破解謎題的快感吧。

盧郁佳（作家）

國小時，家裡買了一套阿嘉莎．克莉絲蒂全集，從此成了我的毒品，在白癡課本將我的腦袋啃嚙成海綿般空洞時，撫慰受創的心靈，那時我仍對人心險惡一無所知。

數學課教你列算式，樂趣遠不如克莉絲蒂教你住宅平面圖、偷換時序的密室魔術，你從庭園長窗進房間，我從房門直通鄰房，他從走廊進房……從而學會故事是建構邏輯。她文風多變，時而《四大天王》中讓神探白羅向助手海斯汀大賣關子，眉頭緊皺，山雨欲來，預示天翻地覆，只能靠他拯救世界；時而用維吉尼亞．吳爾芙《自己的房間》中俏皮的語言，讓貧苦村姑安妮在《褐衣男子》中回憶南非出生入死的冒險，竟源於她耽讀村裡圖書館爛舊的冒險愛情小說，還有戲院每週末放映〈帕米拉歷險記〉，帕米拉每集從飛機跳落高空、搭潛艇、爬上摩天大樓，每次被黑幫老大抓到總不一刀斃命，卻老要用瓦斯毒死她，暗示續集又會逃出生天。

長大才發現，克莉絲蒂小說就是我的〈帕米拉歷險記〉：它以歌劇般輝煌龐大的天真陰謀、精細的人際觀察（一句話重音放在哪個字、從膝蓋鑑定女人的年齡等），召喚年輕讀者抱持浪漫精神投入未知的壯遊，瘋魔、衝撞、冒犯，傷痕累累毫無懼色。正如瓦斯在冒險片中太多、現實中卻太少；陰謀在現實中沒有克莉絲蒂寫得那麼複雜，但她刻畫的心理卻是現實中解謎的試金石。

賴以威（臺灣師範大學電機系副教授）

或許可以為經典下幾個定義：該領域的愛好者更都讀過；不是這個領域的愛好者，許多人也都聽過；影響後續的作品，在很多著作中都可以看到它的影子；值得反覆再三閱讀，每隔一陣子再讀都可以獲得閱讀的樂趣，有更多的體悟。我永遠記得第一次讀《東方快車謀殺案》時，被那宛如嚴謹設計數學謎題的鋪陳、推進給深深吸引、震撼。從這幾個角度來說，克莉絲蒂的推理小說被稱之為「經典」，可說是當之無愧。

謝哲青（作家、旅行家、知名節目主持人）

克莉絲蒂小說的魅力在於透過每個角色的對白，藉由不斷的說話來表現人物的個性，以彰顯其人格特質中一些無法被忽略的事實。我們從他們的言語、講話的過程和字裡行間，竟然就能知道誰是凶手。

我從克莉絲蒂的小說學到很多，除了推理小說有趣的事實之外，最重要的是，我在工作的職場跟人應對的時候，如何從語言和對話裡去捕捉某些隱而不顯的事實。許多人們欲蓋彌彰的東西，無論心事也好、祕密也好，克莉絲蒂都會用文學的手法，讓你理解語言的奧妙和魅力。

克莉絲蒂的書寫會讓你覺得彷彿自己也在現場，你可以從聽到的對話當中，學會如何理解人心的一些小技巧，這是小說家最出色、最偉大的地方。我們必須學習傾聽別人說話——這些人講話是真誠的嗎？他想要跟你分享什麼資訊？這些資訊可靠嗎？——這是我在閱讀推理小說時，最大的收穫和理解。

阿嘉莎・克莉絲蒂大事記

1890		•九月十五日出生於英格蘭德文郡托基鎮。
1894	4 歲	•開始在家自學，父母親、姐姐教導閱讀、寫作、算術和彈鋼琴。
1895	5 歲	•家中經濟走下坡，舉家搬至法國，學會流利的法語。
1905	15 歲	•在巴黎寄宿學校學鋼琴和聲樂，但生性極度害羞，未成為職業鋼琴家，最終回到英國。
1907	17 歲	•陪同母親前往埃及調養身體，對社交活動充滿興趣，但尚未對日後感興趣的埃及古物點燃熱情。 •回英國後繼續寫作、參與業餘戲劇表演。
1908	18 歲	•寫出第一篇短篇小說〈麗人之屋〉，同時也寫出第一部愛情小說《白雪黃漠》，以筆名向出版社投稿，但屢遭退稿。
1912	22 歲	•與英國皇家軍官亞契・克莉絲蒂（Archibald Christie）熱戀。 •八月爆發第一次世界大戰，亞契奉派到法國作戰。
1914	24 歲	•耶誕夜結婚，亞契隨即返回戰場。克莉絲蒂參與紅十字會工作，在醫院擔任護士和藥劑師，因此對藥理和毒物非常熟悉，造就後來多部推理小說情節都以毒藥殺人。
1916	26 歲	•開始嘗試寫推理小說，寫出第一部小說《史岱爾莊謀殺案》，主角偵探赫丘勒・白羅的靈感，來自於大戰期間英國鄉間的比利時難民營。本書歷經數家出版社退稿後，終獲柏德雷・海德（The Bodley Head）圖書公司的出版機會，之後並簽下另五本小說的合約。
1919	29 歲	•前一年亞契返回英國，八月生下女兒露莎琳。

1920	30 歲	•出版《史岱爾莊謀殺案》。
1922	32 歲	•出版第二部小說《隱身魔鬼》，主角是夫妻檔偵探湯米和陶品絲。 •與亞契至南非、澳洲、紐西蘭、夏威夷和加拿大等國旅行十個月，在南非得到《褐衣男子》的靈感。
1923	33 歲	•三月出版第三部小說《高爾夫球場命案》，白羅再度登場。
1926	36 歲	•四月母親過世，克莉絲蒂陷入憂鬱。 •六月在「威廉・柯林斯父子出版社」出版《羅傑艾克洛命案》。 •八月亞契因外遇提出離婚，十二月初一次爭吵後，克莉絲蒂離家棄車失蹤，消息登上全國新聞。
1927	37 歲	•一月在悲痛心情中寫出《藍色列車之謎》，第一次創造出聖瑪莉米德村，即後來瑪波小姐居住的村子。 •分居期間在雜誌刊登以白羅為主角的短篇小說，後來集結出版《四大天王》。 •十二月在雜誌刊登短篇小說〈週二夜間俱樂部〉，瑪波小姐初登場，後來收錄在一九三二年出版的短篇小說集《十三個難題》。
1928	38 歲	•十月正式離婚，仍保留「克莉絲蒂」姓氏。 •秋天搭乘「東方快車」前往土耳其的伊斯坦堡，再轉往伊拉克首都巴格達，參觀考古現場烏爾，認識考古學家伍利夫婦（Leonard and Katharine Woolley）。
1930	40 歲	•二月應伍利夫婦之邀再訪烏爾，認識考古學家麥克斯・馬龍（Max Mallowan），九月於英國愛丁堡結婚。這段婚姻開啟克莉絲蒂旺盛的創作生涯，兩人到中東考古現場的旅行為許多作品帶來靈感。

- 婚後克莉絲蒂開始維持固定的寫作行程。十月出版《牧師公館謀殺案》，是第一部以瑪波小姐為主角的小說。
- 出版第一部以「瑪麗·魏斯麥珂特」（Mary Westmacott）為筆名的《撒旦的情歌》，並陸續發表了五部非犯罪小說。

1932　42 歲
- 出版《危機四伏》。

1934　44 歲
- 出版《東方快車謀殺案》，是白羅海外辦案三部曲之一，故事靈感來自中東的旅行經歷。一九七四年第一次改編成電影大獲好評。

1936　46 歲
- 出版《美索不達米亞驚魂》，白羅海外辦案三部曲之二。

1937　47 歲
- 出版《尼羅河謀殺案》，白羅海外辦案三部曲之三，故事背景是年輕時與母親同遊的埃及。一九七八年第一次改編成電影大受歡迎。

1939　49 歲
- 二次大戰期間，克莉絲蒂在大學學院醫院擔任義務藥師，學習到最新的毒藥知識，對於推理小說寫作大有助益。
- 出版《一個都不留》，是克莉絲蒂最著名作品之一。

1941　51 歲
- 出版《密碼》，呈現出克莉絲蒂對戰爭的看法。
- 出版《豔陽下的謀殺案》。

1942　52 歲
- 出版《藏書室的陌生人》、《五隻小豬之歌》等名作。

1944　54 歲
- 以「瑪麗·魏斯麥珂特」為筆名出版第三部作品《幸福假面》，被美國書評人發現是克莉絲蒂的作品，讓她從此失去匿名創作的自在樂趣。

1950	60 歲	• 獲選為皇家文學學會的會員。
1953	63 歲	• 出版《葬禮變奏曲》。
1956	66 歲	• 一月獲頒大英帝國爵級大十字勳章（GBE）。 • 十一月以「瑪麗．魏斯麥珂特」為筆名出版《愛的重量》，是這個筆名的最後一部作品。
1958	68 歲	• 成為「偵探作家俱樂部」主席。
1960	70 歲	• 馬龍獲頒大英帝國爵級大十字勳章。
1961	71 歲	• 獲得艾克塞特大學頒發榮譽文學博士學位。
1968	78 歲	• 馬龍獲封為爵士，克莉絲蒂亦被稱為馬龍爵士夫人。
1971	81 歲	• 獲頒大英帝國爵級司令勳章（DBE），獲封為女爵士。
1973	83 歲	• 出版最後一部創作《死亡暗道》，亦為湯米和陶品絲最後一次辦案。
1974	84 歲	• 最後一次公開露面，出席電影《東方快車謀殺案》首映會。
1975	85 歲	• 八月六日，白羅成為有史以來第一次在《紐約時報》頭版刊出訃聞的小說主角，宣傳九月即將出版的《謝幕》，這也是白羅最後一次辦案。
1976	86 歲	• 一月十二日去世。 • 十月出版《死亡不長眠》，瑪波小姐的最後一次辦案。

克莉絲蒂推理原著出版年表

1920 史岱爾莊謀殺案 The Mysterious Affair at Styles（神探白羅系列）
1922 隱身魔鬼 The Secret Adversary（神探湯米＆陶品絲系列）
1923 高爾夫球場命案 The Murder on the Links（神探白羅系列）
1924 白羅出擊 Poirot Investigates（神探白羅系列）
1924 褐衣男子 The Man in the Brown Suit（神探雷斯上校系列）
1925 煙囪的祕密 The Secret of Chimneys（神探巴鬥主任系列）
1926 羅傑艾克洛命案 The Murder of Roger Ackroyd（神探白羅系列）
1927 四大天王 The Big Four（神探白羅系列）
1928 藍色列車之謎 The Mystery of the Blue Train（神探白羅系列）
1929 七鐘面 The Seven Dials Mystery（神探巴鬥主任系列）
1929 鴛鴦神探 Partners in Crime（神探湯米＆陶品絲系列）
1930 牧師公館謀殺案 The Murder at the Vicarage（神探瑪波系列）
1930 謎樣的鬼豔先生 The Mysterious Mr. Quin（神探鬼豔先生系列）
1931 西塔佛祕案 The Sittaford Mystery
1932 十三個難題 The Thirteen Problems（神探瑪波系列）
1932 危機四伏 Peril at End House（神探白羅系列）
1933 十三人的晚宴 Lord Edgware Dies（神探白羅系列）
1933 死亡之犬 The Hound of Death
1934 三幕悲劇 Three Act Tragedy（神探白羅系列）
1934 李斯特岱奇案 The Listerdale Mystery
1934 帕克潘調查簿 Parker Pyne Investigates（神探帕克潘系列）
1934 東方快車謀殺案 Murder on the Orient Express（神探白羅系列）
1934 為什麼不找伊文斯？ Why Didn't They Ask Evans?
1935 謀殺在雲端 Death in the Clouds（神探白羅系列）
1936 ABC 謀殺案 The A.B.C. Murders（神探白羅系列）
1936 底牌 Cards on the Table（神探白羅系列）
1936 美索不達米亞驚魂 Murder in Mesopotamia（神探白羅系列）

1937 巴石立花園街謀殺案 Murder in the Mews（神探白羅系列）
1937 尼羅河謀殺案 Death on the Nile（神探白羅系列）
1937 死無對證 Dumb Witness（神探白羅系列）
1938 白羅的聖誕假期 Hercule Poirot's Christmas（神探白羅系列）
1938 死亡約會 Appointment with Death（神探白羅系列）
1939 一個都不留 And Then There Were None
1939 殺人不難 Murder Is Easy/Easy to Kill（神探巴鬥主任系列）
1940 一，二，縫好鞋釦 One, Two, Buckle My Shoe（神探白羅系列）
1940 絲柏的哀歌 Sad Cypress（神探白羅系列）
1941 密碼 N Or M?（神探湯米＆陶品絲系列）
1941 豔陽下的謀殺案 Evil Under the Sun（神探白羅系列）
1942 五隻小豬之歌 Five Little Pigs（神探白羅系列）
1942 藏書室的陌生人 The Body in the Library（神探瑪波系列）
1942 幕後黑手 The Moving Finger（神探瑪波系列）
1944 本末倒置 Towards Zero（神探巴鬥主任系列）
1945 死亡終有時 Death Comes as the End
1945 魂縈舊恨 Sparkling Cyanide（神探雷斯上校系列）
1946 池邊的幻影 The Hollow（神探白羅系列）
1947 赫丘勒的十二道任務 The Labours of Hercules（神探白羅系列）
1948 順水推舟 Taken at the Flood（神探白羅系列）
1949 畸屋 Crooked House
1950 謀殺啟事 A Murder Is Announced（神探瑪波系列）
1951 巴格達風雲 They Came to Baghdad
1952 殺手魔術 They Do It with Mirrors（神探瑪波系列）
1952 麥金堤太太之死 Mrs. McGinty's Dead（神探白羅系列）
1953 黑麥滿口袋 A Pocket Full of Rye（神探瑪波系列）
1953 葬禮變奏曲 After the Funeral（神探白羅系列）

1954 未知的旅途 Destination Unknown
1955 國際學舍謀殺案 Hickory, Dickory, Dock（神探白羅系列）
1956 弄假成真 Dead Man's Folly（神探白羅系列）
1957 殺人一瞬間 4:50 from Paddington（神探瑪波系列）
1958 無辜者的試煉 Ordeal by Innocence
1959 鴿群裡的貓 Cat Among the Pigeons（神探白羅系列）
1960 哪個聖誕布丁？ The Adventure of the Christmas Pudding（神探白羅系列）
1961 白馬酒館 The Pale Horse
1962 破鏡謀殺案 The Mirror Crack'd from Side to Side（神探瑪波系列）
1963 怪鐘 The Clocks（神探白羅系列）
1964 加勒比海疑雲 A Caribbean Mystery（神探瑪波系列）
1965 柏翠門旅館 At Bertram's Hotel（神探瑪波系列）
1966 第三個單身女郎 Third Girl（神探白羅系列）
1967 無盡的夜 Endless Night
1968 顫刺的預兆 By the Pricking of My Thumbs（神探湯米＆陶品絲系列）
1969 萬聖節派對 Hallowe'en Party（神探白羅系列）
1970 法蘭克福機場怪客 Passengers to Frankfurt
1971 復仇女神 Nemesis（神探瑪波系列）
1972 問大象去吧 Elephants Can Remember（神探白羅系列）
1973 死亡暗道 Postern of Fate（神探湯米＆陶品絲系列）
1974 白羅的初期探案 Poirot's Early Cases（神探白羅系列）
1975 謝幕 Curtain: Hercule Poirot's Last Case（神探白羅系列）
1976 死亡不長眠 Sleeping Murder（神探瑪波系列）
1979 瑪波小姐的完結篇 Miss Marple's Final Cases（神探瑪波系列）
1991 情牽波倫沙 Problem at Pollensa Bay
1997 殘光夜影 While the Light Lasts

國家圖書館出版品預行編目（CIP）資料

褐衣男子 / 阿嘉莎．克莉絲蒂（Agatha Christie）著；崔長青譯. -- 二版.-- 臺北市：遠流出版事業股份有限公司, 2024.04
面；　公分. -- (克莉絲蒂繁體中文版20週年紀念珍藏；61)
譯自：The Man in the Brown Suit
ISBN 978-626-361-532-8(平裝)

873.57　　　　113001927

克莉絲蒂繁體中文版 20 週年紀念珍藏 61

褐衣男子

作者 / 阿嘉莎．克莉絲蒂
譯者 / 崔長青

主編 / 陳懿文、余式恕　校對 / 呂佳眞
封面、內頁設計 / 謝佳穎　排版 / 連紫吟、曹任華
行銷企劃 / 舒意雯　出版一部總編輯暨總監 / 王明雪

發行人 / 王榮文
出版發行 / 遠流出版事業股份有限公司
地址 / 104005臺北市中山北路一段11號13樓
電話 / (02)2571-0297　傳眞 / (02)2571-0197　郵撥 / 0189456-1
著作權顧問 / 蕭雄淋律師

2003年10月1日 初版一刷
2024年4月1日 二版一刷
定價 / 新臺幣380元 (缺頁或破損的書，請寄回更換)

ISBN 978-626-361-532-8

遠流博識網 http://www.ylib.com E-mail: ylib@ylib.com
遠流粉絲團 https://www.facebook.com/ylibfans

www.agathachristie.com